Llwch yn yr Haul

Marlyn Samuel

Gwasg
Gwynedd

Argraffiad cyntaf — Hydref 2012

© Marlyn Samuel 2012

ISBN 978 0 86074 282 1

Mae'r cyhoeddwyr yn cydnabod cefnogaeth ariannol
Cyngor Llyfrau Cymru.

Cyhoeddwyd gan
Wasg Gwynedd, Pwllheli

I Iwan, Miriam a Hawys

DIOLCH

– i Huw Jones am rannu rhai o'i atgofion am gyfnod ei Wasanaeth Cenedlaethol yn Cyprus

– i Rachel Matthews am ei chymorth gyda'r geiriau Groeg

– i Rhian Watkin Owen am fy nghyflwyno i Cyprus yn y lle cynta

– i Marred Glynn Jones am ofyn, ac am ei hoffter o siocled (fel arall, fyddai'r nofel yma byth wedi gweld golau dydd!)

– i Iwan am fynd â fi i Cavo Greko, ac am ddod efo fi bob cam o'r daith.

Secrets are made to be found out with time.

CHARLES SANFORD

O Dad, yn deulu dedwydd

'Na. No wê. Nefar.'

'Paid â bod yn wirion, Phil. Ti'n dŵad a dyna ddiwadd arni.'

'Nag'dw – ddim hyd yn oed 'sa 'na ddau dwll yn 'y nhin i.'

'Ma Mam 'di bwcio'r tocynna, a 'dan ni i gyd yn mynd dydd Sul.'

Roedd Nerys a Phil ar eu ffordd adra o dŷ mam Nerys, a hunllef waetha Phil ar fin cael ei gwireddu – hedfan mewn eroplên i wlad boeth, ddieithr efo'i deulu-yng-nghyfraith i wasgaru llwch ei ddiweddar dad-yng-nghyfraith. O wynfyd!

Ond roedd 'na un llygedyn bach o obaith ar ôl i Phil. Falla gallai'r bererindod fondigrybwyll yma fynd i'r gwellt cyn iddo hyd yn oed orfod cyrraedd y *check-in*.

'Ond chei di'm mynd â llwch pobol ar eroplêns, siŵr iawn.'

'Cei, tad, ma Mam 'di tsiecio,' meddai Nerys, yn prysur restru yn ei phen y pethau y bydden nhw eu hangen i fynd ar y daith.

'Chlywis i rioed ffasiwn beth! Pam uffar na 'sa dy dad yn ca'l lluchio'i lwch yn rwla call fatha pawb arall? Pam bod raid i ni fynd hannar ffordd rownd y byd i neud?'

'Ti'n gwbod yn iawn pam, Phil. Dyna odd dymuniad

Dad. A "gwasgaru" llwch, plis, ddim "lluchio". Oes raid ti fod mor amharchus, dwa'?'

'Dymuniad rhyfadd ar y naw,' meddai Phil dan ei wynt, a chlatsio gêrs y Fiat Punto'n swnllyd.

'Yn Cyprus odd o 'di gneud 'i Nashional Syrfis, 'te? Odd o 'di deud yn blaen ma yn fanno oedd o isio i'r llwch ga'l 'i wasgaru. Fydd raid ti fynd i'r atic i nôl y cesys ar ôl i ni gyrradd adra.'

Biti ar y diawl na 'sa fo 'di gneud 'i Nashional Syrfis yn Fali, meddyliodd Phil . . .

Wsnos yng nghwmni'i deulu-yng-nghyfraith. Yn Cyprus. Roedd treulio dim ond un diwrnod – diwrnod Dolig – efo nhw'n artaith. Doedd meddwl am wsnos gyfan mewn rhyw fila a phawb ar bennau'i gilydd ddim llai nag uffern ar y ddaear. Chwara teg, roedd 'rhen Dilys yn ocê, o feddwl sut roedd rhai mamau-yng-nghyfraith yn gallu bod. Na, nid y *myddyr*-in-lô oedd y broblem – o, naci – ond y sistyr a'r *bryddyr*-in-lô.

Roedd Phil yn casáu Elen â chas perffaith. Roedd popeth yn ei chylch yn mynd dan ei groen. Ffynhonnell pob gwybodaeth oedd Elen, chwaer fawr Nerys. Neu dyna be oedd *hi*'n ei feddwl. Doedd 'na ddim pwnc na mater dan wyneb haul nad oedd hi â barn arno neu wybodaeth amdano. Dallt y blydi lot, mewn geiriau eraill.

'A pam fila, eniwe? O leia mewn gwesty fysan ni'n medru cau drws ar y ffernols.'

'Mam odd yn meddwl bysa fila'n brafiach,' meddai Nerys, gan sylwi 'run pryd fod Phil yn cadw braidd yn agos at y car o'i flaen.

'Brafiach i bwy, 'lly? Argol, fydd wsnos efo'r Daviesys 'di ngyrru fi rownd y blincin bend!'

'Watsia'r car 'na o dy 'laen di!' gwaeddodd Nerys gan frecio'n ddibwrpas yn ei sedd.

Anwybyddodd Phil y sylw. 'A pheth rhyfadd bod Geraint yn medru ca'l amsar i ffwrdd o'i waith a fynta mor brysur. O yli, dos *di*, Ner. Well i mi aros adra, sdi. Be 'swn i'n colli nghyfla mawr? Dwi'n disgwl clywad am y rhan 'ma yn . . .'

'Ti'n cadw'n *lot* rhy agos, Phil,' rhybuddiodd Nerys, a'i dwy droed yn pwyso'n galed ar y llawr.

'Shit!'

Rhy hwyr.

'Pam uffar ddaru hwnna stopio yn ganol lôn fel'na?'

'Chdi odd rhy agos, 'te? Ddudis i wrthat ti.'

Daeth gyrrwr y car allan i inspectio'r damej, ac yna troi i gyfeiriad Phil yn barod i roi pryd o dafod a mwy iddo. Ond cyn i'r dyn bach gael cyfla i yngan gair, dyma Phil yn achub y blaen arno.

'Ma *mor* ddrwg gin i. Sori-sori-sori! 'Mai i oedd o,' medda fo a dagrau mawr yn cronni yn ei ddwy lygad. 'Ar 'yn ffordd i'r sbyty oeddan ni, 'chi . . . 'di ca'l newyddion drwg iawn . . . wel, y newyddion gwaetha. Dwn i ddim *lle* odd 'y meddwl i. Dwi mor sori . . . Mam ychi, ma hi'n wael iawn. 'Dan ni'm yn disgwl iddi bara tan y bora, deud gwir . . .' a dyma Phil yn dechrau beichio crio o flaen y dyn diarth, a Nerys yn sefyll yn gegrwth wrth ei ochor.

'Bob dim yn iawn, ngwas i,' meddai'r gyrrwr, yn ceisio'i gysuro. 'Peidiwch â phoeni. Anghofian ni amdano fo. Dim ond tolcan fach ydi hi,' medda fo wedyn, yn syllu ar y llanast. Roedd goleuadau ôl y Mercedes Benz S-Class Diesel S320 CDi 4dr Auto Saloon namyn blwydd oed yn shitrwns, a tholcan bach ddigon o ryfeddod yn y bympar.

'O, diolch yn *fawr* i chi,' sniffiodd Phil. 'Dwi'n gwerthfawrogi hyn yn fawr iawn. Tyd, Ner.'

Trodd Phil ar ei sawdl a neidio 'nôl mewn i'w Fiat Punto 1.1 petrol namyn deg oed, yn poeni dim am y dolcan ychwanegol ar bympar hwnnw.

'Fedra i'm coelio bod chdi 'di deud hynna!' meddai Nerys.

'Deud be?'

'Deud ein bod ni ar y ffordd i'r sbyty a bod dy fam ar ei gwely angau, a honno 'di marw ers blynyddoedd.'

'Gweithio bob tro, yli. Dwi'n deud 'that ti o hyd mod i'n uffar o actor, tydw?'

Roedd Phil wedi bod mewn coleg drama am dair blynedd, ac roedd ganddo freuddwydion mawr am ddilyn gyrfa fel actor proffesiynol. Ond, ar waetha sawl clyweliad ac ymdrechion ei asiant, tenau drybeilig oedd y gwaith. Flynyddoedd ynghynt roedd o wedi cael cyfnod byr iawn efo cwmni Theatr mewn Addysg, a rhan doctor yn *Pobol y Cwm* (a chael y fraint o ynganu tair llinell). Ar wahân i hynny, mud iawn oedd y ffôn, a Phil yn dal i ddisgwl am ei Big Brêc ac yn ffyddiog ei fod o jyst rownd y gornel. Wel, gweddol ffyddiog. Hyd nes y dôi hwnnw, roedd o'n ddigon bodlon yn gweithio tu ôl i far y Black Lion.

'Bai dy blincin chwaer di odd o.'

'Be ti'n feddwl? Bai Elen?'

'Tasa hi ddim yn mynd ar 'y nhethi fi gymaint, 'swn i 'di canolbwyntio mwy ar y lôn, byswn?'

Gwyddai Nerys fod ei chwaer yn mynd ar nerfau Phil go iawn. Roedd yn rhaid cyfaddef bod Elen wastad yn edrych i lawr ei thrwyn arno fo, fel tasa fo ddim digon da i'w teulu nhw. Wastad â rhyw hen goments bach gwawdlyd.

'Dal i restio, Phil?'

Dal i fod yn hen ast, Elen? meddyliai Phil.

'Ond mi w't ti'n ca'l digon o gyfla tu ôl i'r bar 'na i stydio pobol, dwyt? O, ddudis i ddim wrthach chi bod Osian wedi pasio'i arholiad piano, naddo? Tyd i chwara iddyn nhw, Osian. O biti, sgynnoch chi'm piano, nago's? Hidiwch befo, lwcus bod feiolin Osian yn digwydd bod yn y bŵt. Gei di chwara'r pishyn 'nes di yn y cyngerdd Dolig iddyn nhw.'

Ac mi fydda raid diodda consart wedyn – Osian Geraint, wyth oed, yn trio chwara feiolin. Mi fysa Stradivarius yn troi yn ei fedd, meddyliodd Phil, tasa fo'n gorfod diodda'r artaith dwi'n gorfod ei diodda'n gwrando ar yr hen feiolin 'na'n ca'l ei habiwsio o'i hochor hi. A hynny yn 'y nhŷ fy hun! Roedd o hefyd wedi dod i ddisgwyl y perfformiadau a'r consarts bob tro roedd o a Nerys yn mynd draw i dŷ Elen a Geraint a'u dau epil. Yr unig gysur i Phil oedd nad oedd yr ymweliadau hynny'n digwydd yn aml iawn, diolch i'r drefn . . .

'Gwranda, Phil!' meddai Nerys, wedi penderfynu troi'r tu min. 'Dwi newydd golli Nhad, a'i ddymuniad ola fo oedd bod 'i 'lwch o'n ca'l 'i wasgaru yn Cyprus. Dio ddim yn gneud rhithyn o wahaniaeth ta Caergybi, Comins Coch ta Cyprus fysa'i ddewis o wedi bod. Dyma'r gymwynas ola un fedra i ei thalu iddo fo, a mi wyt titha'n mynd i fod yna wrth f'ochor i. Dallt?'

Gwyddai Phil yn iawn pryd i gau ei geg. Roedd o ar ei ffordd i Cyprus a dyna ddiwedd arni.

'Oes 'na fosgitos yn Cyprus, Ger?' holodd Elen, yn brysur yn sgrifennu rhestr faith o bethau y bydden nhw eu hangen i fynd ar y bererindod.

Ar waetha'r amgylchiadau arbennig o drist, roedd Elen yn falch o'r cyfle iddyn nhw gael brêc fel teulu. Yr unig biti oedd bod y brawd-yng-nghyfraith di-glem 'na'n gorfod dod. Ddalltodd Elen rioed be oedd Nerys wedi'i weld yn y *waster*. A dyna be ydi o yn y bôn, meddyliodd, yn diogi yn ei wely trwy'r bora a wedyn esgus gneud chydig o shifftia tu ôl i'r bar yn y Blac. Er, fetia i mai'r ochor arall i'r bar mae o'n treulio'r rhan fwya o'i amsar. Ner druan, yn gorfod cadw'r ddau ben llinyn ynghyd. Ma raid nad ydi hynny ddim yn beth hawdd ar gyflog cymhorthydd. Actor, wir! Biti ar y diawl na fysa Ner wedi ca'l gafael ar dwrna neu bensaer – a throdd Elen ei phen yn hunanfoddhaus i gyfeiriad ei gŵr. Wnaeth *hi* mo'r camgymeriad yna, o naddo, a hitha'n briod â phartner mewn cwmni o gyfrifwyr.

'*Oes* 'na rei, Ger?'

'Mmm?' mwmiodd Geraint, heb godi'i ben o'i bapur.

'Mosgitos.'

'Mosgitos?'

'*Oes* 'na fosgitos yn Cyprus?'

'Be wn i? Dwi rioed 'di bod ar gyfyl y lle.' Os nad oedd y wlad yn llifeirio o win doedd gan Geraint ddim rhithyn o ddiddordeb ynddi – oedd yn esbonio pam mai Tuscany neu Ffrainc fyddai cyrchfan y Daviesys bob haf.

'Well i mi fynd ag *insect repellent* rhag ofn. Ti'n gwbod fel byddi di'n ca'l dy bigo gan bob math o ryw hen betha. Dim ond gobeithio bydd Mam yn iawn yn y gwres, 'te? Ma Cyprus yng nghanol Awst yn gallu bod yn llethol, meddan nhw. Eli haul ffactor 50 i Alys Haf ac Osian Geraint dwi angan 'fyd. Ti 'di sortio'r ceir, Geraint?'

'Mmm?' mwmiodd Geraint am yr eildro, wedi llwyr ymgolli mewn rhyw erthygl ddifyr am chwyddiant ac *index-linked products*.

'Y ddau gar 'dan ni angan eu llogi yn Cyprus, Geraint! Ti wedi'u sortio nhw, do?' holodd Elen, yn amau'n fawr oedd o wedi cyflawni'r weithred roedd o wedi cael gorchymyn i'w gneud.

Cyn i Geraint gael cyfle i ateb, daeth cri decstlyd o'i Blackberry. Rhoddodd ei bapur o'r neilltu'n frysiog a bustachu ym mhoced ei *chinos* i gael gafael ar ei fobeil. Darllenodd y tecst dan wenu.

'Pwy oedd 'na?' holodd Elen, wedi sylwi ar y wên.

'Neb,' atebodd yn swta, a chadw'i ffôn yn ôl ym mhoced ei *chinos*.

'Ma raid bod 'na rywun wedi dy decstio di.'

'Os oes raid i ti ga'l gwbod, tecst gen Phil oedd o,' meddai gan ailafael yn ei bapur newydd.

'Phil? Pam odd hwnnw'n dy decstio di?'

'Fydd o'n tecstio jôcs i mi weithia. Rhei da ydyn nhw, 'fyd. Tisio clwad hon? "A man walks into a pub, and . . ." '

Chafodd o ddim cyfle gan Elen i ailadrodd y jôc.

'Nag'dw i, wir! O nabod Phil ma siŵr 'i bod hi'n hollol ddi-chwaeth. Ti *wedi* sortio'r ceir 'na, do Ger?'

Gwyddai Elen ym mêr ei hesgyrn mai 'Na' fyddai'r ateb, ond doedd hynny ddim yn ei stopio rhag gofyn y cwestiwn 'run fath.

'Wna i heno, 'li. Fydda i'm dau funud wrthi ar y we,' meddai'r llais o'r tu ôl i'r print mân.

Ochneidiodd Elen yn ddifynadd. 'Os dio 'mond yn cymryd dau funud, pam ti'm wedi'i neud o'n barod, ta, yn lle ista'n fanna a dy drwyn yn yr hen bapur 'na?'

'Olreit! Olreit!' Rhoddodd Geraint ei bapur newydd i lawr yn swnllyd, yn un swp crebachlyd, blêr. 'Os gneith o dy stopio di rhag blwmin swnian, ddynas!' – a brasgamodd i'w stydi gan roi clep ar y drws ar ei ôl.

Hen bryd i Geraint ga'l gwyliau, meddyliodd Elen. Ma'r holl nosweithiau 'ma o weithio'n hwyr yn dechrau dal i fyny efo fo. Mi neith ca'l chydig o wres yr haul ar ei gefn fyd o les i'r cradur. Byd o les i bawb ohonon ni.

Well iddi ffonio Nerys, hefyd, ynglŷn â'r trefniadau

teithio i'r maes awyr drennydd. O nabod Nerys, mae'n debyg nad oedd hi wedi meddwl cyn belled â phethau felly eto. Er mawr syndod iddi, atebwyd y ffôn ar yr ail ganiad. Fel arfer byddai Elen yn gorfod disgwyl tan y degfed neu hyd yn oed y pymthegfed caniad cyn i Nerys neu Phil ateb.

Er mawr siom iddi, Phil oedd ar ben arall y lein.

'O! Ma raid bod chdi'n ista ar y ffôn 'na!' chwarddodd Elen. Rhyw hen chwerthiniad bach ffals.

'Nago'n,' meddai Phil yn swta. 'I chdi mae o, Ner!' gwaeddodd, a rhoi'r ffôn i lawr yn glec nes bod clust Elen yn diasbedain yn y pen arall.

Sut yn y byd mawr dwi'n mynd i ymdopi efo hwnna am wsnos? meddyliodd Elen. Sut uffar ma disgwl i mi fyw hefo honna am wsnos? meddyliodd Phil. Fydda i wedi crogi'r ast wirion . . . – a mynd yn ei ôl i wylio ailddarllediad o *Two and a Half Men*, ei hoff raglen gomedi.

Ymhen hir a hwyr daeth Nerys at y ffôn. 'Sori, wrthi'n hel dillad o'n i. Ti'n iawn?' chwythodd i lawr y lein, wedi colli'i gwynt yn lân.

'Tshiampion,' meddai Elen, gan ei hatgoffa'i hun fod angen newid y dillad gwlâu i gyd cyn canu'n iach i Gymru fach. 'Gwranda, Ner . . .' meddai ail gyfnither Kim ac Aggie wedyn. O, 'ma ni off, meddyliodd Nerys. Bob tro roedd ei chwaer hŷn yn yngan y ddau air yna, gwyddai Nerys fod rhyw orchymyn ar y ffordd.

'Meddwl o'n i bysat ti'n medru rhoi lifft i Mam i'r maes awyr. Does 'na'm lle iddi yn yr Audi Estate rhwng y pedwar ohonan ni a'r cesys. A ph'run bynnag, 'dan ni am aros mewn gwesty yn ymyl y maes awyr y noson cynt. Dyna 'dan ni'n arfar neud, ti'n gweld, bob tro bydd gynnon ni ffleit blygeiniol.'

How the other half, myn diân i, meddyliodd Nerys. Mi fydd hi'n job ar 'diawl i mi a Phil dalu am banad yn y maes awyr, heb sôn am feddwl ei swanio hi mewn gwesty crand. 'Ia, iawn Elen – dim problem, siŵr.'

'Grêt. Welan ni chi yn y maes awyr am saith, felly. A peidiwch â bod yn hwyr – cychwynnwch ddigon buan,' meddai wedyn, fel tasa hi'n siarsio hogan fach ysgol. 'A peidiwch ag anghofio Dad!'

Fel 'san nhw'n meiddio gneud y fath beth!

'Dwi'm yn meddwl gnawn ni rywsut, sdi Elen.'

'Wel, dwn 'im wir. Ti'm yn cofio'r byffe Dolig llynadd? Chdi oedd i fod yn gyfrifol am y pwdina ac mi anghofist ti'r treiffl adra.'

'Dwi'n meddwl bod 'na fymryn bach o wahaniaeth rhwng anghofio powliad o dreiffl ac anghofio llwch Dad, does?' meddai Nerys, yn prysur gyfri i ddeg ac wedi cyrraedd naw a hannar ers meitin.

'Reit, well i mi fynd, ma gin i gant a mil o bethau isio'u gneud. A dwi angan nôl Osian Geraint o'i wers biano.'

Wrth i Nerys ffarwelio â'i chwaer a rhoi'r ffôn yn ei grud, suddodd ei chalon i wadnau ei thraed. Er ei fod o'n loes mawr iddi orfod cyfaddef hynny, falla mai Phil oedd yn iawn. Syniad diawledig o wirion oedd trampio i wlad boeth, ddieithr yng nghwmni'i chwaer a'i theulu.

Pam ar y ddaear fod ei thad wedi dymuno i'w lwch gael ei wasgaru yn Cyprus o bob man? Oedd, mi oedd o wedi gneud ei Nashional Syrfis yno, ond cyfnod byr iawn oedd hwnnw a chlywodd Nerys rioed mohono fo'n sôn am yr adeg honno p'run bynnag. I'r gwrthwyneb, a deud y gwir. Be oedd mor arbennig am y lle, felly?

Wrth i Nerys dyrchio yn y fasged ddillad am y ddau bâr o shorts, y ffrog haul a'r crysau-T oedd angen eu smwddio cyn eu pacio ar gyfer y bererindod, gweddïodd yn dawel

19

y gallent gyd-fyw yn un teulu dedwydd, hapus yn ystod yr wythnos oedd i ddod, heb unrhyw air croes yn cael ei ynganu gan neb.

Ym mêr ei hesgyrn, gwyddai Nerys mai breuddwyd gwrach oedd peth felly.

Megis cychwyn

Eisteddai Elen yng nghyfforddusrwydd y soffa yn lolfa chwaethus y gwesty, yn sipian ei jin a tonic yn ara gan fwynhau pob llwnc. Roedd hi wedi edrych ymlaen at y foment hon trwy'r dydd. Ond cael a chael fu hi. Bu ond y dim i'w threfniadau fynd i'r gwellt – ac un o gas bethau Elen yn y byd i gyd oedd i'w threfniadau a'i chynlluniau gael eu drysu.

Roedd y bore hwnnw wedi dechrau'n ddigon di-dramgwydd. Roedd hi wedi cael cyfle i olchi a newid y dillad gwlâu i gyd, a glanhau'r *en suite* a'r bathrwm gan roi joch go hegar o Domestos i lawr y ddau ban, a'i adael yno i fwydo'n braf tan y fflysh nesa ymhen yr wythnos. Roedd hi wedi bod i neud ei gwallt hefyd, ac wedi tendiad at y blew eraill oedd yn mynnu gneud ymddangosiad hy ar ei choesau a mannau mwy anghysbell. Doedd 'na ddim peryg y byddai unrhyw flewiach o'i heiddo *hi* yn cael y cyfle i sbecian allan yn bowld wrth y pwll nofio.

Roeddan nhw wedi cychwyn am Fanceinion ar amser, wedi iddi fynnu bod Geraint yn llenwi'r car efo disel y noson cynt gan nad oedd hi isio iddyn nhw wastraffu dim amser ar y ffordd.

O eiriau proffwydol! Ar allt Rhuallt aeth pethau'n flêr. Cafodd yr Audi prin chwe mis oed byncjar.

'Sut mae o 'di ca'l pyncjar?' holodd yn gyhuddgar wrth

i Geraint fustachu i dynnu'r cesys allan o'r bŵt er mwyn cyrraedd at yr olwyn sbâr a'r tŵls.

'Sut gwn i?'

'Tydi car newydd sbon ddim i fod i ga'l pyncjar, siŵr,' meddai hi wedyn, fel tasa hynny'n ddeddf gwlad.

'A be sy'n gneud i chdi feddwl bod ceir newydd yn eithriad, felly? Reit, pawb allan o'r car.'

'Watsha faeddu'r crys newydd 'na!'

'Y crys ydi'r peth lleia dwi'n poeni amdano ar y funud, Elen. Yli, os tisio rwbath i neud, dos i osod y triongl 'na wrth yr arwydd yn fancw cyn i ryw gar ddŵad i'n tina ni,' meddai Geraint wrth iddo lacio powltia'r olwyn a ffidlian ar ei gwrcwd i geisio darganfod lle i osod y jac.

'Sut medra fo fod wedi ca'l pyncjar, 'lly?'

'Sut ti'n meddwl ma ceir yn ca'l pyncjar? Hoelan neu rwbath, debyg.'

'Lle ti 'di bod yn dreifio i ga'l hoelan? Dim ond 'nôl a blaen i dy waith ti'n mynd, a ma hi'n darmac ôl ddy wê.'

'*Dwi*'m yn gwbod, nachdw!' atebodd yn chwys laddar wrth fustachu i osod y jac yn ei le.

'Fyddi di'n hir?' Edrychodd Elen ar ei wats. 'Dwi wedi bwcio bwrdd i ni erbyn chwech.'

Chafodd hi ddim ateb.

'Mam, dwi isio pi-pî.'

'Raid ti ddal, cariad bach.'

'Ond fedra i ddim, dwi rîli-rîli isio pi-pî.'

'Tyd i'r gwair 'ma i neud yn sydyn, ta.'

'Elen! *Dos* i osod y triongl 'na!'

'Aros am funud jyst i mi fynd ag Alys i bi-pî.'

'Tisio i ni achosi damwain ne' rwbath?'

'Maaam!'

'Dau funud, Alys bach. Dos tu ôl i'r drws 'na i neud.'

'No wê! Neith pobol weld fi fanno, g'nân?'

'Na wnân, siŵr. Pwy fydd yn sbio? Dos reit handi.'

'Ond be 'sa Osian yn sbio?'

'Neith o ddim! Na 'nei, Osian?'

'E?' meddai hwnnw heb godi'i ben o'i Nintendo.

'Blydi hel, ddynas! Y triongl 'na – heddiw, ddim fory!' meddai'r gri o ochor y car, a hitha erbyn hyn wedi dechrau taflu rhyw fymryn o ddagrau glaw.

'Olreit, olreit! Paid â bod mor ddifynadd. Dwi'n mynd i neud rŵan.'

'Maaam!' Daeth gwaedd ddigalon o'r ochor arall i'r car. 'Dwi 'di pi-pî am ben 'yn sandals!'

Tra oedd Elen yn trio cysuro Alys, oedd yn hollol argyhoeddedig bod y sandals newydd wedi'u difetha'n llwyr a doedd hi ddim yn mynd i'w gwisgo nhw eto, wir, daeth gwaedd arall. Un uwch.

'AAAWW! Blydi hel . . .!'

'Be sy? Ti'n iawn?'

'Dwi'n *edrach* fel taswn i'n iawn?' griddfanodd Geraint gan led-bwyso ar fŵt y car. Rywsut, wrth roi'r olwyn sbâr yn ei lle, roedd Geraint wedi gneud rhywbeth i'w gefn.

'Fedra i'm symud!' griddfanodd eto, a'i grys *check* newydd sbon danlli'n socian yn y glaw, heb sôn am *blow-dry* Elen oedd wedi mynd i'r pedwar gwynt ac arlliw o *frizz* wedi dechrau ymddangos yn ei mwng.

Yr AA ddaeth i'r adwy yn y diwedd. Sortiwyd yr olwyn, a Geraint. Gyda chymorth dyn yr AA llwyddwyd i symud y cradur a'i osod, rywffordd, i orwedd ar y sedd gefn. Roedd Osian fel brenin yn y sedd ffrynt, yn wahanol iawn i'w chwaer a gwynai drwy'r adeg bod ei thad yn cymryd y lle i gyd yn y cefn. Doedd Elen chwaith ddim yn orhapus fod raid iddi hi rŵan fynd tu ôl i lyw'r *estate*, a dreifio gweddill y siwrna. Un braidd yn nerfus a dihyder oedd hi y tu ôl i lyw car: gyrru i'w gwaith ac yn ôl, a mynd o gwmpas yn nôl a danfon y plant oedd limit yr hen chwaer. Os oedd 'na ddewis, roedd yn well ganddi *gael* ei gyrru o gwmpas na gyrru ei hun.

Gafaelodd yn llyw'r Audi fel feis nes bod ei migyrnau'n glaerwyn. Ar waetha'r *demister* roedd ffenestri'r car yn mynnu stemio o ganlyniad i'r dillad tamp. Ond ar wahân i ryw un *close-shave* bach tua Queensferry ffor'na (pryd cafwyd canu corn go hyll wedi i Elen anghofio tsiecio oedd 'na gar wrth ei hochr wrth iddi dynnu allan), cyrhaeddwyd pen y daith yn eitha didramgwydd.

Erbyn i bawb ddod allan o'r car roedd Geraint wedi dechrau dod ato'i hun yn reit ddel, diolch i'r ddwy dabled y cafwyd hyd iddyn nhw yng ngwaelod handbag Elen. Tabledi at grampiau misglwyf oeddan nhw, ond roedd y cradur druan mewn gormod o wayw i boeni am ryw fanylyn bach felly.

Yn eu stafell yn y gwesty newidiodd y pedwar o'u dillad tamplyd. Erbyn i Elen drio sythu'i gwallt am yr eildro'r diwrnod hwnnw roedd hi wedi hen basio chwech o'r gloch, ond doedd hi ddim yn poeni'n ormodol am hynny – cysurai ei hun y gallent gael bwrdd yn y bwyty'n reit rwydd.

'Sorry, we're fully booked in the restaurant tonight,' meddai'r ferch tu ôl i'r ddesg. Er i Elen esbonio pam roeddan nhw'n hwyr, a gofyn a ellid gneud eithriad am un waith, doedd dim yn tycio.

'Dwi isio bwwwyd,' meddai Osian, a'r Nintendo hyd yn oed wedi'i roi i lawr am eiliad.

'A fi . . .' meddai'r llais bach gwan wrth ei ochr.

Doedd dim amdani ond neidio i'r car – wel, yn achos Geraint, camu i mewn yn ara deg a gofalus iawn – a mynd i chwilio am fwyd. Yr un oedd y genadwri ym mhob man – pob tŷ bwyta a thafarn yn yr ardal yn llawn, neu dim bwrdd ar gael am awran neu fwy. Ar ôl bod yn dreifio rownd a rownd am hydoedd, o dan ddau fwa aur McDonald's y caed ymborth yn y diwedd. Ddim *cweit* y pryd o fwyd roedd Elen wedi'i ddychmygu.

Yn ôl yn y gwesty, roedd y byrgyr yn codi gwynt arni a chymerodd sip arall o'r jin a tonic i geisio cael gwared o'r mymryn blas drwg o'i cheg. Edrychodd o gwmpas y lolfa. Gwynt neu beidio, roedd hi'n mwynhau hyn. Dyma be roedd hi wedi bod yn edrych ymlaen ato ers ben bore.

Jyst biti bod y blincin pyncjar yna wedi digwydd a bod cefn Geraint wedi mynd. Er, mi oedd 'na un fantais i hynny: efo cefn Geraint allan o *action*, fyddai 'na ddim *action* yn y bedrwm chwaith, er mawr ryddhad iddi. Gwyddai fod gwres yr haul a gwely diarth yn effeithio ar ei libido fo, ond iddi hi rhywbeth i'w neud yn achlysurol ac yn o handi ar nos Wener oedd caru – gorchwyl roedd rhywun yn gorfod ei neud bob hyn a hyn er mwyn cadw'r ddesgil yn wastad, fel petai. Mae'n siŵr bod Ner a Phil wrthi bob nos fel cwningod. Mae 'na ryw olwg felly ar y Phil 'na, meddyliodd, cyn gwthio'r llun o'i meddwl yn reit handi. Roedd meddwl am ei chwaer a'i brawd-yng-nghyfraith yn ymdrybaeddu yn y fath betha'n codi pwys arni.

'Ga' i ddiod arall?' meddai'r llais o'r tu ôl i'r Nintendo.

'Na chei. Ti 'di ca'l un Coke heddiw.'

'O Mam . . .'

'*Na* chei, Osian! Gei di ddŵr pefriog os leci di.'

'Ych, ma hwnnw'n afiach.'

'Dw inna isio Coke hefyd . . .'

'Gad iddyn nhw'i ga'l o, Elen. Mi odd y tships 'na braidd yn hallt,' meddai Geraint, yn ceisio'i ora i'w neud ei hun yn gyfforddus yn y gadair feddal.

'Os 'dyn nhw'n sychedig, gân' nhw ddiod o ddŵr.'

'Tyd 'laen, Els – 'dan ni ar 'yn gwylia.'

'O, ti'n iawn, Ger. Dos i nôl dau Coke, a tyd â jin mowr i finna.'

Ar ôl bustachu o'i gadair a cherdded yn boenus at y bar, ordrodd Geraint ddau Coke, jin mowr a wisgi *chaser* iddo fo'i hun.

Ac ar ôl y wisgi *chaser* a'r tabledi lleddfu crampiau misol, cysgodd Geraint fel twrch yn y gwely diarth.

* * *

Clywodd Phil glychau'n canu yn ei ben. Agorodd un llygad ac yna'r llall. Estynnodd ei fraich allan o'r dwfe i geisio tawelu'r clychau. Ciledrychodd ar y cloc. Chwarter wedi tri yn y bora! Blydi hel, griddfanodd.

'Cod, Phil – rŵan!' daeth y gorchymyn.

'Dwi'n siŵr bod gin i feigren yn dechra,' meddai Phil yn gryg. Esgus gwantan arall – un o ddegau erbyn hyn – i gael sbario gorfod tramwyo i'r wlad yn llifeirio o *halloumi* ac *olives*.

'Llynca ddwy barasetamol, ta,' medda Nerys heb unrhyw gydymdeimlad yn y byd wrth wisgo amdani'n frysiog. 'Tyd 'laen, 'dan ni'n nôl Mam am bedwar, cofia.'

Ar ôl molchiad cath, neidio i'w ddillad, llowcio llefrith yn syth o'r botal a chythru i fanana, roedd Phil yn barod.

Wel, mor 'barod' ag y gallai neb fod o wybod bod y fath artaith o'i flaen.

Taith o ryw chwarter awr yn y car oedd 'na o gartra Nerys a Phil i'r lle roedd Dilys Morris yn byw. Trodd Phil y Fiat i mewn i'r dreif. Roedd Caerau'n glamp o dŷ tri llawr, a rhyw urddas tawel yn perthyn i'r lle. Tebyg i'w berchennog, meddyliodd Phil. Wel, ei *gyn*-berchennog erbyn hyn, cywirodd ei hun. Canodd y corn. Roedd goleuadau i'w gweld yn y lolfa a'r gegin, felly roedd Dilys ar ei thraed, beth bynnag. Diffoddwyd y goleuadau fesul un.

'Dos allan i'w helpu hi, Phil.'

'Ocê ocê, rho gyfla i mi.'

'Barod amdani, Mrs M?' cyfarchodd Phil ei fam-yng-nghyfraith yn gynnes wrth i Dilys gyrraedd y car.

'Mor barod ag y medra i fod dan yr amgylchiadau 'te, Phil bach? Mond gobeithio na dwi'm wedi anghofio dim byd.'

'Ydi Trefor efo chi, Mrs M?'

'Ydi, tad, mae o yn yr *holdall* 'ma,' meddai hitha, yn gafael yn dynn yn y bag blodeuog.

'Dach chi'n iawn felly, tydach? Dowch â'r *holdall* 'na i mi, a'r cês. Ro i'r ddau yn y bŵt i chi.'

'Dwi'm yn meddwl bod o cweit yn weddus rhoi Trefor yn y bŵt, rwsud – be dach chi'n feddwl, Phil?'

'Wel ia, ella bo chi'n iawn, Mrs M.'

Cafodd yr *holdall* le anrhydeddus ar lin Dilys yn y sedd gefn, ac i ffwrdd â nhw.

'Dach chi wedi clwad rwbath gen Elen, Mam?' holodd Nerys toc.

'Mi ffoniodd neithiwr i ddeud eu bod nhw wedi cyrradd y gwesty. Mynd allan i chwilio am fwyd oeddan nhw, am bo nhw 'di cyrradd yn hwyr. Gafon nhw byncjar ar allt Rhuallt, y petha bach.'

Iess! Roedd hyn yn fêl ar fysedd Phil. Y nhw a'u Audi Estate newydd sbon danlli. Eitha gwaith i'r ffernols! Roedd y Daviesys angen cael eu tynnu i lawr beg neu ddau, os nad tri neu bedwar. O, mi fydd 'na hen dynnu coes *rŵan* . . .

'A nath Geraint rwbath i'w gefn wrth newid yr olwyn, hefyd. Odd y cradur yn methu symud, medda Elen, a fuo raid galw'r AA yn y diwadd. Cael a chael oedd hi na 'sa hi wedi gorfod ffonio am ambiwlans.'

Roedd helynt y Daviesys yn gwella bob eiliad yng ngolwg Phil. Nid ei fod o'n dymuno unrhyw ddrwg i Geraint, ond mi oedd hwnnw hefyd yn gallu bod yn ddiawl bach *pompous* ambell waith. Mi fysa Phil wedi bod wrth ei fodd bod yn bry ar allt Rhuallt i weld ymateb Elen Fwyn i'r holl beth.

'Iesgob, ydi Geraint yn ddigon da i ddŵad i Cyprus?' gofynnodd Nerys.

'Wel, nath Elen ddim sôn fel arall,' atebodd Dilys. 'Ond odd hi'n deud ei bod hi wedi gorfod dreifio'r car weddill y ffordd, a bod 'na lot o ryw hen loris mawr yn ei phasio hi ar goblyn o sbid a bod ei bol hi'n troi yr holl ffordd.'

Trystio Elen i feddwl amdani'i hun, meddyliodd Phil. Uffar o ots am Geraint a'i gefn, y hi fawr oedd yn bwysig. Biti ar y diawl na 'sa hi wedi cael rhyw glencan bach hefo'r car 'na, hefyd, i ddysgu gwers i'r ast.

Clywyd mobeil rhywun yn canu. Tyrchodd Nerys i'w bag. Fflachiodd enw Elen ar y sgrin fach.

'Haia, Elen! Ti'n iawn? Sôn amdanat ti oeddan ni rŵan.'

Gwnaeth Phil stumiau ar Nerys.

'Dim ond tsiecio'ch bod chi wedi cychwyn,' meddai'r chwaer fawr.

'Do, tad. Dim problam.'

'Ofn 'sa Phil 'di ca'l traffath codi.'

'Na na, dim traffath. Ma'r lonydd yn glir braf,' meddai Nerys, yn bwriadol osgoi'r abwyd.

'Lle dach chi rŵan?'

'Yn pasio Stanlow. Fyddan ni yna mhen rhyw hannar awr.'

'Os na fyddan ni 'di ca'l pyncjar . . .' gwaeddodd Phil.

'O, dwi'n dal yn *traumatised*, cofiwch,' ochneidiodd Elen. 'O'n i'n gweld y loris mawr 'ma'n dod i nghwfwr i bob tro o'n i'n cau'n llgada neithiwr.'

'Sut ma cefn Geraint?' holodd Elen.

'Tshiampion bora 'ma. Fel ebol blwydd, dwyt Ger? Reit, well i mi fynd, jyst yn gorffan brecwast ydan ni rŵan. Odd y wyau 'di sgramblo efo'r *smoked salmon* yn fendigedig. Be sy, Osian? Na, chei di'm *croissant* arall . . . Reit, well i mi fynd, welan ni chi yn Terminal One pen rhyw hannar awr, felly. Ffonia fi pan dach chi wedi cyrradd.'

'Siŵr o neud. Ta-ra.'

'Odd hi'n iawn?' holodd Dilys yn dal i afael yn dynn yn yr *holdall*, fel tasa'i bywyd hi'n dibynnu arno.

'Oedd tad. Tsiecio bod ni wedi cychwyn, a lle roeddan ni.'

'Chwara teg iddi,' gwenodd Dilys.

'Mm,' mwmiodd Nerys.

Gwyddai'n iawn mai'r unig reswm pam roedd Elen wedi ffonio oedd iddi gael brolio'r gwesty ac edliw eu bod nhw ill pedwar yn y maes awyr yn barod. Gneud iddi hi a Phil deimlo'n gwbwl eilradd, eto fyth. Roedd Nerys yn casáu teimlo fel hyn. Roedd hi'n brwydro rownd y ril i beidio â gadael i'w chwaer effeithio arni, ond roedd Elen yn llwyddo bob tro.

Syllodd Dilys trwy'r ffenest ar y wlad o'i chwmpas. Roedd hi wedi dechrau gwawrio erbyn hyn. Bora fory, meddyliodd, mi fydda i'n gweld gwawr newydd mewn gwlad estron.

Cyprus. Doedd Dilys yn gwybod fawr ddim am y wlad heblaw bod 'na datws da yn dod oddi yno a – diolch i'w gwersi ysgol Sul erstalwm – bod yr Apostol Paul wedi bod yno.

Wel, ei thro hi oedd ymweld â'r ynys rŵan. Gresyn bod hynny'n digwydd dan amgylchiadau mor drist. Cofiodd eiriau ola'i gŵr.

'Cyprus – dos â fi'n ôl i Cyprus . . . Dil, gaddo i mi . . . gaddo . . . *S'agapo!*'

Geiriau ola Trefor wrth iddo ymladd am ei wynt, a'r sŵn ratlo marwol yn ei wddf.

'Dwi'n gaddo,' meddai Dilys, gan lyncu'i phoer a gafael yn dyner yn y llaw esgyrnog, a'r dagrau'n powlio i lawr ei hwyneb. Roedd hi'n siwr bod cysgod gwên ar ei wyneb o wrth iddo bwyso'i ben yn ôl ar y gobennydd a chau ei lygaid am y tro ola.

Doedd Dilys yn dal ddim cweit yn deall pam roedd ei gŵr mor daer iddi wasgaru'i lwch yn Cyprus, o bob man.

'Fy nghyfnod i yn fanno oedd un o gyfnoda hapusa mywyd i,' oedd ei esboniad pan oedd Dilys wedi'i holi o rai dyddiau ynghynt. 'Ar wahân i nghyfnod i efo chdi, wrth gwrs.'

*   *   *

Yn 1953, yn un ar hugain mlwydd oed, aethai Trefor Morris i Cyprus. Gan ei fod yn gweithio fel mecanig yn garej ei dad ac angen gorffen ei brentisiaeth yn gynta, roedd yn hŷn na'r rhelyw yn gneud ei Nashional Syrfis. Roedd Dilys ac yntau wedi bod yn canlyn ers sbel, a chyn iddo ffarwelio â hi wrth adael am Cyprus, gofynnodd iddi ei briodi a gaddo y byddai hynny'n digwydd cyn gynted ag y byddai cyfnod y 'gwasanaeth' ar ben.

Byddai hithau wedyn yn edrych yn aml ar ei modrwy ddyweddïo, ac yn ei hanwylo'n dyner.

'Mi bryna i lwmp o *eternity ring* i ti ryw dro, Dil – gynta bydd gin i'r modd,' roedd o wedi'i ddeud. Modrwy fach rad, syml oedd ei modrwy ddyweddïo ond doedd hynny'n

poeni dim ar Dilys – mi fysa carreg bach o lan y môr ar
lastig band wedi gneud y tro'n iawn. Dyweddïo, a gwybod
bod Trefor yn ei charu hi gymaint ag roedd hithau'n ei
garu o, oedd yn bwysig.

Cadwodd Trefor at ei air. Ar ôl i Nerys gael ei geni aeth
â Dilys i'r siop emau ddruta yng Nghaer a phrynu modrwy
eternity grand iddi. Roedd o wedi agor garej arall erbyn
hynny, ac yn un o werthwyr ceir mwya llwyddiannus y sir.

'Dewisa di unrhyw un ti isio, Dil. Paid â phoeni am y
pris.' Dewisodd Dilys fodrwy efo rhesiad o ddeiamwntiau
bach.

'Ti'm isio un fwy na honna? Be am hon?' meddai, gan
bwyntio at y fodrwy fwya rhwysgfawr oedd yn y ffenest,
a chlwstwr o ddeiamwntiau fatha mwyar duon yn wincio
ohoni.

'Ond yli'i phris hi!'

'Twt! Mond pris car ydi hynna i mi. Tyd 'laen. Dim ond
y gora i chdi, Dil.'

Anaml iawn y gwisgai Dilys y fodrwy gan ei bod ofn ei
cholli, er bod Trefor wedi trefnu insiwrans ar ei chyfer.
Ond falla mai'r prif reswm pam na fyddai'n ei gwisgo'n
aml oedd ei bod yn teimlo nad oedd y fodrwy grand ddim
cweit yn siwtio'i llaw fach eiddil hi.

Cyn bo hir, daeth Elen i lygadu'r fodrwy a rhoi ei bryd
ar ei meddiannu ar ôl ei mam. Roedd wedi rhoi sawl hint
ysgafn y bysa hi wrth ei bodd yn ei chael, a Nerys yn cael
yr un ddyweddïo. Ond fel arall roedd Dilys yn bwriadu i
bethau fod, gan mai ar ôl geni Nerys y cawsai hi'r honglad
peth.

Ta waeth am hynny, roedd Dilys wedi'i gwisgo hi
heddiw i fynd ar y daith 'ma. Drwy fod â'r tair modrwy
ar ei llaw roedd hi'n teimlo'n agosach, rywsut, at Trefor.
Syniad gwirion, fe wyddai. Syllodd ar y fodrwy briodas,

oedd bellach wedi gwisgo'n denau. Doedd hi ddim wedi tynnu hon i ffwrdd ers diwrnod eu priodas, a doedd ganddi ddim bwriad o unrhyw fath o'i thynnu hi byth. Roedd hi'n dymuno cael ei chladdu yn gwisgo'r fodrwy. Hon oedd yn ei chlymu efo Trefor, yn symbol o'u hundod.

O, Trefor! Be dwi'n mynd i neud hebddach chdi, meddyliodd, a'r dagrau'n dechrau cronni yn ei llygaid. Roedd y ddau wedi bod fel un. Dim gair croes wedi bod rhyngddyn nhw rioed. Trefor wedi gofalu amdani, wedi rhoi pob dim iddi: cartra cysurus, bywyd cyfforddus, dwy o genod ffantastig. Ond dyna fo – dim ond dros dro y mae popeth. Does 'na ddim byd yn para am byth. Sychodd Dilys y deigryn oedd yn disgyn yn dawel i lawr ei boch.

"Dan ni yma,' cyhoeddodd Phil.

Reit ta, Dilys, callia rŵan. Ma raid iti fod yn gry. Meiddia di neud lol o flaen pawb. Syllodd ar yr adeiladau mawr o'i blaen, a throdd ei stumog wrth iddi weld yr awyrennau uwch ei phen. Callia. Ti'm isio ypsetio neb efo dy hen grio gwirion. Ti wedi crio digon fel ma hi. Raid i ti fod yn gry, meddai wrthi'i hun wedyn, gan lyncu'r lwmp yn ei gwddf.

Wrth i Phil fynd rownd a rownd y maes parcio yn chwilio am le gwag i'r Fiat, rhoddodd Dilys wên fach drist a mwytho'r *holdall* yn dyner.

Roedd hi ar ei ffordd i dalu'r gymwynas ola i'w hannwyl briod.

Prins Albert

'O'r diwadd! Lle dach chi 'di bod?' meddai Elen yn gyhuddgar, gan neud pwynt o edrych ar ei wats. 'Ma'r ddesg wedi agor ers meitin.'

'Methu ca'l lle i barcio,' chwythodd Phil. 'A chwilio am droli.'

'Ylwch ciw sy 'na, a finna 'di meddwl 'sa ni 'di gallu osgoi gorfod ciwio,' meddai Elen wedyn, fel tasa Huw Edwards newydd gyhoeddi bod diwedd y byd ymhen hanner awr.

'Ia, wel, peth meddal 'di meddwl a pheth calad 'di cach. . .' meddai Phil yn herfeiddiol, gan edrych i fyw llygaid Elen.

''Dan ni yma rŵan, tydan. Dowch yn 'ych blaenau,' meddai Nerys, yn trio rhwystro unrhyw siglad i'r drol allai beri i honno gael ei throi cyn cychwyn.

Cafwyd hyd i gynffon y ciw, a safodd pawb yn un rhes: Elen, Geraint a'r plantos yn gynta, wedyn Dilys a'i *holdall,* ac yna Nerys a Phil.

'Tarwch 'ych bag ar y troli 'ma, Dilys, ichi gael sbario'i gario fo,' cynigiodd Geraint.

'Dwi'n iawn, 'chi, diolch,' atebodd Dilys a gafael yn dynnach yn yr *holdall.*

'Fysat ti'n meddwl bod y crown jiwyls gin dy fam yn y bag 'na,' sibrydodd Phil yng nghlust Nerys.

'Be sgynnoch chi yn hwnna, Nain?' holodd Alys Haf.

'Dy daid, 'y nghariad i.'

'Argo, sut nath Taid ffitio i hwnna?'

'Alys, ti'm yn cofio fi'n esbonio i ti bod corff Taid wedi cael ei losgi, a'n bod ni'n mynd â'i lwch o rŵan i wlad bell, bell, a . . .'

Torrwyd ar draws esboniad Elen gan gri o ffôn Geraint.

'Esgusodwch fi am funud – gwaith,' a brasgamodd Geraint yn frysiog oddi wrth Deulu Bach Nantoer.

'Pwy sy'n dy ffonio di o'r gwaith 'radag yma o'r bora?' galwodd Elen ar ei ôl. 'Fel hyn ma nhw o hyd, chi,' meddai wrth y lleill. 'Fedran nhw'm gneud hebddo fo am un dwrnod.'

'Taw â deud!' meddai Phil, gan godi'i aeliau'n awgrymog.

'O, 'di'r ciw 'ma'n symud dim,' meddai Dilys.

'Maaam? Dwi isio pi-pî . . .'

'Ddim *eto*, Alys Haf?! Newydd fod w't ti.'

'Sgin i'm help, dwi isio pi-*pî*,' meddai'r gogor fach bump oed yn daer.

'Ma'r hogan bach 'ma rêl chdi, Elen. Fel hyn yn union oeddat titha'n ei hoed hi. Fedran ni'm mynd i nunlla nag oedd raid i ti gael mynd i'r lle chwech,' meddai Dilys.

'Pledran wan, ia Elen? Watsha dy hun, Tena Ladies fydd hi.' Methai Phil ymatal rhag manteisio ar bob cyfle i dynnu coes ei chwaer-yng-nghyfraith.

'Tyd, Alys Haf,' meddai Elen a'i hwyneb yn ddigon i suro llaeth enwyn. Gafaelodd yn llaw'r hogan bach, troi ar ei sawdl a mynd yn din ac yn dro i gyd am y lle chwech. Sylwodd Nerys ar y siaced nefi drwsiadus, ddrud yr olwg, a'r crys-T streipiog coch a gwyn, y ddau wedi'u prynu efo'i gilydd yn yr un siop, debyg. Edrychodd i lawr ar ei thop blodeuog a'i throwsus trichwarter lliw mwd hi ei hun, y ddau wedi'u prynu mewn rhyw sêl neu'i gilydd ddwy flynedd ynghynt a golwg felly arnyn nhw hefyd. Ac wrth i Elen ddiflannu rownd y gornel, sylwodd Nerys wedyn ar y jîns claerwyn – nid y trowsus mwya ymarferol i deithio ynddo.

Sylwodd Phil yr un pryd ar y jîns. Roeddan nhw'n lot rhy dynn am y tin a'r clunia . . .

'Sori am hynna.' Roedd Geraint yn ei ôl. 'Problam bach yn gwaith. Lle ma Elen ac Alys Haf?'

'Yn lle chwech,' meddai Nerys, a sylwi ar y dafnau bach o chwys ar ei dalcen. 'Ti'n iawn, Geraint?'

'Ydw. 'Y nghefn i fymryn yn boenus ar ôl ddoe.'

Yn ara deg bach symudodd y ciw yn ei flaen, ac erbyn i Elen ac Alys Haf ddod yn eu holau roedd y criw o fewn golwg i'r ddesg.

'Fysa'n well i mi sôn wrth y rhein am Trefor, dwch?' holodd Dilys fel roeddan nhw'n cyrraedd y llinell felen.

'Gadwch bob dim i mi, Mam,' meddai Elen fel petai hi'n awdurdod ar fynd â gweddillion dynol dramor.

Daliai Phil yn dynn yn y llygedyn bach o obaith y byddai'r awdurdodau, trwy ryw ryfeddol wyrth, yn gwrthod caniatáu iddyn nhw fynd â gweddillion Trefor ar yr awyren. Braf fyddai cael troi ar ei sawdl a'i gluo hi 'nôl i Gymru fach y ffordd gynta.

Rhoddodd y llanc ifanc tu ôl i'r ddesg wên gydymdeimladol iawn pan eglurodd Elen iddo beth oedd cynnwys yr *holdall*. Dywedodd wrthi am sôn wrth swyddogion y pasbort control eu bod yn cario eitem o natur ddelicet iawn, ac y dylai popeth fod yn iawn wedyn.

Suddodd calon Phil.

Ar ôl cael gwared o'r cesys, penderfynwyd yn unfrydol beidio â dilidalio ond mynd yn syth trwy'r pasbort control er mwyn cael eistedd i lawr a mwynhau paned yr ochor arall. Ysai Elen am gael gwario yn y *duty free*. Roedd hi angen lipstic a phersawr newydd. Roedd Geraint hefyd yn awyddus i brynu potelaid neu ddwy o win da i fynd efo fo – potel o Bordeaux reit neis, neu botel o Chianti, falla. Duw a ŵyr pa fath o win fyddai ar gael yn y Cyprus 'ma. Rhywbeth a ymdebygai i finag, beryg. Doedd Geraint ddim yn fodlon aberthu ei hoffter o win da hyd yn oed ar gyfer Trefor Morris. Beth bynnag, mi fyddai Trefor wedi gwerthfawrogi'r ffaith eu bod yn yfed gwin o safon, a fynta'n arfer meddwl ei fod yn dipyn o *connoisseur* ei hun.

Roedd y ciw unwaith eto fel ruban. Gosododd Geraint, Elen a'r plantos eu bagiau ar y belt *x-ray* nes bod eu heiddo personol yn ratlio yn y três llwyd. Cerddodd y pedwar yn ddidramgwydd trwy'r sganar.

Tro Nerys, Phil a Dilys oedd hi wedyn.

'Deuda am yr *holdall*, Ner,' sibrydodd Elen o ddiogelwch yr ochor draw.

'Excuse me, sir,' meddai Nerys. 'There's a very delicate item in that holdall – my father's ashes.'

'Pardon?' meddai'r swyddog surbwch.

'My husband's ashes are in that bag,' meddai Dilys gan lyncu'i phoeri.

Chafwyd dim ymateb gan y swyddog. Thynnodd o mo'i lygaid oddi ar y sgrin oedd yn dadlennu ymysgaroedd y bagiau.

Amneidiodd swyddog arall ar i'r tri fynd trwy'r sganiwr. Camodd Dilys yn ansicr trwyddo yn gynta, a Nerys ar ei hôl. Phil oedd yr ola. Yr eiliad y camodd ei droed dros y rhiniog, dechreuodd y peth blipian fel tasa fo'n mynd o'i go.

'If you'd like to step this way, sir,' meddai'r swyddog.

Teimlai Phil fod pob llygad yn yr holl le'n syllu arno.

Ella'u bod nhw'n meddwl mod i'n aelod o'r al-Qaeda, meddyliodd. Rhaid i mi drio cofio'r teimlad rhag ofn medra i ei ddefnyddio fo mewn drama ryw dro . . .

Torrwyd ar draws ei ramantu gan lais y swyddog yn gofyn iddo oedd ganddo fo rywbeth yn ei boced roedd o wedi anghofio'i roi yn y trê llwyd. Tyrchodd Phil ym mhocedi'i jîns ac ysgwyd ei ben. Roedd ei bocedi'n gwbwl wag. Sganiodd y swyddog gorff Phil o'i gorun i'w sawdl. Wrth i'r peiriant grwydro i ddeheubarth ardal yr afl, dechreuodd blipian yn wyllt.

'Shit,' griddfanodd Phil. Gallai deimlo chwe phâr o lygaid yn syllu arno, heb sôn am y rhesiad o deithwyr eraill oedd yn disgwyl eu tro y tu ôl iddo.

'It's my PA,' sibrydodd wrth y swyddog.

'I beg your pardon?' meddai'r swyddog yn ddryslyd.

'It's my "Prince Albert",' meddai Phil fymryn yn uwch.

'"Prins Albert" ddudodd o, dudwch?' meddai Dilys, oedd â chlyw cystal ag unrhyw gath.

Esboniodd y swyddog fod gan Phil ddau ddewis – cael gwared o'r 'prins' o'r man dirgel ar ei gorff, neu gytuno i gael ei archwilio'n llawn. Doedd gan Phil ddim cwilydd o'i gorff na'i brins, felly dilynodd y swyddog yn dalog.

'Lle maen nhw'n mynd â fo?' holodd Dilys.

'Jyst isio tsiecio rwbath,' mwmiodd Nerys.

'Sgen Yncl Phil ddrygs arno fo?' gofynnodd Osian, a'i ddwy lygad yn fawr fel dwy soser yn ei ben. 'Dyna pam ma'r dyn 'na wedi mynd â fo, ia?'

'O, dowch i ga'l panad, wir,' medda Elen, yn ffieiddio at y fath beth. A deud y gwir, mi fysa hi'n gallu gneud efo rhywbeth lot cryfach na phaned. Biti ar y diawl mai dim ond hanner awr wedi saith yn y bore oedd hi.

'Sorted!' meddai Phil, a gwên fawr ar ei wyneb wrth gerdded yn ei ôl at y criw.

'Dach chi'n iawn, Phil bach? Be odd y dyn 'na isio efo chi?' holodd Dilys yn bryderus.

'Dowch i ga'l panad reit handi, Mam. Dwi'n siŵr 'ych

bod chi jyst â thagu erbyn hyn,' meddai Elen yn frysiog, gan arwain ei mam tua'r lolfa cyn i Phil gael cyfle i esbonio.

'Madam – your bag!' gwaeddodd un o'r swyddogion ar ôl Dilys.

Bu ond y dim iddyn nhw adael 'rhen Drefor Morris ar ôl yng nghanol helynt y John Thomas tyllog!

'Oedd raid i ti f'embarasio fi fel'na?' meddai Nerys trwy'i dannedd wrth i Phil a hithau gychwyn ar ôl y lleill i gyfeiriad y lolfa aros.

''Nes i'm trio, wir i ti, Ner. O'n i'n cofio dim byd am y blwmin peth.'

'O'n i isio i'r llawr 'yn llyncu fi. Odd gwynab Geraint yn bictiwr, heb sôn am un Elen.'

'Duwcs, dydi honna ddim yn gwbod be ydi PA, siŵr. Er, dwn 'im chwaith. Cŵn tawal sy'n cnoi, meddan nhw, 'de? Synnwn i damad nad oes gen dy chwaer ryw *nipple ring* neu ddwy, sdi.'

Dechreuodd Nerys a Phil biffian chwerthin wrth iddyn nhw ddychmygu Elen yn gwisgo'r fath jinglarins ar ei chorff. Daliodd y ddau lygad ei gilydd a chynyddodd y chwerthin nes eu bod nhw'n g'lana chwerthin.

Roedd y ffleit ar amsar, diolch i'r drefn. Roedd Elen wedi cael ei phersawr, y diweddara ar y farchnad yn ôl y ferch tu ôl i un o'r llu cownteri yn yr adran sentiach a cholur. Prynodd lipstic a masgara hefyd, a phan ofynnodd y ferch iddi tybed oedd ganddi ddiddordeb yn yr hufen newydd arbennig ar gyfer cuddio cylchoedd duon o dan y llygaid, wyddai honno ddim ei bod wedi taro nerf nerthol. Roedd Elen yn sensitif iawn am y düwch dan ei llygaid, ac wedi trio pob mathau o grîms oedd ar y farchnad i geisio cael gwared arno fo ond heb fawr o lwc. Un o'r nodweddion roedd hi wedi eu hetifeddu gan ei thad oedd y düwch, yn anffodus. Prynodd ddau botyn o'r hufen gwyrthiol yn y fan a'r lle, a thalu am y cwbl heb droi blewyn. Cafodd Geraint yntau ei boteli gwin a photel o frandi am lwc. Llyfr ar Cyprus a phaced o fints brynodd Nerys, a Phil Doblarôn mawr nobl. Cylchgrawn yr un i'r plantos wedyn i'w cadw'n ddiddig ar y siwrna bedair awr a mwy, a'r rhifyn diweddara o *People's Friend* wedi'i roi'n saff yn handbag Dilys.

'Fedra i'm mynd i gysgu heb ddarllan chydig gynta,' meddai Dilys wrth Phil pan oeddan nhw'n ciwio i dalu.

Fedra inna ddim mynd i gysgu heb ga'l secs oedd ar flaen tafod Phil, ond penderfynodd mai doethach fyddai cadw'r ffaith fach honno iddo fo'i hun.

Eisteddodd y teulu bach yn y lolfa yn barod i gael eu galw i fynd ar yr awyren: Dilys yn gafael yn dynn yn yr *holdall*, Osian â'i drwyn yn y Nintendo, Geraint â'i drwyn yn yr *Economist*, Elen â'i thrwyn mewn rhyw gylchgrawn sgleiniog, Nerys â'i thrwyn yn y llyfr teithio, Alys Haf â'i thrwyn ar y ffenest yn ceisio dyfalu pa awyren oedd eu hawyren nhw, a Phil yn pigo'i drwyn yn slei.

'Maaam! Dwi isio pi-pî.'

'Nagwyt, ddim eto, Alys Haf. Newydd fod w't ti.'

'A' i â hi,' meddai Nerys, a chadw'r teithlyfr yn ei bag.

Roedd hi'n weddol wag yn y toiledau, felly rhybuddiodd Nerys y fechan i aros amdani hi a chofio golchi'i dwylo. Caeodd ddrws y ciwbicl ar ei hôl. Suddodd ei chalon fel plwm pan sylwodd ar y staen gwaedlyd ysgafn ar ei nicyr gwyn. Damia! Damia, damia, damia! Roedd hi wedi meddwl yn siŵr fod pethau'n mynd i fod yn wahanol y tro 'ma. Roedd hi bum diwrnod yn hwyr a doedd hi byth yn hwyr. Daeth y crampiau cyfarwydd a gwyddai Nerys na fyddai 'na ddim babi eto'r mis hwn. Diolch byth nad oedd hi wedi sôn wrth Phil. Roedd hi'n sylweddoli bod hyn yn gallu cymryd amser, ond roedd hi wedi dod oddi ar y bilsen ers dros flwyddyn bellach, ac erbyn hyn yn dechrau poeni ei fod o'n cymryd mwy o amser nag y dylai. Roedd wedi awgrymu i Phil ryw fis neu ddau ynghynt falla y dylian nhw fynd i weld doctor.

"Sna'm byd yn rong ar 'y nhŵls i, dallta. Isio mwy o bractis 'dan ni,' ddeudodd hwnnw.

'Anti Nerys – dach chi 'di gorffan?'

'Dŵad rŵan, Alys.'

'Dach chi'n hir iawn.'

Tyrchodd Nerys yn ei bag. Diolch i'r mawredd, cafodd hyd i dampon yn llechu yn ei waelod.

'Anti Nerys!'

'Dŵad rŵan, Alys. Dau funud. Ti 'di golchi dy ddwylo?'

'Do.'

'Golcha nhw eto i neud yn siŵr bod nhw'n lân.'

Ar ôl ei hymgeleddu ei hun daeth Nerys allan o'r ciwbicl.

'Oeddach chi'n ofnadwy o hir.'

Anwybyddodd Nerys y dôn gron.

'Ti wir wedi golchi dy ddwylo?'

'Do, *ddwy* waith.'

'Hogan dda.'

'Gawn ni fynd rŵan?'

Rhyfedd fel mae byd rhywun yn gallu newid mewn amrantiad. Ychydig funudau ynghynt roedd hi a Phil yn g'lana chwerthin, a hithau'n dal ar y llygedyn bach o obaith ei bod hi'n feichiog. A rŵan . . .

'Oeddach chi'n hir iawn,' oedd sylw Elen pan gyrhaeddodd y ddwy yn eu holau.

'Ciw,' atebodd Nerys yn swta.

'Doedd 'na'm ciw,' cywirodd y llais bychan wrth ei hochor.

'Well i ni fynd at y giât, fyddan ni'n bordio cyn bo hir. Cadwa'r hen ffôn 'na wir, Geraint. Fedran nhw neud hebddat ti am wsnos, siawns.'

'Cerwch chi, mi ddo i ar 'ych hola chi. Dwi jyst isio piciad i Boots i nôl tishws.'

'Reit ta, dowch yn 'ych blaena,' gorchmynnodd y Sarjant Mejor fel petai'n arwain byddin i'r gad.

'Arhosa i efo Ner,' meddai Phil oedd wedi sylwi bod y gwynt wedi'i dynnu o hwyliau'i wraig am ryw reswm.

Wrth i'r hapus dyrfa ymlwybro i gyfeiriad y giât, gwasgodd Phil fraich Nerys yn dyner.

'Iawn, Ner?'

'Tshiampion. Crampia poen bol – ti'n gwbod . . .'

'O.' Suddodd calon Phil. Roedd wedi edrych ymlaen at gael wythnos o ryw gwych a gwyllt yn yr haul. Ond ddim hanner cyn ised â chalon Nerys, oedd wedi edrych ymlaen at gael babi bach yn ei breichiau.

'Dach chi'n iawn, Mam?' holodd Elen wedi i bawb setlo i lawr yn weddol ar yr awyren.

'Sut ti'n cau 'rhen beth 'ma, dwa'?' meddai Dilys, yn ffidlian efo'i gwregys – hynny ar ôl i'r stiwardes gael cryn drafferth i'w pherswadio i roi'r bag hollbwysig yn y locer uwch ei phen.

'Gobeithio bod 'na gaead golew ar yr yrn 'na,' sibrydodd Phil yng nghlust Nerys.

'Mi gaea' i o ichi, Nain,' meddai Osian, oedd wedi cytuno i roi ei Nintendo o'r neilltu tra oedd yr awyren yn codi.

'Fawr o le yn y peth 'ma, nago's?' meddai Phil gan edrych o'i gwmpas a golwg reit bryderus ar ei wyneb. Pan drodd Nerys i gyfeiriad ei gŵr wrth i'r awyren godi, roedd ei lygaid wedi'u cau yn sownd. Roedd ei figyrnau hefyd yn gwasgu'n dynn am freichiau ei sedd, a rhyw wawr o wyrddni dros ei wedd.

'Ti'n iawn, Phil?'

'Nachdw,' atebodd, heb agor ei lygaid. Sut yn y byd mawr roedd disgwl i'r tun paraffin yma a'i llond hi o bobol godi ac, yn bwysicach fyth, aros yn yr awyr? Rhoddodd ei fol dro arall wrth i'r awyren godi sbid, a bu ond y dim iddo chwydu pan gododd hi go iawn.

Nefar again, meddyliodd.

Cyprus, Awst 1953

Glaniodd y Dakota DC3 o'r diwedd.

Roedd Trefor wedi meddwl na fysa fo byth yn cyrraedd Nicosia. Roeddan nhw wedi cychwyn am un ar ddeg y noson cynt o faes awyr Blackbushe, heb fod yn bell o Reading, ac roedd hi bellach yn bedwar o'r gloch y pnawn. Roedd o ar lwgu ac wedi ymlâdd. Roeddan nhw wedi stopio yn Nice i gael tanwydd cyn hedfan yn eu blaenau i Valetta yn Malta, lle cafodd Trefor frecwast. Doedd o ddim wedi cael briwsionyn o fwyd ers Malta, ac yn waeth na hynny roeddan nhw wedi rhedeg allan o ddŵr ar yr awyren ymhell cyn cyrraedd Cyprus.

Be ar wyneb y ddaear roedd o'n ei neud yn yr uffern yma? Mi fysa fo'n rhoi'r byd i gyd am fod 'nôl adra'n tincran efo clytsh neu *cylinder head* rhyw gar, a chael bod yng nghwmni Dil.

Dilys. Gwenodd iddo'i hun. Am eiliad gallai arogli'i phersawr a theimlo'i gwefusau meddal ar ei wefusau yntau.

'Get a move on, Taff! Stop daydreaming, we haven't got all day!' gwaeddodd y Warrant Officer.

Sylwodd Trefor ar fawr ddim byd wrth gerdded yn y gwres llethol o'r awyren i gyfeiriad y landrofyr oedd yn eu hebrwng i'r gwersyll. O'r chydig a welodd o, roedd Nicosia'n dipyn gwahanol i Abingdon lle roedd o wedi bod am ddeg wythnos yn gneud ei hyfforddiant, ac yn blaned wahanol i gefn gwlad Sir Fôn. Llyncodd ei boer. Doedd o rioed wedi bod dramor cyn hyn, a heblaw am y deg wythnos o hyfforddiant doedd o rioed wedi gweld gwn o'r blaen, heb sôn am afael mewn un . . .

Ar ôl cyrraedd y gwersyll gorchmynnwyd i'r *airmen* fynd yn syth i'r stordy. Roedd Trefor wedi hanner gobeithio y bydden nhw wedi cael eu martsio'n syth i'r cantîn, ond nid felly y bu. Yn y stordy cyflwynwyd tent i'r criw – tent ar gyfer deuddeg o ddynion. Lwcus mai dim ond y fo a phedwar arall fyddai'n gorfod ei rhannu.

Yr orchwyl gynta oedd rigio'r dent, ac wedyn tyllu ffos o'i chwmpas. Doedd Trefor na'i gyd-lojars ddim wedi codi pabell yn eu byw o'r blaen.

'That'll do, lads, we've dug deep enough. It never rains here,' meddai Arthur Foster, un o'r criw, gan syllu i mewn i'r ffos gul a chymryd arno'i fod o'n dipyn o awdurdod ar dywydd Cyprus. 'Especially in August.'

Ar ôl i'r pump fod wrthi'n stryffaglio am oriau, roedd yr haul llachar wedi hen gefnu arnyn nhw gan adael dim ond ei wres ar ôl. Ond o leia roedd y dent ar ei thraed a ffos ddigonol o'i chwmpas, ac wedyn roeddan nhw wedi cael rhyw fymryn i'w fwyta.

'It's like a little palace in here,' meddai Simpkins gan orweddian yn ei ôl yn braf a'i ddwy law y tu ôl i'w ben ar ei wely bach metal.

'A poor man's palace,' meddai Harvey. 'We haven't got any furniture at all.'

'Minor details, minor details. We'll sort something out, lads,' meddai Simpkins gan danio'i sigarét.

Roedd yn llygad ei le. Drannoeth cafodd afael ar grât pren o rywle, a fuodd o fawr o dro yn troi'r grât yn wardrobs a byrddau bach wrth ochor y gwlâu, ac mi lwyddodd hyd yn oed i fachu dau ddrych o rywle. (Ofynnodd yr un o'r pedwar arall o ble – callach oedd peidio.) Ac, yn wir, mi oedd y babell fel palas bach o'i chymharu â'r pebyll eraill.

Yn y gweithdy roedd Trefor yn gweithio – yn trin loris, landrofyrs a cheir yr RAF. Gan ei fod o wedi cael gorffen ei brentisiaeth fel mecanic cyn gorfod gneud ei Nashional Syrfis roedd o'n hŷn na'r rhelyw yn y gwersyll, ac yn amal iawn dôi un o'r llafnau ifanc ato i fwrw'i fol ynglŷn â rhyw boen neu bryder oedd ganddo. Hiraeth am adra, gan amla. Roedd Trefor yn un da am rannu gair bach o gyngor – yn wir, fe dynnai'r criw ei goes yn aml mai fo oedd *padre*'r camp go iawn.

Yr hyn na wyddai neb oedd bod gan Trefor hiraeth. Hiraeth am adra. Hiraeth oedd bron â'i fygu ac yn bygwth ei yrru o'i go ambell ddiwrnod. Roedd yn cyfri'r dyddiau hyd nes y dôi ei gyfnod yn yr uffern yma i ben ac y câi fynd adra.

Adra 'nôl i garej ei dad, ac yn ôl i freichiau Dilys.

Hapi landing

'Gei di agor dy lygaid rŵan, Phil,' meddai Nerys wrth i'r awyren droi i fynd i 'barcio' wrth y terminal.

Dyna'r pedair awr a deugain munud mwya arteithiol i Phil eu profi yn ei fywyd. Fuo ganddo fo rioed gymaint o ofn. Mi wyddai o'r dechrau mai camgymeriad oedd y busnas mynd i Cyprus 'ma. Fflio i'r fath le jyst i daflu llwch rhyw hen gojar. Mi ddylia fod wedi rhoi ei droed i lawr a gwrthod dŵad. Yr unig beth fyddai ar ei feddwl o drwy'r wythnos rŵan fyddai'r pedair awr a deugain munud oedd yn ei wynebu fo eto ar y ffordd yn ôl.

Cachu rwj.

''Dan ni 'di cyrradd!' gwaeddodd Alys Haf wedi cynhyrfu'n lân.

Ceisiodd Dilys edrych dros ysgwydd Osian trwy'r ffenest fach ar yr hyn o'r ynys y gallai ei weld o'r awyren. Dyma lle roedd Trefor wedi cael ei anfon iddo'n un ar hugain oed, yn ddim ond hogyn ifanc, meddyliodd. A ti'n ôl yma, Trefor bach. Dwi wedi cadw ngair iti.

''Dach chi'n dŵad, Nain?' Roedd yr awyren yn dechrau gwagio ac Osian yn ysu am gael symud o'i sedd.

'Isio pi-pî.'

'O, ddim rŵan, Alys Haf. Raid ti ddal nes bod ni yn y terminal. Coda, Geraint, yn lle ista fanna fatha delw,' ordrodd y Sarjant Mejor.

'Fedra i ddim.'

'Be ti'n feddwl fedri di ddim?'

'Ma nghefn i 'di cloi!'

'Ti'n jocian!'

'Ti'n meddwl 'swn i'n jocian am rwbath fel'ma?'

Doedd Geraint fawr o gomedian ar y gora a doedd y cradur ddim yn tynnu coes y tro yma chwaith. Wedi bod yn ista yn yr un safle am dros bedair awr a hanner, roedd ei gefn wedi cloi fel Fort Knox.

Yn y diwedd gorfu i Phil, Elen a Nerys ei helpu i godi, ac ar ôl mynd allan cafodd Nerys afael ar gadair olwyn o rywle iddo. Erfyniodd Elen arno i fynd i'r ysbyty ond rhoddodd Geraint ei droed i lawr yn bendant (er nad oedd y cradur yn gallu rhoi'r un o'i draed ar lawr go iawn, a fynta yn y fath boen) – doedd o'm yn mynd ar gyfyl unrhyw ysbyty, yn enwedig un mewn gwlad estron.

Bu raid disgwyl am hydoedd am y cesys. Daeth pob un i'r fei ar wahân i rai Phil ac Elen. Doedd Phil ddim i'w weld yn poeni – cyn iddo gyfarfod â Nerys, *wash and put on* fyddai hi'n aml. Gallai fenthyg trôns neu ddau gan Geraint tasa hi'n mynd i'r pen, ond doedd o'm mor siŵr fysa fo'n mynd mor bell â gofyn am fenthyg un o blith casgliad helaeth Geraint o *chinos*, chwaith. Fysan nhw'n gorfod ei saethu fo gynta.

Roedd Elen, ar y llaw arall, wedi mynd i banig llwyr. Be yn y byd mawr oedd hi'n mynd i'w neud os oedd ei chês wedi mynd ar goll? Yr holl ddillad newydd roedd hi wedi'u prynu'n arbennig ar gyfer y daith – y ffrog linen wen o Reiss roedd hi'n bwriadu'i gwisgo ar gyfer gwasgaru'r llwch, a'r ddwy sgert a'r topiau neis 'na o Boden, heb sôn am y shorts a'r ffrog o Hobbs. A be am y ddwy wisg nofio newydd efo'u *fixed foam cups* a'r *powermesh for tummy control*?

'Paid â phoeni, gei di fenthyg rwbath gin i, Elen. 'Dan ni'n dwy 'run seis, dwi siŵr,' cysurodd Dilys ei merch hynaf wrth weld y carwsél yn gwagio.

Suddodd calon Elen i'w sandalau – yr unig bâr yn ei meddiant ar y funud. Doedd gorfod gwisgo dillad M&S heb sôn am fod o'i chorun i'w sawdl mewn pethau o hoff gatalog ei mam, J. D. Williams, ddim yn apelio o gwbwl. Fyddai bron yn well ganddi fynd yn dinnoeth o gwmpas y lle na gorfod gwisgo rhyw ffrog flodeuog. A doedd dim pwynt i Nerys gynnig benthyg unrhyw beth iddi, chwaith, a hitha'n fwy o ran seis a blynyddoedd.

'Dacw nhw!' gwaeddodd Osian, gan lygadu'r ddau gês yn ratlio dŵad yng nghanol y parseli, y byrddau syrffio a'r clybiau golff.

Fuodd Elen rioed mor falch. Diolch i Dduw, meddai wrthi'i hun.

Tra oedd Nerys ac Elen yn mynd draw at y ddesg llogi ceir, aeth Dilys i'r lle chwech efo Alys Haf. Arhosodd y dynion yn eu hunfan – Osian a'i drwyn 'nôl yn ei Nintendo, Geraint yn tecstio ffwl pelt, a Phil yn bwyta'i Doblarôn gan ei bod hi wedi hen basio amser cinio.

Cyn i Phil gael cyfle i lyncu'r ail damaid, roedd Nerys ac Elen yn eu holau yn chwifio goriadau'r ceir.

'Ych a fi! Ma toileda fama'n afiach, Mam! Dach chi'm i fod i roid papur lawr y toiled – dach chi i fod i roid o mewn bin! Ych a fi!' Roedd Alys Haf a Dilys newydd ddod yn gyfarwydd â'r system blymio Roegaidd.

'Hen beth budur, 'te?' ategodd ei nain. 'Rois i o i lawr y pan, wir, a ddudis i wrth Alys Haf am neud yr un peth.'

'Dowch, wir,' meddai Elen, yn dychmygu system garthfosiaeth y maes awyr yn dod i ffwl stop, diolch i'w mam a'i merch.

Camodd y teulu bach o awyrgylch ddymunol y terminal i bopty berwedig. Roedd yr haul ar ei boetha a dim arlliw o gwmwl yn yr awyr. A hithau'n ganol Awst roedd y tymheredd dros 30 °C. Estynnodd Elen ei sbectol haul o'i bag a'i tharo ar ei thrwyn, a gwnaeth Dilys yr un modd. Roedd 'na bâr wedi ymddangos o rywle ar drwyn Geraint hefyd. Damia, meddai Nerys wrthi'i hun, ma'n rhai i yn y cês yn rwla, a Duw a ŵyr ydi Phil wedi cofio dod â phâr efo fo.

'Yn ardal "C" ma'r ceir. Chwiliwch am ddau Ford Focus,' meddai Elen, a martsio yn ei blaen yn ei jîns gwyn (oedd yn dal yn berffaith lân, er mawr syndod i Nerys).

Roedd o fel chwilio am eich car ar faes parcio'r Steddfod, ond gydag un gwahaniaeth bach – rhywun arall oedd wedi parcio'r car. Ar ôl bron i ugain munud o chwilio, gwylltiodd Phil.

'Blydi hel! Tyd ag un o'r goriada 'na i mi, Ner.'

Aeth i flaen y gad a chlicio ffob allwedd y car yn wyllt. Ar ôl cerdded 'nôl ac ymlaen yn pwyntio'r goriad i'r pedwar gwynt, yn union fel ar ganiad yr utgyrn yn y Genedlaethol, gwnaeth y Ffordyn ei hun yn hysbys a chlywyd sŵn drws car yn datgloi. Cafwyd hyd i'w gefndar nid nepell i ffwrdd.

Y tro hwn efo Elen, Geraint a'r plantos y cafodd Dilys y fraint o deithio. Diolchodd Elen eu bod nhw'n gyrru ar yr un ochor i'r ffordd yn Cyprus ag rydan ni yma yng Nghymru, neu Duw a ŵyr sut byddai pethau wedi bod. Llwyddodd i yrru allan o'r maes awyr prysur yn reit ddidrafferth.

'Dilyna'r arwyddion am Ayia Napa a Protaras,' meddai Geraint o sedd y teithiwr, yn darllen y cyfarwyddiadau sut i gyrraedd y fila. Erbyn hyn roedd ei gefn wedi dechrau datgloi, diolch i'r mawredd.

'Ydi Nerys a Phil yn 'yn dilyn ni?' holodd Dilys o'r tu ôl i'r *holdall.*

'Yndyn tad,' meddai Elen gan giledrych yn y drych. Oedd *raid* i Phil gadw mor agos at eu tina nhw?

'Oes raid i dy chwaer fynd mor ara deg, dwa'?' gofynnodd Phil. 'Ty'laen, Elen bach, tân dani, wir Dduw!' A dechreuodd ganu corn y moto coch ar y cefndar gwyn o'i flaen.

'W, mae Phil yn canu'i gorn. Dio isio rwbath, dwch?' holodd Dilys o'r sedd gefn.

'Isio i Elen roid ei throed i lawr, beryg. Tyd, Elen bach, neu mi fydd 'na giw tu ôl i ni ar y rât yma.'

'Dreifia di, ta, os 'di nreifio fi ddim digon da. Dydi'm yn job hawdd mewn gwlad ddiarth, dalltwch.'

'Sgin i'm help mod i wedi gneud rwbath i nghefn, nagoes? Yli, ma'r lôn ma'n *dual carriageway* rŵan, gei di neud mwy na fforti ar hon, sdi.'

Yn gyndyn, rhoddodd Elen fwy o jiws yn yr injan a phrysurodd y ddau gar i gyfeiriad Protaras.

Roedd y fila ar gyrion tre Protaras, cyrchfan dwristaidd boblogaidd ar ochor ddwyreiniol yr ynys. Wedi derbyn yr allwedd a thaflen o gyfarwyddiadau sut i gyrraedd y fila ei hun o swyddfa'r asiant llogi yn y dre, i ffwrdd â nhw.

O ddewis, fila yn nhre Paphos ar ochor orllewinol yr ynys fyddai Elen wedi mynd amdano yn hytrach nag un yn Protaras. Roedd Paphos yn dre mwy cosmopolitan – a hefyd, yn bwysicach falla, roedd ffrind iddi wedi bod am wyliau 'out of this world' mewn gwesty pum seren yn fanno. Ond gan fod Trefor Morris wedi rhoi cyfarwyddiadau pendant ymhle yn union roedd o'n dymuno i'w lwch gael ei wasgaru, sef yn Cavo Greko (Cape Greco i ymwelwyr) – ardal ar drwyn pella de-ddwyrain yr ynys rhwng Protaras ac Ayia Napa – roedd yn gneud synnwyr i logi fila heb fod yn rhy bell o'r fan.

'Blydi hel, ma'r lle 'ma 'di costio bom i dy fam!' meddai Phil pan drodd y Ffordyn i fyny'r dreif ar ôl i Elen bwyso'r rhifau angenrheidiol ar ryw declyn wrth y giatiau oedd yn gwafars i gyd. Agorodd y ddwy giât yn ara urddasol gan ddatguddio clamp o fila deulawr, modern, ac anferth o bwll nofio o'i flaen. 'Ti'n siŵr bod ni yn y lle iawn, Ner?'

Mi fysa Judith Chalmers ei hun wedi dotio efo'r fila. Roedd o reit ar lan y môr, a'r traeth ddim ond rhyw dri munud i ffwrdd, a golygfeydd gwych o'r môr i'w gweld i bob cyfeiriad, bron. Roedd y pwll nofio siâp aren yn edrych yn hynod o apelgar, a chael a chael fu hi i Elen allu rhwystro Osian rhag neidio i mewn yn y fan a'r lle. Addawodd i'r plant y caen nhw newid i'w dillad nofio gynted ag y bydden nhw wedi dadbacio.

Wrth ymyl y pwll roedd 'na hanner dwsin neu fwy o wlâu haul ac arnyn nhw fatresi trwchus, moethus o liw hufen. Roedd 'na hefyd gadeiriau a bwrdd bwyta nobl, hirsgwar – a'r clustogau ar y cadeiriau, wrth gwrs, yn matsio matresi'r gwlâu haul. Yn ogystal â phatio oedd yn cynnwys barbeciw, roedd 'na hefyd lawnt a blodau a choed trofannol ifanc. Ond llygadu'r *hot tub* a wnaeth i Phil deimlo fel ffilm star oedd wedi cyrraedd y top.

Doedd tu mewn y fila ddim yn siomi, chwaith, a'i lawr wedi'i orchuddio â theils marmor nobl o liw hufen. Roedd y gegin yn un fawr, fodern, yn cynnwys pob *mod con* – peiriant golchi, peiriant golchi llestri, peiriant coffi, clamp o rewgell ac oergell. Wynebai'r lolfa y pwll a'r môr, ac roedd bleinds trydan ar y ffenestri a'r drysau mawr a agorai allan i'r patio. Ar wahân i'r pwll nofio mega cŵl, roedd Osian ac Alys Haf wedi gwirioni hefyd efo'r teledu plasma yn y lolfa, oedd yn derbyn mwy o sianeli nag roedden nhw yn eu derbyn gartra, hyd yn oed.

Tra oedd Phil yn nôl y cesys a'r bagiau o'r ceir efo help Osian ac Alys Haf, a Geraint yn ffidlian efo'r system awyru, ymlwybrodd y merched i fyny'r grisiau marmor tuag at y pedair ystafell wely braf, pob un â'i *en suite*.

'Gymith Geraint a fi hon,' meddai Elen fel bwled pan welodd hi'r *master suite* efo'i wely *super-king,* a cherdded yn dalog allan ar y balconi a wynebai'r pwll nofio. Cymerodd Nerys a Phil y stafell ddwbl, Osian ac Alys Haf un o'r stafelloedd *twin*, a Dilys y *twin* arall. A'r trefniadau cysgu wedi'u sortio, aeth y merched ati i ddadbacio tra aeth Phil a Geraint i gadw llygad ar y plant, oedd wedi rhedeg allan i gael golwg iawn ar y pwll.

Roedd Elen ar ben ei digon. Roedd y fila hwn y tu hwnt i bob disgwyl. Mwmiai wrthi'i hun wrth gadw'i dillad yn y wardrob, a gosod y ffrog o Reiss a'r dillad Hobbs a Boden yn ofalus ar yr hangyrs. Diolch byth bod ei chês wedi cyrraedd neu mi fysa hynny wedi difetha pob dim.

Edrychai ymlaen at yr wsnos oedd o'u blaenau. Olreit, roedd ganddyn nhw un orchwyl go amhleserus i'w gneud, ond rhyw awran bach o'u hamser gymrai hynny, gyda lwc. Mi ddylai'r wsnos yma neud lles i'r pedwar ohonyn nhw. A Geraint wedi bod yn gweithio'n hwyr bron bob nos yn ddiweddar, prin iawn oedd yr amser iddyn nhw fod efo'i gilydd fel teulu.

Ar y ffordd i Protaras roedd Osian ac Alys Haf wedi sylwi ar arwydd mawr yn hysbysebu parc dŵr yn Ayia Napa, ac roedd Elen wedi gaddo diwrnod yn y parc iddyn nhw. Câi hithau lonydd i dorheulo a darllen tra byddai Geraint yn entyrtênio'r ddau. Os na fydda fo'n dal i gwyno efo'i blwmin cefn . . .

Wrth i Nerys daro dillad Phil a hithau'n blith draphlith

i'r drôrs, trodd ei meddyliau tuag at ei mam. Roedd hi'n poeni amdani – poeni sut roedd hi'n mynd i ymdopi â ffarwelio â Trefor. Roedd y trefnu a'r paratoi ar gyfer yr ymweliad yma â Cyprus wedi'i chynnal ar ôl yr angladd, ond rŵan a nhwytha ar fin talu'r gymwynas ola iddo fo, beth ddôi o'i mam wedyn? Roedd Nerys yn gobeithio y medrai Dilys fwynhau (os mai 'mwynhau' oedd y gair iawn) gweddill ei hamser ar yr ynys. Byddai raid penderfynu pryd i gyflawni'r orchwyl hefyd. Cyn gynted â phosib fyddai orau. Byddai raid iddi hi, Nerys, godi'r pwnc amser swper y noson honno.

Eisteddai Dilys ar ochor y gwely yn ei stafell. Edrychodd ar y gwely sengl gwag wrth ei ymyl. Fysa'n well iddi ddadbacio, mae'n siŵr, er nad oedd ganddi rithyn o fynadd gneud hynny, chwaith.

Roedd hi yma. Roedd hi wedi cyrraedd Cyprus. I fama roedd Trefor eisiau dod 'nôl.

Dechreuodd bendwmpian . . .

Mhen dim o dro roedd hi'n ôl yn yr adeg y daeth ei chariad ifanc adra o Cyprus. Roedd o'n edrych yn smartiach ac yn dalach, rywsut, nag oedd o cyn mynd, a'i lygaid glas yn lasach nag roedd hi'n eu cofio flwyddyn a hanner ynghynt. Gwyddai ei bod hi'n ei garu yn fwy nag erioed, ond serch hynny roedd 'na ryw chwithdod a phellter rhyfedd yn bodoli rhwng y ddau.

'Be ti'n ddisgwl a fynta wedi bod yn byw am flwyddyn a hannar efo rhyw ddynion mewn tent? Buan iawn y dowch chi'ch dau i arfar efo'ch gilydd eto, sdi,' cysurodd Bet ei ffrind hi pan gyfaddefodd Dilys wrthi sut roedd pethau rhyngddi a Threfor.

Ond nid dim ond isio dod yn ôl i 'arfar' efo Trefor roedd Dilys. Roedd hi isio ailgynnau'r nwyd a'r cynnwrf yna oedd rhyngddyn nhw cyn iddo adael am Cyprus.

Agorodd ei llygaid a syllu ar yr *holdall*. Aeth ati i agor y bag yn ara ac estyn yr yrn allan ohono'n ofalus, a'i osod ar y cabinet bychan wrth ochor ei gwely. Fe gâi Trefor gysgu wrth ei hochor am un noson arall, o leia.

Gwenodd er ei gwaetha.

Os buo 'na ddau frawd-yng-nghyfraith hollol, hollol annhebyg i'w gilydd erioed, Geraint a Phil oedd y rheiny. Yn wir, yr unig beth oedd gan y ddau'n gyffredin oedd eu bod nhw wedi priodi genod Trefor a Dilys Morris.

Ym mhob dim arall roeddan nhw'n hollol wahanol. Geraint a'i job siwt, barchus, naw-tan-bump, yn ddarllenwr y *Telegraph*, yn hoff o fwyd a gwin da, yn aelod o *gym* ac yn ffan mawr o dîm pêl-droed Lerpwl – a rioed wedi cael, nac yn bwriadu cael, unrhyw bwyntiau ar ei drwydded yrru.

A Phil wedyn, yn gweithio'n rhan-amser tu ôl i far, yn darllen pa un bynnag o'r tabloids fysa wedi cael ei adael ar ôl yn y Blac, yn casáu unrhyw fath o chwaraeon, rioed wedi bod ar gyfyl unrhyw *gym*, yn hoff o dêc-awês a chwrw da, a chanddo chwe pwynt ar ei drwydded eisoes a thri arall yn ysu am gael eu cofnodi arni.

Be uffar dwi am ddeud wrth hwn rŵan? gofynnodd Phil iddo'i hun pan biciodd y ddau i'r archfarchnad i nôl mymryn o fwydiach.

'Sut ma dy gefn di rŵan?'

'Lot gwell, diolch.' Yna tawelwch mawr.

'*Taekwondo*.'

'Y?' Crychodd Phil ei dalcen.

'Wrth neud *taekwondo* 'nes i frifo nghefn tro cynta.'

'Taicwondo, ddudist ti?'

'Ia, rwbath tebyg i *kung fu* neu jiwdo.'

'Ia ia, wn i be ydi o. Oeddat ti'n gneud peth *felly*?'

I Phil, roedd fel petai Geraint newydd ddadlennu'i fod yn gyn-aelod o'r Sex Pistols.

'O'n, pan o'n i yn 'rysgol ac yn coleg. Odd gin i felt coch. Mynd am y belt du o'n i pan frifish i nghefn mewn twrnament. Odd hi'n ta-ta ar y *taekwondo* wedyn.'

Argol, meddyliodd Phil. Pwy fysa'n meddwl. Geraint o bawb yn ecspyrt ar un o'r *martial arts*.

'Ti'n dipyn o *dark horse*, Ger.'

'Ti'n meddwl?'

'Be arall dwi'm yn wbod amdanat ti, 'lly?'

''Sat ti'n synnu,' meddai Geraint wrth stryffaglio allan o'r car. 'Tyd, i ni ga'l prynu chydig o fwyd a rwbath i yfad. Dwi jyst â llwgu.'

Wrth gloi'r car, meddyliodd Phil falla nad oedd yr hen Ger yn gymaint o goc oen ag roedd o wedi'i dybio.

Dwi'm yn lyfar o win coch

'Osian, Alys Haf! Swpar!'

Roedd amrywiaeth o salads a chigoedd oer wedi'u gosod ar y bwrdd tu allan. Roedd pawb ar eu cythlwng erbyn hyn – roedd 'na oriau ers iddyn nhw fwyta'r pryd bach diawledig ei flas ar yr awyren. Agorodd Geraint y botel Bordeaux a thollti gwydriad i Dilys, Nerys, Elen a fynta. Roedd Phil ar ei ail gan o Keo, lagyr lleol Cyprus roedd o wedi'i brynu yn yr archfarchnad.

'Sut ma'ch cefn chi erbyn hyn, Geraint?' holodd Dilys wrth gymryd sip o'i gwin.

'Lot gwell, diolch. Y gyfrinach ydi peidio ag aros yn yr un fan am hir.'

'Dim rympi-pympi i *ti* heno, Elen,' winciodd Phil arni a chymryd cegiad o'r lagyr.

'Oes raid i ti fod mor gwrs?' brathodd Elen.

'Be 'di rympi-pympi?' holodd y fechan wrth estyn am dafell o fara.

'Secs,' atebodd Osian heb godi'i ben o'r Nintendo.

'Ma'r gwin 'ma'n neis iawn, Geraint. Gwin o lle ydi o?' holodd Nerys, yn trio'i gora i droi'r stori.

'Ffrainc. Anodd curo Ffrainc am win.'

'Odd Trefor yn ffan mawr o winoedd o Ffrainc,' meddai Dilys â thinc o hiraeth yn ei llais. 'Ma 'cw lond selar o bob mathau o win. Croeso i chi helpu'ch hunain.'

'Diolch yn fawr i chi,' meddai Geraint. 'Odd Trefor yn

ddyn odd yn dallt ei win. Ma siŵr bod 'na stwff neis iawn yna.'

'Dowch draw unrhyw amsar. A deud y gwir, waeth i chi fynd â nhw i gyd. Yfa i ddim ohonyn nhw. A chitha hefyd, Phil,' meddai, yn ceisio'i gorau i atal y dagrau rhag llifo.

'Diolch 'fowr, Mrs M. Ond dwi'm yn lyfar o win coch. Cythral am gur pen fydda i'n ei weld o.'

'Ia, os ti'n yfad stwff rhad,' meddai Elen, yn gneud ei dynwarediad gorau o Hyacinth Bwcê.

'Tasa fo'n ganpunt y botal fysa fo'm yn gneud unrhyw wahaniaeth, yli. Penmaen-mawr 'swn i'n ga'l eniwe. A dach chi'n gwbod be arall fydda i'n ga'l ar ôl yfad gwin coch? Deiarîa.'

Tagodd Elen ar ei gwin. Roedd hi'n gwbl argyhoeddedig fod Phil yn mynd ati'n fwriadol i fod mor aflednais ag y gallai neb fod, a chael mwynhad mawr o hynny hefyd.

'Dwi'm 'di ffendio bod o'n cael yr effaith yna arna i,' meddai Dilys, fel tasan nhw'n trafod pwy oedd yn cael cur pen wrth fwyta hufen iâ, yn hytrach na thrafod effaith gwin coch ar fowals.

'O's rhywun isio mwy o *halloumi*?' holodd Nerys, yn ceisio llywio'r sgwrs i dir saffach.

'Oes, plis,' meddai Dilys, gan estyn ei phlât. 'Be ydi o, dwch? Dwi rioed 'di'i ga'l o o'r blaen.'

'Caws traddodiadol o Cyprus,' atebodd Geraint. 'Wedi'i neud o lefrith gafr neu ddafad. Dach chi'n 'i roid o dan y gril neu'n 'i ffrio fo, neu mi ellwch 'i roid o ar y barbeciw,' esboniodd ei fab-yng-nghyfraith fel tasa fo'n fêts penna efo Michel Roux.

'Wel, mae o'n neis iawn, beth bynnag.'

'Mae o fatha rybyr,' meddai ei fab-yng-nghyfraith arall gan agor ei drydydd can o Keo.

'Be 'dan ni'n neud fory?' holodd Alys Haf â'i cheg yn

llawn. Diolchai Nerys fod ei nith fach yn ei diniweidrwydd wedi gofyn y cwestiwn mawr oedd ar feddyliau pob un o'r oedolion, a mentrodd ofyn i'w mam:

'Dach chi isio gwasgaru'r llwch fory, ta dach chi isio'i adael o am ddiwrnod neu ddau? Chi sy'n gwbod.'

'Wel, dwi'n meddwl dylian ni ga'l 'yn gwynt atan a dadflino ryw fymryn fory,' meddai'r Commander-in-Chief cyn i Dilys gael cyfle i gymryd ei gwynt. 'Awn ni drennydd, ia Mam?'

Nodiodd ei mam ei phen yn dawel.

'Gawn ni fynd i'r parc dŵr wedyn, ta?' holodd Osian.

'Mi fysach chi'ch pedwar yn gallu mynd i fanno tra dwi, Mam a Phil yn mynd i chwilio am y taferna 'na roedd Dad isio i ni fynd iddo fo ar ôl gwasgaru'r llwch.'

'Os dio'n dal mewn bod, 'te?' meddai Dilys. 'Dwi'n ama tybad fydd o ar ôl yr holl flynyddoedd.'

'Wel, fyddwn ni ddim gwaeth â thrio. Ar gyrion Ayia Napa mae o. Dydi fanno ddim yn bell o Cape Greco, yn ôl y map sy'n fy llyfr bach i,' meddai Nerys yn wybodus.

'Be am i ni fynd cyn cinio? Allwn ni gael cinio bach yn y parc dŵr, a chitha ginio yn y taferna neu lle bynnag,' awgrymodd Geraint.

'Syniad da,' eiliodd Elen, yn rhag-weld pnawn bach diog yn ymestyn o'i blaen hi drennydd. 'Mwy o win, rhywun?'

Ar ôl dau lasiad roedd Elen wedi dechrau ymlacio'n braf. Yn wir, roedd pawb yn cyd-dynnu'n weddol, hefyd –' hyd yma – ar waetha rhyw fân gwencian rhwng Elen a Phil. Ond doedd hynny'n ddim byd newydd.

Roedd pethau'n argoeli'n reit ddel. Roeddan nhw wedi cyrraedd Cyprus yn un darn, yn aros mewn fila gwerth chweil, ac ar ôl talu'r gymwynas ola i'r penteulu drennydd, mi fysa gynnyn nhw wedyn ddigonadd o amser i fwynhau.

'Ma hi'n twllu'n fuan yma,' sylwodd Nerys.

'Am 'yn bod ni mor bell i'r de, ma'r haul yn machlud yn gynt,' esboniodd Geraint.

O ma hwn rêl blwmin *encyclopedia,* meddyliodd Phil.

'Ti'n feibrêtio,' medda fo wrth Geraint.

'Sori?'

'Dy fobeil di. Mae o'n feibrêtio.'

Cythrodd Geraint i'w fobeil, oedd yn dirgrynu'n dawel wrth ei benelin, a phwyso un o'r botymau i ddarllen y tecst.

'Negas gen y cwmni ffôn yn 'y nghroesawu fi i Cyprus,' mwmiodd yn ddi-hid gan daro'r ffôn ym mhoced ei shorts.

'O ia, Phil,' cofiodd Elen yn sydyn. 'Be 'di'r holl jôcs budur 'ma ti'n yrru at Geraint, 'fyd?'

'E? Pa jôcs budur?'

'Y jôcs ti'n eu tecstio i Geraint. Paid â dechra gwadu, mêt.'

'Dwi'm yn gwbod am be ti'n sôn, Elen bach. Dwi rioed 'di tecstio 'run jôc i Geraint. A deud y gwir, dwi'm hyd yn oed yn gwbod nymbyr ei fob. . .'

'Alys Haf! *Yli* be ti 'di neud!' gwaeddodd Geraint ar ei draws. Roedd ei gwydr diod wedi troi, a'r lemonêd yn llifo fel afon dros y bwrdd. 'Raid ti fod yn fwy gofalus, sdi.'

'Ddim fi nath! 'Nes i'm twtsiad yn y gwydr, wir!' A dechreuodd y fechan grio.

'Dim ots, damwain oedd hi,' meddai Nerys, yn credu'n gry bod y ferch fach yn deud y gwir, ac nad oedd 'na'm tamaid o fai arni. Yn wir, os nad oedd ei llygaid yn ei thwyllo, roedd hi'n grediniol mai Geraint ei hun oedd wedi rhoi pwniad i wydr Alys.

'Tyd, Alys – amser gwely, dwi'n meddwl.' Cododd Elen o'i sedd gan afael yn llaw Alys Haf a'i thywys i gyfeiriad drws y patio. 'Mae o 'di bod yn ddwrnod hir.'

'Ddim fi nath, Mam! Ddim fi nath droi'r gwydr 'na!' protestiodd Alys gan igian crio wrth i'r ddwy gamu i mewn trwy'r drysau mawr.

'Mae o 'di bod yn ddwrnod hir inni i gyd,' ategodd Dilys. 'Dwi'n meddwl yr a' inna am y ciando hefyd. Nos dawch, bawb.'

Roedd o'n dda o beth nad oedd y teulu dedwydd yn gwybod be'n union oedd o'u blaenau yn ystod yr wsnos oedd i ddod, neu falla na fysa rhai ohonyn nhw ddim wedi cysgu mor dawel ag y gnaethon nhw'r noson gynta honno.

'Mum's the word'

'Ner?'

'Mmm?'

'Ti'n cysgu?'

'Nachdw – rŵan.'

'Y blydi *air con* 'ma.'

'Be amdano fo?' mwmiodd Nerys rhwng cwsg ac effro.

'Swnllyd 'di'r diawl peth.'

'Dio'm gwaeth na chdi'n ochneidio bob dau funud.'

'Methu cysgu dwi, 'de? A ma hi'n oer 'ma.'

'Tro'r *air con* i fyny, ta.'

Neidiodd Phil o'r 'cae sgwâr' a dechrau ffidlian efo'r bocsyn ar y wal.

'Ti'n hapus rŵan?'

'Ma'r diawl peth yn dal i neud sŵn.'

'Ydi, dwi'n gwbod!' meddai Nerys gan gydio yn y gynfas yn flin a throi ei chefn ar Phil.

'Hei, Ner?'

'Mmm?'

'Oeddat ti'n gwbod bod Geraint yn arfar gneud *taekwondo*?'

'Be?' agorodd Nerys un llygad.

'Odd Geraint yn gneud *martial arts* erstalwm.'

'Nago'n, do'n i ddim – a tydio'm llawar o bwys gin i chwaith.'

'Meddwl 'sat ti'n licio gwbod.'

'Ddim am hannar awr wedi pump yn bora, Phil!'

Ac wedi elwch, tawelwch.

Ymhen llai na phum munud, cododd Nerys o'r gwely.

'Lle ti'n mynd? holodd Phil fatha'r gog.

'Tŷ bach.'

'O.'

'Pam? Dio'n dy boeni di, 'lly?'

'Meddwl bo chdi'n mynd i neud panad o'n i. Dim ots.'
Os oedd Phil yn effro, yna doedd fiw i neb arall gael y
fraint o gysgu chwaith. Rhyw gradur bach hunanol fel'na
oedd o'n gallu bod weithia.

'Dos i neud un dy hun, a g'na un i minna gan bo chdi
wedi mynnu neffro fi,' ordrodd Nerys o'r *en suite*.

Oedd, roedd 'na fistar ar Mistar Mostyn.

Roedd y teils marmor yn oer dan draed wrth i Phil
droedio i lawr y grisiau i'r gegin. Stopiodd yn ei unfan
pan welodd ffigwr yn eistedd yn y tywyllwch wrth y
bwrdd.

'Be dach chi'n neud yn y twllwch, Mrs M?' holodd wrth
roi'r swits golau ymlaen.

'Be dach chi'n neud ar 'ych traed yr adag yma o'r bora,
Phil bach?'

''Run peth â chi, Mrs M. Methu cysgu, a gneud panad.'

'Dwi 'di bod yn deffro tua pump y bora ers misoedd,
byth ers i Trefor fynd yn wael.'

'Dach chi isio panad?' cynigiodd Phil wrth lenwi'r
tecell.

'Newydd ga'l un, diolch.'

Bu tawelwch rhwng y ddau am chydig. Yna,

'Diolch i chi 'fyd, Phil.'

'Am be, dwch?'

'Wel, am ddŵad i Cyprus efo ni. Dwi'n gwbod nad oeddach chi'n rhy cîn i ddŵad.'

'Duwcs, 'dan ni'n deulu, dydan? Ac ma teuluoedd yn gorfod sticio efo'i gilydd.'

'Diolch i chi 'run fath. Mae o'n golygu lot i mi.'

Gwenodd Phil ar ei fam-yng-nghyfraith. 'Fyddwch chi'n iawn, 'chi, Mrs M' – a rhoddodd ei law'n gysurlon ar ei hysgwydd.

'Dach chi'n meddwl, Phil? Dwn 'im, wir.'

'Ca'l drennydd allan o'r ffor' i ddechra, ia? Ne' *fory*, yn hytrach, erbyn hyn . . .'

'Ia, ella bo chi'n iawn,' medda hi wedyn, heb fawr o argyhoeddiad yn ei llais. 'Reit, well i mi fynd yn ôl i ngwely. Dria i ddarllan rhyw fymryn.'

Cododd yn flinedig o'i chadair, ond cyn iddi gychwyn i fyny'r grisiau trodd yn ei hôl.

'Newch chi'm sôn wrth Nerys nac Elen am hyn, na newch, Phil?'

'Sôn am be, Mrs M?'

'Wel, 'ych bod chi wedi ngweld i rŵan. Dwi'm isio iddyn nhw boeni amdana i.'

'Mum's the word, Mrs M.'

'Dach chi'n hen hogyn iawn, Phil. Dio'm ots gin i be mae neb arall yn 'i ddeud. O'n i wastad yn deud wrth Trefor 'ych bod chi'n hen hogyn iawn yn y bôn.'

Ac ar y nodyn yna trodd Dilys ar ei sawdl a diflannu i fyny'r grisiau.

'Fuost ti'n hir iawn.'

Erbyn hyn roedd Nerys yn ista i fyny yn ei gwely, yn disgwyl ei phanad.

'Dŵr yn hir yn berwi.'

Pasiodd Phil y mygiad o de iddi.

'Gwranda, Phil. Dwi isio i ni'n dau fynd i weld doctor ar ôl i ni gyrradd adra.'

Dyna ni, mi oedd hi wedi'i ddeud o. Tra oedd Phil yn stwna'n gneud panad iddyn nhw'u dau, roedd Nerys wedi bod yn meddwl sut roedd hi'n mynd i godi'r pwnc. Roedd hi wedi hen flino disgwyl i Natur neud ei gwaith. Roedd hi'n amlwg bellach fod yr hen 'Mother Nature' angen help llaw.

'Yli, dwi 'di deud 'that ti, 'sna'm byd yn rong ar 'y nhŵls i.'

'Dwi'm yn deud bod. Ond ella 'sa'n well i ni'n dau ga'l 'yn tsiecio, jyst rhag ofn.'

'Gawn ni weld, ia?'

'Yli, Phil, dwi'n gwbod yn iawn be ma dy "gawn ni weld" di'n feddwl.'

'E?'

'Dy ffordd di o beidio â chomitio i rwbath ydi deud "gawn ni weld". Dwi o ddifri am hyn, Phil. 'Dan ni 'di bod yn trio rŵan ers dros flwyddyn.'

'A 'dan ni 'di ca'l lot fowr o hwyl yn trio, 'fyd.'

'Dwi'm yn deud, ond ma'n hen bryd i ni hitio'r jacpot bellach, ti'm yn meddwl?'

'Ella bo chdi'n iawn, Ner. Ocê. Awn ni i weld y Doc.'

Sipiodd Nerys ei the, yn fodlon ei bod wedi llwyddo i gael y maen i'r wal.

'Ydi o'n wir bod nhw'n sypleio magasîns porn i dy helpu di i ddadlwytho dy lwyth?' holodd Phil ar ôl sbel.

'Dwi'm yn gwbod, nachdw!'

'Hei, Ner.'

'Be?'

'Sôn am ddadlwytho llwyth,' meddai Phil wrth gusanu ysgwydd noeth Nerys yn ysgafn. 'Fysa Willie Wonka'n lecio chydig o sylw. Ella bod *chdi* owt-of-acshion, ond tydi ngwas i ddim, sdi.'

Cyn pen dim, roedd ei berchennog yn cysgu fel mochyn ar waetha'r *air con*.

Caru chdi . . .

Diwrnod o dorheulo ac ymlacio'n braf ar y patio fu drannoeth ar ei hyd i'r saith ohonyn nhw. Toeddan nhw wedi gwirioni efo'u cartra moethus yn yr haul, a'r pwll yn denu pawb?

Roedd hi'n ganol y bora cyn i Nerys a Phil neud eu hymddangosiad. Gwyn eu byd nhw, meddyliodd Geraint iddo'i hun.

Pan ddigwyddodd yr un peth y diwrnod wedyn, roedd croen ei thin ar dalcen Elen.

'Lle ma'r ddau? Fydd y bora wedi hen fynd a nhwytha'n dal yn eu gwlâu.'

'Gad lonydd iddyn nhw, Elen. Ma'r ddau ar eu gwylia, cofia.'

''Dan ni gyd ar 'yn gwylia, Geraint, ond ma heddiw'n ddwrnod mawr. Ddim bob dydd ma rhywun yn gwasgaru llwch ei dad,' meddai Elen wrth lwytho'r llestri brecwast i'r peiriant golchi llestri.

Doedd 'na fawr o hwyliau arni'r bore hwnnw. Roedd y ffrog linen o Reiss (yr un roedd hi wedi'i phrynu'n sbesial ar gyfer gwasgaru'r llwch) yn teimlo'n dynnach amdani na phan driodd Elen hi yn y siop. Gormod o fyta allan a dim digon o'r *gym*.

'Fysa gin i gwilydd taswn i'n dal yn 'y ngwely radag yma o'r bora,' medda hi wedyn.

Ceisiodd Geraint gofio pryd oedd y tro dwytha iddo fo

ac Elen aros yn y gwely ar ôl hanner awr wedi naw y bora. Cyn geni Alys Haf, ma'n debyg. Oes yn ôl bellach.

'Reit, dwi am fynd i redag,' medda fo gan gadw'i lyfr. 'Fydda i ddim yn hir.'

'Ti'm yn meddwl mynd i redag *rŵan*?'

'Pam lai? Hannar awr fydda i. 'Sna'm golwg bod dy chwaer a Phil am lanio am sbel eto, ac mi fydd y ddau isio brecwast ac ati pan ddôn nhw.'

'Ond be am dy gefn di?'

'Be amdano fo?'

'Ti'm yn meddwl 'sa well i ti restio?'

'Pan dwi'n ista a gneud dim, dyna pryd mae o'n cloi. Mae o lot gwell rŵan, beth bynnag.'

'Dwi'm yn meddwl dyliat ti fynd i redag, chwaith.'

'Fydda i'n iawn. Paid â ffysian, wir. Reit, dwi'n mynd i newid.'

Brasgamodd Geraint i fyny'r grisiau gan basio Nerys ar ei ffordd i lawr.

'O, dach chi wedi manejo codi o'r diwadd, ta?' cyfarchodd y chwaer fawr y chwaer fach.

Anwybyddodd Nerys y sylw. 'Lle ma pawb, ta?'

'Ma pawb arall wedi codi ers meitin ac wedi cael brecwast. Ma Mam ac Alys Haf yn chwarae Go Fish wrth y pwll, ma Osian yn molchi – i fod – a ma Geraint yn mynd i redag.'

'Efo'i gefn o fel mae o?'

'Dyna ddudis inna hefyd. Lle ma'r seithfed cysgadur, ta?'

'Dal i gysgu. Na'th o'm cysgu llawar eto neithiwr – yr *air con* yn ei gadw fo'n effro.'

'Dach chi *yn* sylweddoli bod heddiw'n ddiwrnod mawr, tydach? Ma Mam yn barod ers meitin.'

'Ocê ocê, Elen. Ma gynnon ni drwy'r dydd, sdi. Sdim

raid i ni fod yno erbyn ryw amser penodol, nagoes? Rilacsia.'

'Dwi jyst isio fo allan o'r ffordd.'

'Allan o'r ffordd?'

'Ti'n gwbod be dwi'n feddwl, Ner.'

'*Mornin' campers*!'

Bu ond y dim i lygaid Elen neidio allan o'i phen pan welodd hi'r ddrychiolaeth o'i blaen. Dyna lle roedd Phil yn gwisgo dim byd ond trôns bach piws, y rhai lleia welodd hi rioed ac yn gadael dim i'r dychymyg. Roedd 'Unleash my Beast' wedi'i sgwennu'n fawr mewn melyn llachar arnyn nhw.

'Be sy 'na i frecwast? Becyn ac wy?'

'Gei di dôst fatha finna,' meddai Nerys, a rhoi cusan i'w gŵr.

'A' i i dwtio mymryn i fyny grisia, dwi'n meddwl. Sgiwsiwch fi.'

'Arhosa i ga'l panad efo ni, Els,' a chamodd Phil yn fwriadol bryfoclyd yn nes ati.

Gwnaeth Elen ei gorau glas i beidio ag edrych ar Phil a'i anghenfil, a diflannodd yn ei ffrog rhy dynn i fyny'r grisiau.

'Nei di plis roi'r gora iddi i bryfocio Elen fel'na?' chwarddodd Nerys.

'Ma hi wrth 'i bodd, siŵr,' meddai Phil, a gafael yn dynn rownd gwasg Nerys. 'Dwi'n siŵr bod dy chwaer yn dipyn o *goer* ar ôl cychwyn, sdi.'

Roedd hi'n tynnu am chwarter i un ar ddeg, a dim golwg symud ar deulu bach Protaras.

'Lle ma pawb?' gofynnodd Dilys (yn chwarae ei chanfed gêm Go Fish ac wedi hen syrffedu ond yn ceisio peidio â dangos hynny i Alys Haf) i Nerys pan welodd hi'n camu trwy'r drysau patio.

'Ma Phil a Geraint yn ca'l cawod. Fyddan nhw ddim yn hir.'

'Lle ma Elen, ta?'

'Fyny grisia'n twtio ryw fymryn.'

'Twtio? Twtio be, dwa'? Does 'na'm gwaith twtio 'ma!' ebychodd ei mam.

'Elen, 'te?'

'Dowch Nain – 'ych tro chi rwan.'

Rhoddodd Dilys gerdyn i lawr yn ufudd.

'Dach chi'n barod i fynd, Mam?'

'Yndw tad, mechan i. Isio'i ga'l o drosodd ydw i rwan, deud gwir 'that ti.'

Gwenodd Nerys yn gysurlon ar ei mam.

'*Dowch*, Nain, dach chi'n slô!'

Wrth i Elen neud y gwely, clywai Geraint yn canu'n braf yn y gawod. Roedd y *run* wedi gneud byd o les iddo fo. Roedd o wedi dwad yn ei ôl allan o wynt yn lân a'i wyneb yn fflamgoch, ond a llawer gwell hwyliau arno.

'Pa bryd 'dan ni'n mynd?' gofynnodd Osian, yn sefyll yn nrws llofft ei fam a'i dad.

'Fyddan ni'm yn hir rwan, sdi. Rho dy drênyrs am dy draed, 'na hogyn da.'

''Dan ni *yn* mynd i'r parc dwr heddiw, dydan?'

'Gawn ni weld, ia? Ma hi'n hwyr braidd.'

A dyma Osian yn lleisio'r gri gyfarwydd honno i unrhyw riant. 'Ond naethoch chi addo!'

'Fedran ni fynd fory yn lle heddiw.'

'Ond ddudoch chi bysan ni'n cael mynd heddiw ar ôl sortio Taid.'

'Do, dwi'n gwbod, ond . . .'

'Pam na chawn ni fynd heddiw, ta? Mae o'n gorad tan yn hwyr.'

'Olreit, olreit! Tsiecia tan pryd mae o'n gorad heno, ta. Dwi'm yn mynd i dalu trwy nhrwyn a ninna mond yn ca'l treulio rhyw awran yna. Ma ffôn dy dad wrth ochor y gwely yn fanna – dos ar y we ar hwnna i tsiecio.'

'Iess!' rhuthrodd Osian ar draws y stafell a chythru at ffôn ei dad.

'Pwy 'di Anna?' holodd ar ôl sbel.

'Be?'

'Pwy 'di Anna?'

Yn ei frys a'i gynnwrf roedd o wedi pwyso'r botwm tecst. Darllenodd y neges i'w fam:

    Dwi'n methu chdi loads 'fyd. Caru chdi a...

'Tyd â'r ffon 'na i mi! *Rŵan!*' gorchmynnodd Elen wrth gythru am y ffôn. 'Dos i weld lle ma dy nain ac Alys Haf. *Dos!*'

Heglodd Osian hi trwy'r drws. Doedd o rioed wedi clywed ei fam yn codi'i llais fel'na.

Gwelodd Elen fod dwy neges ar y sgrin. A'i llaw yn crynu a'i chalon yn drybowndian, darllenodd bob gair a chymal:

    Dwi'n methu chdi loads 'fyd. Caru chdi a
    methu disgwl i chdi ddod yn ôl. XXXX

    Bore da! Mae peidio cael dy weld ti bob
    dydd yn annioddefol, siwgs. Mi drefna i
    mod i'n mynd ar gwrs yn fuan er mwyn i mi
    ga'l gneud petha drwg i ti eto. Dal yn
    cofio Caerdydd. XXXX

Yn ara ofalus rhoddodd y ffôn yn ei ôl wrth ochor y gwely. Yna rhuthrodd allan o'r *master suite* ac i mewn i lofft Osian ac Alys. Gwnaeth *bee-line* am y lle chwech yn fanno, a chwydu'i brecwast a swpar y noson cynt i fyny i gyd.

Cyprus, Medi 1953

Pnawn Sadwrn oedd hi, a Trefor wedi bod yn Cyprus ers bron i chwech wythnos bellach.

'Come on, Taff. We're going for a drive Famagusta way. You coming?' gofynnodd Simpkins.

'No thanks,' atebodd Trefor, heb godi'i ben o'r llythyr roedd o'n ei sgwennu at Dilys.

'Come on, mate, it's not good for one's health staying in camp all the time,' pwysodd Simpkins wedyn.

Cyn i Trefor gael cyfle i ymateb, rhuthrodd Harvey i mewn drwy'r fflaps a chroen ei din ar ei dalcen.

'That bastard Foster!'

'What's the stupid sod done now?' holodd Simpkins.

'He's only set the bloody pit on fire again. That's the second time this week!'

Yr 'Oasis Club' oedd yr enw roeddan nhw wedi'i ddefnyddio i fedyddio'r lle chwech. Yn anffodus, doedd 'na fawr o breifatrwydd i'w gael yno gan nad oedd 'na bartisiwns yn y cwt, ac eisteddai'r dynion wrth ymyl ei gilydd yn sgwrsio'n braf am hyn a'r llall fel tasan nhw'n sgwrsio dros beint yn hytrach na thros gachiad!

Roedd digonedd o orenau i'w cael yn Cyprus er eu bod yn dal yn ffrwythau prin ym Mhrydain, a'r duedd oedd bod sawl un o'r hogia'n mynd dros ben llestri braidd wrth eu bwyta, ac o ganlyniad yn gorfod treulio sbelan go lew o'i amser yn y 'clwb'. Roedd ambell wàg (fel Foster) yn meddwl ei bod hi'n jôc fawr tanio darn bach o bapur ac yna'i ollwng i'r pit, gan danio gweddill y papur oddi tano. Yn syth bìn byddai cannoedd o bryfed yn ceisio dianc am eu bywydau o'r ffwrnais trwy goesau'r cradur druan oedd yn eistedd agosa at y tân.

'Stop flapping, man, you've got to laugh,' meddai Simpkins.

'Those damn flies didn't zoom up *your* arse,' meddai Harvey'n bwdlyd.

'You lot ready, then?' holodd Bell wrth daro'i ben cyrliog trwy un o fflapiau'r dent.

'Morris isn't coming,' meddai Simpkins.

'Well, *there*'s a surprise!' meddai Bell.

'Come on, Morris, it'll be a laugh, and there's this fantastic beach in Famagusta, supposedly.'

'I need to finish this letter.'

'Don't be such a miserable git, you can finish that another time. And it'll be something exciting for you to mention in your letter for once, instead of waxing lyrical that you long to be with your Dilys and you can't bear to be apart. And every night before you go to sleep, you have to have a quick wan. . .'

'All right, all right! I'll come with you,' ochneidiodd Trefor.

A deud y gwir, roedd hi wedi dechrau mynd yn anodd meddwl beth i'w ddeud yn ei lythyrau, a fynta'n gweld fawr ddim heblaw'r tu mewn i fonet lori neu landrofyr.

'Bloody hell, watch out lads, it's bound to rain tomorrow!' meddai Bell wrth iddo fo a'r tri arall neud eu ffordd tuag at y landrofyr. Pwniodd Trefor fraich Bell yn chwareus.

Cafodd y pedwar bnawn difyr yn ymdrochi yn y môr. Roedd Trefor yn nofiwr cry ac roedd yn rhaid iddo gyfaddef bod pnawn o dorheulo a nofio'n brofiad llawer gwell na threulio'r amsar mewn tent lychlyd.

'This is the life, eh lads?' meddai Bell gan orweddian yn ôl yn braf ar ôl bod am drochiad. 'Who needs cold and damp England when we've got somewhere like this?'

Ella nad oedd Cyprus yn oer na thamp, ond mi fysa Trefor wedi rhoi rwbath am gael bod yn ôl ar draeth Porth Swtan rŵan yn hytrach nag ar draeth Varosha.

'I'm starving after all that swimming,' meddai Simpkins. 'Come on, shift yourselves. Let's go for something to eat at the NAAFI in Larnaca.'

Neidiodd y pedwar i'r landrofyr a gyrrodd Bell ar hyd y lonydd cul, troellog, heb drio osgoi'r tyllau oedd yn frith yn y lonydd.

'Slow down, for God's sake!' gwaeddodd Trefor o'r cefn. 'At this rate you'll ruin the suspension and my stomach!'

Yn wir, roedd y landrofyr yn mynd ar gymaint o wib fel y methodd Bell y troad am Larnaca, a chawsant eu hunain yn mynd i gyfeiriad Ayia Napa, pentre pysgota bach tawel ryw ddeng milltir o Famagusta.

'No worries, just enjoy the scenic route,' meddai Simpkins o'r sêt flaen. 'Look, there's a cafe over there. We'll stop there instead of traipsing all the way to Larnaca.' Pwyntiodd at gaffi bychan ar ei ben ei hun yn wynebu'r môr.

Rhyfedd sut mae un digwyddiad neu benderfyniad bach sy'n ymddangos yn ddigon di-nod ar y pryd yn gallu gwyrdroi tynged dyn. Petai Trefor heb ildio i berswâd Simpkins y diwrnod hwnnw, petai Bell heb fethu'r troad am Larnaca a phetai Simpkins heb gynnig iddyn nhw stopio yn yr union gaffi hwnnw, mi fyddai bywyd Trefor Morris wedi bod yn un gwahanol iawn.

Pwy ydi hi?

Blydi hel, i feddwl mod i wedi teithio mor bell mond i ddŵad i fama, meddyliodd Phil.

Penrhyn creigiog yn ne-ddwyrain Cyprus ydi Cape Greco, neu Cavo Greko, ac mae tipyn go lew o bobl yn ymweld â'r ardal oherwydd ei phrydferthwch naturiol. Ond doedd 'na ddim byd yn brydferth o gwbwl yn y lle yng ngolwg Phil. Lle anial a rhyfadd ar y diawl i luchio llwch rhywun – doedd bosib nad oedd 'na lot o lefydd mwy *scenic* na hyn i neud y job. Be oedd ar ben yr hen Dref, meddyliodd wedyn, wrth barcio'r Ffordyn y drws nesa i Ffordyn Geraint a'i deulu.

'Cofiwch 'ych het, Mam,' meddai Nerys wrth i Dilys ddod allan o gefn y car, yn gafael fel feis yn yr yrn. 'Mi fydd hi'n llethol yma.'

'Beryg i ni 'gyd ga'l *sun-stroke*,' mwmiodd Phil dan ei wynt.

'Pawb yn barod?' holodd Geraint.

'Fedra i'm coelio mod i yma,' meddai Dilys gan edrych o'i chwmpas.

Dringodd y saith pererin ar hyd y llwybr i gyfeiriad y trwyn, gydag Osian ac Alys Haf yn arwain y ffordd.

'Ma'n dda dy fod ti wedi gwisgo dy sandals fflat, Elen,' sylwodd Nerys.

'Mm,' oedd ateb ei chwaer.

'Dach chi'n manejio, Mrs M? Fysach chi'n licio i mi afa'l yn hwnna i chi?'

'Na, dwi'n iawn, diolch, Phil. 'Dan ni bron iawn yna.'

'Waw!' bloeddiodd Osian ac Alys Haf fel un.

Ar ôl cyrraedd y trwyn roedd 'na olygfeydd anhygoel wrth edrych allan i gyfeiriad y môr, a hwnnw'n wyrddlas ac yn glir fel grisial. Wrth edrych i'r dde gellid gweld tre Ayia Napa yn y pellter. Ocê, falla nad oedd o ddim yn lle rhy ddrwg i ga'l lluchio'ch llwch wedi'r cwbwl, meddyliodd Phil. Er, fysa fo'i hun ddim yn dŵad yn un swydd yma, chwaith.

Ma raid bod gwasgaru llwch Dad yn effeithio mwy ar Elen nag ma hi'n fodlon cyfadda, meddyliodd Nerys. Ers iddyn nhw gyrraedd Cape Greco, prin roedd hi wedi yngan gair o'i phen – rhywbeth diarth iawn iddi hi – ddim hyd yn oed pan aeth Osian ac Alys braidd yn rhy agos at ymyl y dibyn. Geraint waeddodd ar y ddau i fod yn ofalus a chamu 'nôl.

Ciledrychodd Nerys, Geraint a Phil ar ei gilydd, ond gan fod pen Elen i lawr doedd dim modd dal ei llygad.

Doedd yr un ohonyn nhw wedi bod mewn sefyllfa fel hon o'r blaen. Be oedd y protocol, tybed?

'Dach chi isio deud rwbath gynta, Mam?' holodd Nerys.

'Ia, fysa hynny'n neis, bysa?'

Safodd pawb yn rhes, a chymryd arweiniad Elen oedd eisoes a'i phen i lawr.

'Diolch i ti am bob dim, Trefor. Diolch am briodas hapus, ac am Elen a Nerys. Diolch am 'y ngharu fi . . .'

Yn ara deg, agorodd Dilys gaead yr yrn a throi'r llestr a'i ben i waered. 'Caru chdi am byth, 'y nghariad i,' meddai'n dawel.

Gwasgarwyd y llwch i'r pedwar gwynt, a chaeodd Phil

ei geg a'i lygaid yn dynn, dynn, jyst rhag ofn i ddarnau bach o Trefor ffendio'u ffordd i mewn. Ond, diolch i'r mawredd, roedd y gwynt o'u plaid a chwythwyd y llwch yn syth i gyfeiriad y môr.

Yna, er mawr syndod i bawb, dechreuodd Elen feichio crio.

'Elen, ti'n iawn?' meddai Geraint gan roi ei fraich am ei hysgwyddau i'w chysuro, ond trodd Elen oddi wrtho a rhedeg i gyfeiriad y car.

'Sgiwsiwch fi, mi a' i i weld ydi hi'n iawn,' meddai Geraint a brasgamu ar ôl ei wraig.

'Dowch i ista, Mam,' meddai Nerys gan arwain ei mam at fan lle roedd 'na gysgod oddi wrth yr haul tanbaid ganol dydd. Adeilad bach syml siâp hecsagon efo to pren oedd o, a meinciau wedi'u gosod rownd yr ochrau y tu mewn.

'Gawn ni fynd rŵan?' holodd Osian.

'Yn y munud,' atebodd ei fodryb.

'Lle ma Mam a Dad?' holodd y fechan.

'Wedi piciad i'r car.'

'Ti'n iawn, pwt?'

'Dwi isio mynd yn ôl i'r fila,' sniffiodd Elen trwy'i dagrau.

'Ia, iawn, dim probs.'

'*Rŵan*, Geraint – dwi isio mynd *rŵan*!'

'A' i i nôl Osian ac Alys Haf, a deud wrth y lleill bod ni'n mynd yn 'yn hola.'

'Anodd coelio bod dy dad wedi bod yn fama, tydi? Fama odd 'i hoff le fo yn y byd i gyd, medda fo.' Eisteddai Dilys ar y fainc, yn edrych tua'r gorwel, a'r llestr oedd yn ei dwylo bellach yn wag.

'Rhyfadd na fysa fo wedi dŵad â chi i fama pan odd o'n fyw, Mrs M.'

'Odd o isio cofio'r lle 'ma fel roedd o, medda fo. "Mi oedd Cyprus y pumdega'n lle gwahanol iawn i be dio heddiw, sdi." Dyna fydda fo'n arfer ei ddeud pan fyddwn i'n awgrymu bysa hi'n neis i ni ddod yma ar ein gwyliau.'

''Swn i'm yn meddwl bod y penrhyn 'ma 'di newid rhyw lawar,' meddai Phil. Gwgodd Nerys arno.

'Ma Dad yn dŵad yn ôl,' meddai Alys.

'Ydi Elen yn iawn?' holodd Nerys.

'Wedi ypsetio braidd. Dwi am fynd â hi'n ôl i'r fila. Dowch, Osian ac Alys.'

''Dan ni'm isio mynd yn ôl rŵan, Dad! 'Dan ni isio mynd i'r parc dŵr!' protestiodd Alys Haf, o fewn trwch blewyn i gael tantrym hyll.

'Fydd 'na ddigon o gyfla i fynd i'r parc dŵr eto.'

'Wn i, be am i chi'ch dau ddod efo ni am ginio bach, ac ella wedyn gawn ni fynd i lan y môr?' cynigiodd Nerys, oedd yn gwastraffu'i thalent yn gweithio fel cymhorthydd mewn ysgol gynradd – mi ddylia fod yn gweithio i'r gwasanaeth diplomataidd.

'Ti'n siŵr, Ner?'

'Ydw, tad, dim problem. Gawn ni hwyl, cawn?' – a rhoddodd ei dwy fraich rownd ysgwyddau'r ddau fach, gan anwybyddu Phil oedd yn gwgu arni *hi* tro 'ma.

Thorrwyd yr un gair rhwng Geraint ac Elen yr holl daith yn ôl i'r fila. Pan aethai Geraint 'nôl at y car, roedd wedi gofyn iddi oedd hi'n teimlo'n well ond heb gael ateb. Eisteddai Elen a'i phen i lawr, ei dwylo ar ei harffed yn chwarae'n ddiarwybod efo'i modrwyau priodas, dyweddïo ac *eternity*, a deigryn ar ôl deigryn yn treiglo i lawr ei bochau.

Sylwodd Geraint ar y dagrau. Roedd o wedi synnu bod y weithred o wasgaru llwch ei thad wedi effeithio cymaint arni. Oedd, mi oedd hi a'i thad yn agos, ond nid i'r fath raddau ag i neud iddi ypsetio fel hyn. Ond dyna fo, pwy ŵyr be sy'n mynd trwy feddwl rhywun arall, meddyliodd, wrth agor giatiau'r fila.

Roedd Geraint yn cael affêr, ac roedd byd Elen wedi'i chwalu'n shitrwns. Roedd hi wedi dŵad yr holl ffordd i Cyprus i ddarganfod bod yr un fu'n ŵr iddi ers deg mlynedd yn cael affêr.

Teimlai'n sâl. Byth ers iddi ddarganfod y tecsts, roedd ei chalon wedi bod yn curo'n gyflymach a'i stumog yn troi. Petai hi wedi cael ei ffordd mi fyddai wedi wynebu Geraint yn gynt – yn syth bìn ar ôl iddo ddod allan o'r gawod – ond roedd Nerys wedi dŵad i fyny'r grisiau i frysio Phil a Geraint a deud bod ei mam ar binnau eisiau cychwyn. O ganlyniad doedd gan Elen ddim dewis ond cario mlaen a smalio bod pob dim yn hynci-dori.

Haws deud na gneud. Yn y car ar y ffordd i wasgaru'r llwch, yr unig beth oedd yn mynd trwy'i phen oedd ei decst o, y bastad, i'r Anna yna, yr ast. A'i thecst hithau, yr ast, yn ôl i Geraint, y bastad.

Pan ddeudodd ei mam cyn gwasgaru'r llwch y byddai hi'n caru Trefor am byth, roedd pethau wedi mynd yn drech na hi.

'Ti isio mynd i orwadd 'lawr?' gofynnodd Geraint.

'Nagoes, dwi'm isio mynd i orwadd 'lawr,' meddai Elen yn bigog, gan daflu'i bag ar y soffa a cherdded i gyfeiriad yr oergell ac estyn potel o win allan ohoni. Prin y gallai edrych ar Geraint heb deimlo ysfa gref i roi clustan iddo ar draws ei hen wynab.

79

'Mi 'na i damad o ginio i ni, ia?'

'Dwi'm isio cinio.' Tolltodd Elen wydriad mawr o win iddi'i hun.

'Braidd yn gynnar, ti'm yn meddwl?' amneidiodd Geraint i gyfeiriad y gwydryn.

Anwybyddodd Elen y sylw.

'Yli, Els, dwi'n gwbod bod bora 'ma wedi bod yn anodd . . .'

'Paid ti â'n "Els" i!'

'Hei, be sy? Be sy matar?'

Gwawriodd ar Geraint fod rhywbeth mwy na gwasgaru'r llwch wedi taflu Elen oddi ar ei hechel.

'Be sy, be sy? Dduda i wrthat ti be sy, SIWGS!'

Shit! Suddodd calon Geraint i wadna'i sgidia, ac roedd golwg fel ci defaid wedi cael ei ddal yn lladd dafad ar ei wep.

'Y *bastad*!' Camodd Elen tuag ato a dechrau ei ddyrnu'n ddidrugaredd. Ceisiodd Geraint ei amddiffyn ei hun ond roedd Elen fel un wedi'i meddiannu. Yn sydyn, peidiodd y dyrnu.

'Pwy ydi hi?'

Gwyddai Geraint nad oedd pwynt gwadu.

'Anna.'

'Dwi'n gwbod 'i henw hi, ond pwy ydi hi?'

'Ma hi'n gweithio yn y ffyrm 'cw.'

'Acowntant ydi hi?'

'Naci. Ysgrifenyddas.'

Chwarddodd Elen – yn hysterical, bron.

'Ysgrifenyddas?! Dwi'm yn coelio'r peth! *Da* rŵan, Geraint. Da *iawn*!'

Roedd hanes fel petai'n ei ailadrodd ei hun. Dim ond mai cyfrifydd cynorthwyol oedd Elen pan wnaeth hi a Geraint gyfarfod gynta.

'Faint ydi'i hoed hi?'

Am ryw reswm masocistaidd roedd hi angen gwybod pob manylyn bach hyll.

'Dwi'm yn siŵr iawn. Yli, pam tisio gwbod?'

'Ma gin i hawl! Faint ydi'i hoed hi?'

'Rhyw bump ar hugian, chwech ar hugian . . .'

'O Dduw mawr! Ti'n gall? Be uffar sy 'di dod dros dy ben di? Mid-leiff creisis ne' rwbath?'

Eisteddai Geraint yn fud ar y soffa a'i ben yn ei ddwylo.

'Ers pryd?'

'Mm?'

'Ers pryd ti'n cysgu efo hi?'

'Dwi'm yn siŵr.'

'Ti'm yn *siŵr*?! Ti'm yn *siŵr* pryd gnest ti ddechra ffwcio rhywun heblaw dy wraig?'

'Cyn Dolig.'

Sylweddolodd Elen ei bod yn byw celwydd ers misoedd lawer. Twyll oedd y cyfan. A hithau heb amau dim. Sut yn y byd mawr nad oedd hi wedi amau bod ei gŵr yn gweld dynas – neu'n hytrach, hogan – arall? Yn cysgu . . . ffwcio dynas arall.

Teimlodd Elen y beil yn codi unwaith eto yn ei stumog, a rhuthrodd am y tŷ bach am yr eildro'r diwrnod hwnnw.

Tships a jeli-ffish

'Isio pi-pî, Anti Ner.'

''Dan ni bron â chyrradd, Alys bach,' meddai Nerys. Doeddan nhw ddim yn bell o Ayia Napa rŵan.

Gwnaeth Phil bâr o llgada ar Nerys – fel tasa fo'n deud, ddudis i mai mistêc oedd dŵad â'r ddau brat bach 'ma efo ni.

Yn ogystal â chael gwasgaru'i lwch yn Cavo Greko, roedd Trefor hefyd yn awyddus i Dilys a'r teulu ymweld â thaferna Neokolis – yr union daferna roedd o a'i gyd-sowldiwrs yn arfer llymeitian ynddi. Roedd o am iddyn nhwytha gael rhyw ddiferyn bach yno er cof amdano.

'Dacw fo!' pwyntiodd Dilys i gyfeiriad taferna bach siabi'r olwg oddi ar y brif ffordd. Safai ar ei ben ei hun yn wynebu'r môr. Roedd yr arwydd 'Neokolis Taverna' wedi hen golli ei liw, a phrin bod modd gweld y llythyren 'k' na'r ail 'o' yn y gair 'Neokolis'. Prin, chwaith, y gallai Dilys a Nerys gredu bod yr hen daferna'n dal yno.

'Reit, i lawr â ni reit handi, ma ngheg i fatha cesal camal,' meddai Phil, yn ysu am gael llowcio peint o gwrw oer.

Aeth Dilys, Phil ac Osian i eistedd wrth un o'r byrddau dan goed olewydd a phlanwydden anferth yn yr ardd, tra aeth Nerys a'r fechan i mewn i'r taferna i chwilio am le chwech.

'Lle braf, 'te Phil?' meddai Dilys, gan ddefnyddio'r meniw tila fel ffan i drio creu mymryn bach o awel.

Gellid clywed y tonnau'n torri'n hamddenol ar y traeth gerllaw, ac roedd miwsig *bouzouki* Groegaidd yn cael ei chwarae yn y cefndir.

'Neis iawn, Mrs M,' atebodd Phil. Dechreuodd stydio'r meniw arall oedd ar y bwrdd i weld be gymerai ei ffansi gan ei fod ar ei gythlwng erbyn hyn a hithau wedi hen basio amser cinio.

'Gobeithio bydd Elen yn iawn, 'te? Dwi rioed 'di'i gweld hi'n ypsetio fel'na. Rhaid ma rŵan ma colli'i thad yn dechra deud arni. Y graduras bach 'di'i gadw fo i mewn i gyd tan rŵan.'

'O's 'na tships i ga'l ma, dwch?' holodd Phil heb godi'i ben. Doedd o'm yn cîn o gwbwl ar fwyd Groegaidd. Rhyw hen fwydiach braidd yn ryff-cyt roedd Phil yn ei weld o.

'Tships dw inna isio 'fyd,' meddai Osian, yn difaru'i fod o wedi gadael ei Nintendo yn y fila.

'O, lle bach neis!' meddai Nerys ar ôl iddi hi ac Alys gyrraedd yn ôl.

'Gobeithio'u bod nhw'n gneud tships,' meddai Phil.

Er mawr ryddhad i Phil ac Osian, mi *oedd* y taferna'n cynnig tships. Archebwyd platiad i Alys, a byrgyr a tships i Osian a Phil. Dewisodd Nerys a Dilys y salad Groegaidd. Wedi cryn ddisgwyl cyrhaeddodd y bwyd, a chythrodd pawb iddo.

'Dach chi'n meddwl bysa'n well i ni ffonio Elen i weld sut ma hi erbyn hyn?' gofynnodd Dilys ar ôl gorffen ei salad.

Estynnodd Nerys ei ffôn o'i bag a deialu rhif Elen. Gadawodd iddo ganu am sbelan, yna clywodd o'n mynd trwodd i'r peiriant ateb.

'Ma raid ei bod hi wedi gadael y ffôn yn ei bag, ne' yn

y car,' meddai Nerys gan ddiffodd ei ffôn. 'Ma hi'n siŵr o fod yn iawn, ma Geraint efo hi.'

'Dwi'n bôrd,' meddai Osian. Roedd o wedi hen orffen ei tships.

'A fi,' meddai Alys.

'Pam nad ewch chi am dro bach? Eith Yncl Phil â chi i lawr i'r traeth. Ddown ni'n dwy ar 'ych hola chi wedyn.'

'Ydi Yncl Phil *isio* mynd am dro, yndi?' meddai Phil trwy'i ddannedd, o'i go' bod Nerys wedi'i wirfoddoli i wneud y fath orchwyl. Pam ddiawl na fysa hi a'i mam yn mynd am dro efo'r ddau? Mi oedd o wedi bwriadu ista lle roedd o, a mwynhau peint neu ddau yn yr haul. Lle Nerys a'i mam oedd bêbi-sitio . . .

'Mi stedda i yn y cysgod yn fama efo Mam am sbel bach,' meddai Nerys. 'Yntê, Mam?'

Blydi hel, fysa well gin inna ista yn y cysgod efo Mrs M 'fyd, meddyliodd Phil. 'Yli, be am i mi aros yn fama efo dy fam?'

'*Dowch*, Yncl Phil!' gwaeddodd Osian, oedd tua hanner ffordd i lawr y llwybr yn barod.

'Dwi'm 'di arfar efo plant, Ner. Sgin i'm byd i ddeud wrthyn nhw. Sgin i'm byd yn gyffredin efo nhw!' protestiodd.

'Ti wedi bod yn un dy hun unwaith, 'do? A be am dy stint di efo Theatr mewn Addysg? Dos yn dy 'laen, wir!'

Cododd Phil yn anfoddog o'i sedd, a'r llgada wnaeth o ar Nerys yn deud, 'Arnat ti big teim i mi ar ôl hyn, mechan i.'

Yna teimlodd law fach boeth yn gafael yn ei law o. 'Dowch, Yncl Phil,' meddai perchen y llaw, ac aeth Phil a'i nith fach law yn llaw ar hyd y llwybr tua'r traeth.

Gwenodd Nerys iddi'i hun wrth weld y ddau'n mynd linc-di-lonc. Gobeithiai yn ei chalon y gwelai ddarlun tebyg rywbryd yn y dyfodol agos, ond yn y llun hwnnw y byddai Phil yn gafael yn llaw ei fab neu ei ferch fach ei hun.

'Yli del ydi'r ddau!' meddai Dilys dan wenu. 'Fysa Phil yn gneud tad bach da.'

'Dach chi'n meddwl?'

'Fysa hynny'n ei sadio fo fymryn.'

''Dan ni am fynd i weld y doctor ar ôl mynd adra.'

'Ella mai tynnu ar f'ôl i wyt ti. Fuodd dy dad a finna'n trio am sbel, sdi.'

Roedd y dadleniad yma'n dipyn o syndod i Nerys.

'Fuon ni'n trio am hir cyn ca'l Elen. Dechra ama bod ni'n methu ca'l plant, a deud y gwir. Ac mi gymist titha dy amsar hefyd.'

'Wyddwn i ddim.'

'Tria beidio poeni am y peth. Haws deud na gneud, dwi'n gwbod.'

Gwenodd y ddwy ar ei gilydd.

''Sa well i mi drio ffonio Elen eto, dwch?'

Deialodd Nerys y rhif. Dim ateb.

'O'n i ddim yn disgwl iddi ypsetio fel'na, oeddat ti?'

'Ew, nag oeddwn. Dio'm fel Elen, nachdi? Ma hi wastad *in control*, tydi?'

'Gwasgaru'r llwch yn ormod iddi, ma raid.'

'A sut dach *chi*, Mam?' mentrodd Nerys ofyn.

'Wyst ti be? Dwi lot gwell na be o'n i'n feddwl fyswn i. Dwi wedi bod ofn gweld y dwrnod yma'n cyrradd. Ffarwelio efo dy dad go iawn. A waeth i mi gyfadda ddim, do'n i'm yn cîn o gwbwl pan ddudodd o bod o isio ca'l ei grimetio a gwasgaru'i lwch yn Cyprus o bob man. A deud y gwir, ges i dipyn o sioc. O'n i wastad wedi cymryd y bysan ni'n dau'n ca'l 'yn claddu'n ddel efo'n gilydd ym mynwant Jeriwsalem. Fedrith rhywun ddim piciad yn hawdd i fama i roi bloda i gofio pen-blwydd ne' Ddolig, na fedrith? Ond dyna fo, dyna odd 'i ddymuniad o, felly odd raid i ni barchu hynny, doedd.'

'Rhyfadd 'i fod o isio i'r llwch ddŵad i fama, hefyd, 'te? Fuodd o ddim yma'n hir, naddo?'

'Naddo, ond ei gyfnod o yn fama oedd un o'r rhai hapusa'n ei fywyd o, medda fo.'

'Be? Yn gneud ei Nashional Syrfis?!' chwarddodd Nerys. 'Dad druan, mi oedd gan y cradur syniada reit od weithia, doedd? Dach chi'n cofio fo'n ca'l chwilan yn 'i ben bod o am gadw gwenyn?'

'Cofio'n iawn! Meddwl 'sa fo'n gneud 'i ffortiwn yn gwerthu mêl. Odd dy dad wrth 'i fodd efo mêl, doedd? Odd o'n mynd trwy botia ohono fo. Ond mi gafodd y gwenyn i gyd ryw glwy, a'r cwbwl yn marw, ti'n cofio? Nath o ddim lol ond ca'l gwarad o'r cwch a'r tacla i gyd wedyn. Wedi colli pob diddordab!' chwarddodd Dilys.

Fe drawodd Nerys mai cadw gwenyn oedd yr unig hobi fu gan ei thad erioed, iddi hi gofio. Y busnas oedd ei hobi. Ei hobi, ei waith a'i fywyd.

'Braf cael chwerthin, cofia. Olreit, ella na sgin i'm bedd i fynd i'w weld, ond ma'r atgofion gen i o hyd. Do, fuos i'n lwcus iawn, a fedrith neb fynd â hynny oddi arna i.'

'Gobeithio bydd Elen a finna mor hapus yn 'yn priodasa â chi a dad.'

'Ia wir, mechan i. Ia wir.'

'Reit, fysa well i ni ofyn am y bil, ma siŵr – er, 'swn i'n medru ista yn fama trwy'r pnawn. Tydi o'n lle bendigedig?'

'Dechra gweld rŵan be odd dy dad yn 'i weld yn yr ardal 'ma.'

'Finna 'fyd.'

Daliodd Nerys lygaid y wêtar, a deud: '*Boró na écho to loghariazmó parakaló.*'

'Ers pryd ti'n medru siarad Groeg?' meddai ei mam mewn syndod.

'Wedi bod yn astudio'r llyfr bach teithio 'na ydw i. Handi ydi o.'

Yn sydyn, torrwyd ar eu heddwch gan sŵn crio mawr, ac Alys Haf yn rhedeg tuag atynt.

Cododd Dilys a Nerys ar eu traed yn syth.

'Be sy, Alys Haf? Be sy 'di digwydd?'

Rhwng ei higian crio bloeddiodd Alys Haf, 'Ma 'na gont 'di pigo Osian!'

'Be?!' Methai Nerys gredu'i chlustiau. Roedd hi'n amau'n gryf ei bod hi wedi camglywed.

'Ma 'na gont 'di pigo Osian – dowch!'

'*Be* sy wedi pigo Osian?' holodd Dilys.

'Dowch, Mam,' meddai Nerys.

Rhuthrodd y ddwy ar ôl Alys Haf ar hyd y llwybr i lawr at y traeth, a dyna lle roedd Osian yn rhyw led-orwedd ar y tywod, yntau hefyd yn ei ddagrau. Roedd ei droed yn fflamgoch ac wedi chwyddo, a Phil ar ei gwrcwd yn ei ymyl.

'Be ddigwyddodd?' meddai Nerys mewn panig.

'Odd y ddau isio mynd i lychu'u traed yn y dŵr, ac mi sefodd yr hogyn 'ma ar jeli-ffish,' medda Phil.

'"Cont môr" ydi o yn Gymraeg. Dyna ddudodd Yncl Phil,' meddai Alys.

'Ddoist ti â ngwydr peint i?'

'Gwydr peint?'

'Ia, ddudis i wrth yr hogan 'ma am ddeud 'thach chdi am ddod â ngwydr peint i yma.'

'Phil, ma'r hogyn 'ma di cael 'i bigo gen jeli-ffish, a ti'n gofyn am dy *beint*?'

'Ddim i yfad honno fo, siŵr, ond i biso ynddo fo!'

Rhoddodd Osian ac Alys Haf y gorau i'w nadu pan glywson nhw'u hewythr yn ynganu'r fath air.

'Ydi'r gwres wedi dechra 'ffeithio ar y dyn 'ma, Nerys?' gofynnodd Dilys, gan edrych yn boenus ar droed ei hŵyr ac yna ar Phil.

'Ma piso i fod yn beth da at bigiad jeli-ffish,' esboniodd Phil.

'Anti Nerys, ma Yncl Phil wedi deud "piso" ddwy waith rŵan,' meddai'r plisman rhegfeydd.

'Tasat ti wedi dod â gwydr i mi, fyswn i 'di medru pis. . . pi-pî ynddo fo a'i dollti fo wedyn dros droed Osian.'

'Yyyy! No wê ma Yncl Phil yn ca'l pi-pî ar ben 'y nhroed i!' crochlefodd Osian, yn dechrau crio eto, naill ai am fod ei droed o'n brifo neu am . . .

'Dydi pi-pî ddim yn gwella pigiad jeli-ffish, siŵr! Hen ofergoeliaeth wirion ydi hynna,' meddai Nerys.

'Sut ti'n gwbod? Ers pryd ti wedi pasio'n ddoctor? Dyna be dwi 'di glwad. A fysan ni'm gwaeth â thrio.'

'Fysa'm gwell i ni fynd â'r hogyn bach i'r hosbitol, dwch?' awgrymodd Dilys, hithau chwaith yn rhoi fawr o goel ar feddyginiaeth Phil.

'Dwi'm isio mynd i'r hosbitol!' gwaeddodd Osian, yn amlwg yn tynnu ar ôl ei dad.

'Dwi'm yn meddwl bod gen ti fawr o ddewis, Osh bach,' meddai Nerys. 'Caria'r hogyn i'r car, Phil.'

'Ydyn nhw'n mynd i dorri troed Osian i ffwrdd?' holodd Alys Haf.

Beichiodd Osian grio unwaith yn rhagor.

'Nachdyn siŵr, Alys . . .'

'*Sighnómi!*'

Trodd pawb i gyfeiriad y llais.

'*Sighnómi!* If you like to come with me to taverna, we make foot better,' meddai llanc ifanc mewn Saesneg digon carbwl.

Doedd dim raid iddo gynnig ddwywaith, ac ymlwybrodd

y pump yn ôl i'r taferna a'r llanc ifanc yn arwain y ffordd. Roedd Osian yn hogyn abal o feddwl mai newydd gael ei ben-blwydd yn wyth oed oedd o, ac roedd Phil yn chwys laddar wrth ei gario yn ei haffla, a chael a chael fu hi i gyrraedd y taferna cyn i Phil hanner colapsio.

Rhoddodd y llanc ei ben trwy'r drws gan weiddi rhywbeth yn yr iaith Roeg, fel tasa fo'n deud wrth y sawl oedd tu mewn eu bod nhw'n ôl. Amneidiodd ar y teulu bach i eistedd wrth fwrdd, ond ar ôl dadebru roedd Phil eisoes wedi ploncio Osian ar gadair cyn lled-orwedd ei hun ar gadair gyfagos, yn chwythu fel neidr.

Daeth dynes allan o'r taferna yn cario powlen. Gwenodd yn glên arnynt ac amneidio ar Osian i drochi'i droed yn y bowlen.

'Vinegar. Very good for jellyfish sting,' meddai mewn Saesneg dipyn llai carbwl nag un y llanc ifanc. 'You stay for half an hour like that.'

Ac felly y bu. Am yr hanner awr y bu troed Osian yn mwydo yn y finag, deuai'r llanc â diodydd oer iddyn nhw i gyd.

'Petha clên, chwara teg,' meddai Dilys wrth yfed ei lemonêd.

'Wn i ddim be fysan ni wedi neud tasan nhw heb 'yn helpu ni,' meddai Nerys, yn sipian ei lemonêd hithau.

'Wel, mi fysa Phil wedi mynnu rhoi'i bi-pî dros droed yr hogyn bach 'ma, bysa?'

'Mond trio helpu o'n i.' Roedd o'n dechrau dod ato'i hun erbyn hyn ar ôl yfed y lagyr oer bendigedig, ac yn meddwl wrtho'i hun ella bysa'n syniad reit dda ymuno â *gym* ar ôl mynd adra.

'Ti'n iawn?' holodd Geraint wrth weld Elen yn dod allan o'r tŷ bach.

'Nachdw, dwi *ddim* yn blydi iawn! Ma ngŵr i'n ca'l affêr efo'i ysgrifenyddas, a ti'n gofyn dwi'n iawn!'

'Yli, Els . . .'

'Paid ti â'n "Els" i, y bastad.'

'Yli . . .' Crafodd Geraint ei wddw'n nerfus, cyn mynd yn ei flaen. 'Dydi petha ddim 'di bod yn grêt rhyngthan ni'n dau ers sbel, nagdyn? Waeth i ti gyfadda ddim.'

'Be ti'n feddwl? O'n i'n meddwl bod petha'n iawn.'

'O, tyd 'laen Elen, dydi petha ddim wedi bod yn iawn rhyngthan ni ers blynyddoedd, nagdyn? Rhyw rygnu byw efo'n gilydd ydan ni. Pryd buost ti rîli isio fi? Rîli'n ffansïo fi?'

'Paid â siarad yn wirion, Geraint! Ffansïo chdi, wir! 'Dan ni 'di priodi ers deg mlynedd.'

'A pa mor amal ydan ni'n ca'l secs, Elen?'

'Be sy 'nelo hynny â'r peth?'

'Be sy 'nelo hynny â'r peth?! Lot, 'swn i'n deud. Lot fawr. Ti'm yn 'y ngharu fi go iawn, nagwyt?'

'Paid â siarad yn wirion, Geraint.'

'Dim ond blydi *meal ticket* ydw i, 'te? Neu felly dwi'n teimlo'n amal ar y diawl, i ti ga'l dallt.'

'Chdi sy'n siarad yn wirion rŵan!'

'Deud y gwir ydw i, Elen. Ma pawb yn ca'l mwy o sylw gen ti na fi.'

'Ti'n siarad fatha ryw hen hogyn bach 'di'i ddifetha, a ddim yn ca'l digon o sylw. Tyfa i fyny, wir Dduw!'

'Dwi jyst yn trio dy ga'l di i ddallt sut dwi 'di bod yn teimlo.'

'O, dwi'n dallt yn iawn. Mi nath 'na ryw lefran ifanc ddel, hawdd ei phlesio, ddechra fflyrtio efo'i bòs, a dyma chditha wedyn – dyn yn ei oed a'i amsar, ac a ddyla wbod yn well – yn mopio dy ben yn wirion. Sgin ti'm cwilydd, dwa'?'

'Ddim fel'na ro'dd petha.'

'Wel, fel'na ma nhw'n edrach o fama. Ac i chdi ga'l dallt, Geraint, nid yn unig ti 'di mradychu i ond ti hefyd wedi bradychu Osian ac Alys Haf!'

Roedd yr ergyd yna'n brifo.

'Yli, o'n i'm isio dy frifo di na'r plant.'

'Rhy hwyr!' brathodd Elen gan sychu'r dagrau â chefn ei llaw.

Yna gwawriodd rhywbeth arni'n sydyn. Yr holl decsts! Y hi, Anna, oedd wedi'u hanfon nhw i gyd! Nid jôcs gan Phil oeddan nhw, na thecsts o'r gwaith. Pam ar wyneb y ddaear bysa rhywun o'r gwaith yn ei decstio fo p'run bynnag? Heblaw bod y sawl oedd yn eu hanfon nhw'n ca'l affêr efo fo. Roedd hi wedi bod mor ddwl! Mor naïf! Roedd hi wedi trystio Geraint yn llwyr. Gwŷr merchaid erill oedd yn cael affêr, nid ei gŵr hi! Rhywbeth *sordid* oedd yn digwydd i gyplau erill oedd peth fel hyn, ddim iddi hi a Geraint.

Teimlai Elen fel tasa hi'n mygu. Roedd yn rhaid iddi adael y stafell; roedd hyn i gyd yn ormod. Teimlai'n benysgafn. Ai peth fel hyn oedd *panic attack*? Fedrai hi ddim goddef bod yn yr un stafell â Geraint am eiliad yn rhagor.

''Dan ni'n 'yn hola!' Camodd Nerys ac Alys Haf trwy'r drysau patio, a gweddill y trŵps yn eu dilyn. 'Ti'n well, Elen?'

Chafodd Nerys ddim ateb i'w chwestiwn ond sylwodd fod ôl crio mawr ar ei chwaer.

'O, ma hi'n cŵl braf yn fama!' Plonciodd Dilys ei hun yn ddiseremoni ar y soffa gan chwifio'i het fel ffan. 'Wel, *am* bnawn!'

'Be sy 'di digwydd i ti, Osh?' holodd Geraint gan sylwi ar y cloffni.

'Cont wedi'i bigo fo!' datganodd Alys Haf, oedd wedi cymryd at y cyfieithiad Cymraeg yma'n fawr iawn. 'Odd o'n gont mawr, 'fyd. Odd Yncl Phil am biso ar ben troed Osian, ond nath Anti Nerys ei stopio fo.'

Os oedd 'na adegau yn ei bywyd pan oedd Nerys yn ysu am i'r llawr ei llyncu hi, roedd hwn yn bendant yn un ohonyn nhw.

Cria lond dy fol

'Dwi isio *bwyd*!' cyhoeddodd Alys Haf wrth gerdded i'r gegin.

Wel, mae o'n newid o fod isio pi-pî, meddyliodd Nerys, oedd wrthi'n paratoi salad ar gyfer y barbeciw.

Roedd Phil wedi cael brenwêf ac wedi cynnig eu bod nhw'n cael barbeciw yn reit gynnar y noson honno. Roedd Osian ac Alys Haf wedi cynhyrfu'n lân efo'r syniad, ac yn edrych ymlaen yn fawr. Erbyn hyn, diolch i'r mawredd, roedd troed Osian wedi gwella a'r chwydd wedi dechrau mynd i lawr. Roedd mwydo'r droed mewn finag wedi gneud y tric. Diolch byth na chafodd Phil gyfle i drio'r feddyginiaeth arall, meddai Nerys wrthi'i hun.

'Be 'na i, gosod lle bwyd ar gyfar Elen hefyd? Ti'n meddwl bydd hi'n teimlo'n ddigon da i ga'l swpar efo ni?' holodd Dilys wrth gyfri'r cytlyri.

Cododd Nerys ei sgwyddau.

Ar ôl iddyn nhw ddod yn eu holau roedd Elen wedi mynd i orwedd i lawr. Roedd ganddi feigren, medda hi, ac isio llonydd a thawelwch. Sylwodd Nerys yn syth nad oedd 'na ddim golwg rhy dda arni. Rhyfedd, hefyd – doedd Nerys rioed wedi'i chlywed yn cwyno'i bod yn dioddef o feigrens o'r blaen. Sylwodd hefyd ar y botel win a'r gwydr gwag ac ôl lipstic arno ar fwrdd y gegin. Y peth dwytha fysa rhywun yn dioddef o feigren ei angen, fysach chi'n meddwl.

'A' i i weld sut ma hi,' meddai Dilys. 'Ella bysa hi'n lecio panad.' Aeth â'r cytlyri allan a'u gosod ar y bwrdd ar y patio.

'Barod am ffidan, Mrs M?' holodd Phil. Roedd o'n amlwg yn ei ffansïo'i hun yn rêl Jamie Oliver, yn fflipio'r stêcs drosodd fel tasa fo wedi hen arfar. Rhyfedd fel ma dynion wrth eu boddau'n cymryd yr awenau ac yn meddwl eu bod nhw'n rêl cwcs dros damad bach o gril tu allan, meddyliodd Dilys. Mynd â nhw 'nôl i oes yr arth a'r blaidd pan oedd eu cyndeidiau'n hela a choginio cig dros dân yn yr awyr agored, ma raid – ond tasach chi'n gofyn iddyn nhw neud yr un peth yn union efo popty a gril go iawn mewn cegin, fysa ganddyn nhw ddim owns o ddiddordeb.

'Ogla da, Phil. Codi awydd bwyd ar rywun,' meddai Dilys wrth osod y cytlyri ar y bwrdd.

"Nes i feddwl mynd yn *chef* ar un adag, 'chi, Mrs M. Odd Cathrin Cwc yn cîn iawn i mi fynd ymlaen i neud cwrs cwcio yn Tec. Fi sy'n gneud y rhan fwya o'r cwcio adra, 'chi,' medda fo wedyn wrth sodro mwy o fyrgyrs ar y gril.

Hawdd gallet di, ngwas i, meddyliodd Dilys, a chditha adra'n cicio dy sodla y rhan fwya o'r amser a Nerys yn gorfod mynd allan i weithio bob dydd. Leisiodd Dilys mo hynny wrth ei mab-yng-nghyfraith, chwaith, gan nad oedd siarad yn blaen a chodi twrw yn ei natur. Yn hytrach, trodd at ei hŵyr a'i hwyres fach oedd yn y pwll nofio efo'u tad.

'Dach chi'ch tri yn ca'l hwyl yn fanna?'

'Yndan! Dowch i mewn atan ni, Nain,' meddai'r fechan.

'Ddim heno, wir. Fory ella.'

'Iess!' meddai Alys Haf. Roedd hi ac Osian yn cael modd i fyw yn y pwll. 'Fi 'wan, Dad! Naci, Osian, go fi 'wan! Lluchia fi i mewn eto, Dad!' gwichiodd y fechan. Gafaelodd Geraint ynddi a'i chodi fel pluen fach uwchlaw ei ysgwyddau, a'i thaflu'n ofalus i'r dŵr. Roedd hi a'i brawd yn meddwl bod hon yn gêm wych.

Ond doedd Geraint ddim wrth ei fodd. Doedd o ddim wrth ei fodd o gwbwl. Ond dyna fo, mae'n rhyfedd sut gall rhywun gelu pethau os nad oes dewis arall.

Roedd o'n ysu am gael siarad mwy efo Elen. I esbonio. Ond roedd hynny'n amhosib rŵan. Byddai'n rhaid aros tan ar ôl i bawb arall fynd i'w gwlâu. Roedd Geraint yn amau'n fawr fedrai o aros tan hynny.

'Reit, allan â chi, chi'ch dau. Bath sydyn a newid cyn swpar,' medda fo, gan gychwyn nofio i gyfeiriad yr ystol fechan. Hwyrach y byddai cyfle i siarad efo Elen cyn swper tasa fo'n gafael ynddi'n reit handi.

Clywyd griddfanau o'r pwll.

'Ooo, Dad. Ddim rŵan. Jyst pum munud arall?!'

'Pum munud, ta – a dwi'n golygu pum munud.' Gafaelodd Geraint yn ei dywel a dechrau sychu'i hun yn wyllt cyn lapio'r tywel yn osgeiddig rownd ei ganol.

Pôsar uffar. Pwy ddiawl mae o'n feddwl ydi o, Daniel Craig? meddyliodd Phil, gan genfigennu at ei *six-pack*. Argol, ma'i gorff o mewn nic da hefyd. Taswn i'n hoyw, fyswn i'n gallu ffansïo hwn . . .

Blydi hel! Dadrebodd. Faint uffar o'r gwin 'na dwi 'di'i yfed i ddechra mulo a malu fel hyn? Raid i mi 'rafu, wir Dduw.

O ddyn yn ei bedwardegau mi oedd Geraint mewn siâp reit dda. Roedd yr holl redeg a mynychu'r *gym* wedi talu ar ei ganfed. Mi allasai'n hawdd basio fel rhywun ddeng mlynedd yn fengach. Roedd o hefyd wedi llwyddo i ddal gafael ar ei fop o wallt golau, er ei fod yn dechrau britho ar ei arleisiau.

Roedd Phil, ar y llaw arall, wedi magu mymryn o fol – effaith yr holl gwrw a'r diffyg ymarfer corff. Roedd o hefyd wedi etifeddu'r genyn anffodus hwnnw gan ei dad oedd yn achosi moelni, ac er mwyn trio cuddio'r ffaith roedd o, ers sawl blwyddyn bellach, yn rhedeg Nymbar Tŵ dros ei ben.

Gwyliodd Phil Geraint yn diflannu i mewn i'r fila.

Wancar, mwmiodd dan ei wynt, a phrocio un o'r sosejys yn hegar.

Camodd Geraint i fyny'r grisiau i gyfeiriad y *master suite.* Suddodd ei galon. Roedd lleisiau'n dod o'r llofft. Oedd Elen yn bwrw'i bol wrth ei mam? Trodd ar ei sawdl a cherdded yn ei ôl i lawr y grisiau marmor ac allan trwy'r drysau patio.

'Reit, chi'ch dau! Pwy sy isio chwara tic?'

Taflodd y tywel ar lawr a phlymio i mewn i'r pwll, gan greu coblyn o sblash ar ei ôl.

Roedd Dilys wedi dod o hyd i Elen yn un shwlyn bach ar y gwely, a'i chefn at y drws. Rhyfedd, doedd hi ddim wedi cau'r llenni. Rhag ei styrbio aeth Dilys ar flaenau'i thraed tuag at y ffenest i'w chau, a llanwyd y stafell â thywyllwch trymaidd. Trodd Elen a chodi'n ara ar ei heistedd.

'Ti'n well, mechan i?'

'O'n i'n meddwl ma Geraint odd 'na.'

'Sut ma'r meigren?'

'Dal yna.'

"Sat ti'n lecio panad?'

'Dim diolch.'

Eisteddodd Dilys ar erchwyn y *super-king.* 'Ma heddiw wedi bod yn ddiwrnod mawr i ni.'

Wyddai hi ddim pa mor wir oedd ei geiriau.

'Ma hi'n mynd i fod yn anodd byw hebddo fo, tydi Elen? Ond mae o'n well ei le, sdi, cariad bach. Odd y cradur yn diodda dipyn yn y misoedd ola 'ma. O leia dydi o ddim mewn poen bellach.'

Gafaelodd yn dyner yn llaw ei merch a'r dagrau'n mynnu ymwthio o gongl ei llygaid. Roedd consýrn a charedigrwydd ei mam yn ormod i Elen. Doedd Dilys ddim yn disgwyl y nadu ddaeth allan o enau ei merch. Beichio crio – crio fel tasa'i chalon hi'n hollti, fel tasa'r byd ar ben. Gafaelodd Dilys yn dynn ynddi i geisio'i chysuro, rhywbeth nad oedd hi wedi gorfod ei neud ers blynyddoedd maith.

'Na chdi, Elen bach, 'na chdi. Gad iddo fo ddŵad allan. Fyddi di'n teimlo'n well wedyn, sdi. Wedi'i gadw fo i mewn ormod wyt ti. Cria di lond dy fol, mechan i.'

Gafaelai Elen hithau'n dynn yn ei mam. 'Be dwi'n mynd i neud, Mam? Be dwi'n mynd i neud?'

'Sh . . . sh . . .' sibrydodd Dilys, fel petai'n cysuro merch fach deirblwydd oed oedd newydd golli'i hoff ddoli. 'Ma raid i ni fod yn gry. Be arall fedrwn ni neud?'

Roedd Elen o fewn trwch blewyn i ddatgelu'r gwir reswm pam roedd ei chalon yn torri, ond am ryw reswm fe ymataliodd.

'Sh . . . sh . . .' Mwythodd Dilys wallt cringoch ei merch. 'Hogan dy dad oeddat ti rioed – a chdi odd cannwyll ei lygad o. Er 'i fod o 'di'n gadal ni, ma'r atgofion gynnon ni o hyd, tydyn? Dyna sy'n 'y nghynnal i, sdi. A diolch 'yn bod ni wedi ca'l blynyddoedd mor hapus – tydi pawb ddim mor ffodus.'

Bu'r sylw dwytha 'na'n ddigon i Elen, ac agorodd y llifddorau unwaith eto.

'Na chdi, nghariad i . . . Yli, tria fynd i gysgu am sbel bach. Mi fyddi di'n well ar ôl cysgu, sdi.' Fel petai ychydig oriau o gwsg yn ddigon o falm i'r clwyf yma, meddyliodd Elen.

Ond ufuddhau i'w mam wnaeth hi a mynd yn ôl i orwedd, yn falch o gael rhywun arall i ddeud wrthi beth i'w neud am newid. Plygodd Dilys drosti a phlannu cusan ysgafn ar ei thalcen, a chaeodd Elen ei llygaid mewn ymgais anobeithiol i gau allan y gwir creulon oedd yn ei hwynebu.

Roedd ei phriodas yn y fantol.

Camodd Dilys o'r llofft gan giledrych 'nôl ar Elen, a edrychai mor fach a bregus ar yr acer a hanner o wely. Caeodd y drws yn dawel ar ei hôl.

Mewn eiliad roedd hi wedi'i chludo 'nôl dros ddeugain mlynedd wrth i lun ohoni hi ei hun yn cau drws y nyrseri yn Caerau fflachio o flaen llygaid ei meddwl. Roeddan nhw newydd symud Elen i stafell ar ei phen ei hun, a hithau erbyn hynny mewn cot mawr. Roedd Trefor ar binnau ac yn rhuthro i fyny'r grisiau bob dau funud i tsiecio ar ei ferch fach.

Mae pob tad yn mopio efo'i gyntafanedig ond roedd Trefor wedi dotio'n lân loyw. Y fo ddewisodd yr enw.

'Elen,' medda fo, 'mi alwan ni hi'n Elen.'

Roedd o wrth ei fodd yn mynd â hi efo fo i'r garej, a byddai Elen hithau wrth ei bodd yn cael ista'r tu mewn i'r ceir newydd sbon danlli yn y *showroom*. Byddai Trefor yn prynu tegan newydd iddi hefyd, yn dedi neu'n ddoli, bob dydd Sadwrn yn y siop deganau yn y dref. Yn dawel fach roedd Dilys yn falch pan ffendiodd hi allan ymhen pum mlynedd ei bod hi'n feichiog ar ôl bod yn trio am sbel, neu fel arall byddai Elen wedi cael ei difetha'n lân.

Er na chyfaddefodd Trefor erioed ei fod o'n siomedig mai merch fach arall gawson nhw, roedd Dilys wedi sylwi'n syth yn yr ysbyty ar y siom yn ei lygaid. Gwyddai yn ei chalon nad oedd o isio merch arall – roedd ganddo fo un dywysoges fach yn barod. Brawd i Elen fysa Trefor wedi lecio. Mab i gael cicio pêl efo fo, i gael prynu Meccano a Lego, tractors a cheir bach a'r set drên fwya yn y siop iddo fo. Yn bwysicach na dim, mab i gymryd at awenau'r busnes pan ddôi'r amser.

Roedd Dilys wedi cael cryn drafferthion yn ystod yr ail feichiogrwydd. Roedd ganddi bwysau gwaed uchel ac fe ddatblygodd y cyflwr *pre-eclampsia*, a hwnnw ar fin troi'n *eclampsia*. Gorfu iddi gael *Caesarean* ar frys a hithau ddim ond wedi mynd saith mis. Cael a chael fu hi i'w hachub hi a'r babi, ac yn ddiweddarach awgrymwyd yn garedig mai doethach fyddai iddyn nhw beidio â chael mwy o blant.

Pan ymddeolodd Trefor, felly, doedd 'na ddim mab i etifeddu'r busnes. A doedd gan Elen na Nerys, chwaith, ddim math o ddiddordeb, felly fe werthwyd y garejys.

Dilys ddewisodd yr enw 'Nerys'.

'Dim ots gin i, dewisa di,' ddeudodd Trefor.

'Ti'n meddwl bod pob dim yn iawn rhwng Elen a Geraint?' sibrydodd Nerys yn dawel wrth iddi helpu Phil i godi'r cig oddi ar y barbeciw.

'Be ti'n feddwl?'

'Ma 'na rwbath yn mynd ymlaen. Dydi hi ddim wedi bod yn hi'i hun drw'r dydd. Dwi'n saff bod 'na rwbath yn matar.'

'PMT, ella. Er, dwi'n siŵr bod gen honna PPMT.'

'PPMT?'

'*Perpetual* pre-menstrual tension.' Roedd empathi Phil tuag at ei chwaer-yng-nghyfraith mor isel ag erioed.

'Reit, bwyd yn barod!'

Daeth pawb i eistedd wrth y bwrdd a chythru i'r stêcs, y byrgyrs, y sosejys a'r salads. Er mawr syndod i Dilys, roedd Phil wedi cael hwyl arbennig ar y barbeciwio. Roedd hi wedi disgwyl poethoffrymau ond, chwarae teg, roedd y stecan wedi'i choginio'n berffaith, a'r sosejys hefyd.

'Ma'r stecan 'ma'n fendigedig, Phil. Ma hi'n toddi yng ngheg rhywun.'

'Yndi wir, y stecan ora dwi 'di ga'l ers tro,' ategodd Geraint, a chodi'i wydr gwin yn ddramatig. 'Compliments i'r *chef*!'

Ai Nerys oedd yn dychmygu pethau neu a oedd Geraint yn ymdrechu gormod i geisio rhoi'r argraff fod pethau'n hynci-dori, er ei bod hi mor glir â *gin* bod rhywbeth mawr o'i le. Gallech fod wedi torri'r awyrgylch rhwng Elen a Geraint â chyllell dwca pan gerddodd y pump i'r fila y pnawn hwnnw – y ddau'n amlwg yng nghanol ffrae. Roedd hi'n berffaith amlwg hefyd mai esgus tila oedd y meigren. Nid dim ond gwasgaru llwch ei thad oedd wedi ypsetio'i chwaer. Roedd rhywbeth arall hefyd, rhywbeth mawr iawn. Teimlodd Nerys yn llawn consýrn drosti.

'O, Mam bach!' ebychodd Dilys yn sydyn.

'Be sy, Mrs M?'

'O, grasusa!' medda hi wedyn a'i llaw ar ei cheg, a golwg reit welw wedi mynd arni.

'Dach chi'n iawn, Mam?'

''Dan ni wedi anghofio talu am y cinio yn y taferna! Anghofion ni bob dim am dalu ar ôl i Osian gael ei bigo. A nhwtha 'di bod mor glên efo ni yn mendio'r pigiad a bob dim!'

'Duwcs, 'na fo, 'de? Dwi'n siŵr nad ân' nhw ddim i'r wal jyst am bo ni heb dalu,' meddai Phil, yn stwffio darn o stecan i'w geg.

'Be haru ti? Raid i ni fynd yn ein hola fory i dalu ac ymddiheuro iddyn nhw,' meddai Nerys.

'Bobol bach, bydd,' meddai Dilys wedyn, fel petai hi wedi cyflawni rhyw ladrad mawr. 'Fyswn i'm yn medru cysgu'r nos yn meddwl mod i heb dalu.'

Fyswn i ar 'y nhraed nos am wsnosa, felly, meddyliodd Phil, yn cofio'r holl dai bwyta a chaffis roedd o wedi cymryd y goes ohonyn nhw cyn talu'i ddyledion yn ei ieuenctid ffôl.

'Ond 'dan ni isio mynd i'r parc dŵr fory!' crochlefodd Alys Haf.

Ategodd ei brawd hi'n bwdlyd. 'Dwi'm isio mynd yn ôl i'r hen gaffi boring 'na byth eto.'

'Ylwch, awn ni i'r parc dŵr, a geith Nain ac Anti Nerys fynd i'r taferna a'n cyfarfod ni yn y parc wedyn,' meddai Geraint. 'Wyt ti am ddŵad efo ni, Phil?'

'Pam lai?' meddai hwnnw'n ddi-hid ar ôl yfed bron i dri-chwarter potelaid o win gwyn yn ystod y seremoni goginio, a chan neud arwydd ar Geraint i agor potel arall.

'Be am Mam?' holodd Alys Haf.

Edrychodd Nerys ar Geraint, a sylwi arno'n petruso.

'Gawn ni weld sut bydd Mam fory, ia?'

'Edrach fel bod Mam yn teimlo'n well yn barod,' amneidiodd Phil i gyfeiriad y lolfa, lle roedd Elen fel petai'n chwilio am rywbeth, cyn dod allan ar y patio a goriadau'r car yn ei llaw.

'Dwi am fynd am dro.'

'Ddo i efo chdi,' meddai Geraint, yn codi ar ei draed.

'Na. Dwi isio mynd ar 'y mhen 'yn hun.'

'Radag yma o'r dydd?' mentrodd Nerys.

'A'r lonydd yn ddiarth . . .' meddai ei mam.

'Fydda i'n iawn.'

Trodd Elen ar ei sawdl a brasgamu i gyfeiriad y car.

Rhedodd Geraint ar ei hôl. Ceisiodd Nerys glustfeinio ar y sgwrs rhwng y ddau ond roeddan nhw'n rhy bell o'i chlyw. Ymhen llai na munud roedd Elen wedi gyrru i ffwrdd yn wyllt yn y Ffordyn gwyn, a Geraint yn cerdded yn ei ôl at y lleill.

'Mwy o win, rhywun?' holodd yn ysgafn. Atebodd neb. Eisteddodd Geraint i lawr a thywallt mwy o win i'w wydr ei hun a chymryd swig anferth ohono.

Os oedd gan Nerys unrhyw amheuon cynt fod 'na rywbeth o'i le, roedd yr amheuon hynny newydd gael eu cadarnhau.

Lle braf, Craig Aphrodite

Roedd yn rhaid i Elen adael y fila. Allai hi ddim aros yno eiliad yn hwy. Doedd ganddi ddim syniad i ble'n union roedd hi'n mynd. I rywle – unrhyw le o'r fila. Cyn belled ag y gallai fynd oddi wrth Geraint, oddi wrth y llanast 'ma i gyd.

Yr hyn fysa hi'n lecio'i neud fysa neidio ar yr eroplên gynta a âi â hi adra. Adra i'w thŷ, i'w chartra cyfforddus, cysurus. Roedd pob dim yn iawn adra. Tasan nhw mond heb ddŵad i'r blincin wlad 'ma. Tasa'i thad heb fod isio i'w lwch ddŵad yma, tasa'r plant heb fod isio mynd i'r parc dŵr, tasa hi heb ddarllen y tecst . . . Roedd pob dim yn iawn fel roeddan nhw.

Ond *oedd* pob dim yn iawn cynt? Ta twyllo'i hun roedd hi? Rasiai ei meddyliau ar garlam gwyllt, fel y Ffordyn ar y ffordd. Anwybyddodd yr arwydd am Ayia Napa a gyrru mlaen ar hyd y drafffordd i gyfeiriad Limassol a Paphos. Gyrru'n ddiamcan fel petai ar *autopilot* wrth ail-fyw unwaith yn rhagor y foment y darllenodd hi'r tecst. Roedd fel ffilm ar lŵp yn mynd rownd a rownd a rownd yn ei phen.

Pasiodd yr arwydd am Larnaca. Rhoddodd ei throed i lawr a rhuthrodd y Ffordyn yn ei flaen. Anwybyddodd yr arwydd am Limassol, a'r dagrau'n dal i gronni yn ei llygaid a geiriau Geraint yn atseinio yn ei phen:

Anna . . .

Ma hi'n gweithio yn y ffyrm 'cw . . .

Tydi pethau ddim wedi bod yn iawn rhyngthan ni ers blynyddoedd, nagdyn . . .

Rhyw rygnu byw efo'n gilydd . . .

O'n i'm isio dy frifo di na'r plant . . .

Teimlodd ryw flinder mawr yn torri drosti a sylweddolodd ei bod wedi bod yn dreifio am tua awr a hanner. Roedd hi wedi mynd yn rhy bell; roedd yn rhaid iddi droi 'nôl. Daeth ton o banig drosti. Beth petai ganddi ddim digon o betrol i'w chael yn ôl i'r fila? Doedd 'na ddim modd troi oddi ar y draffordd yn fama. Ar y rât yma mi fyddai wedi cyrraedd Paphos . . .

Yna, diolch i'r mawredd, gwelodd arwydd Petra tou Romiou. Siawns na allai droi i lawr y lôn honno i fynd yn ei hôl am Protaras. Ar ôl dilyn ffordd gul, lychlyd oedd yn frith o droadau, cyrhaeddodd faes parcio. Sylweddolodd ei bod ger y graig enwog honno, Craig Aphrodite.

Parciodd y car a phenderfynu mynd allan i stwytho'i choesau fymryn. Cerddodd i lawr rhes fach o risiau trwy dwnnel cul, a ffendio'i hun ar draeth caregog. Er bod yr haul yn prysur fachlud roedd hi'n dal yn gynnes braf, ac eisteddodd Elen ar y traeth. Roedd yr ymwelwyr bron i gyd wedi gadael, heblaw am ddau neu dri cwpl ac un teulu bach.

Syllodd ar y graig o'i blaen. Craig Aphrodite. Hy! Yn ôl yr arwydd yn y maes parcio, Aphrodite oedd duwies cariad a ffyddlondeb. Dyna i chi jôc! O wel, 'rhen Aphrodite, ti 'di gneud ffŵl iawn ohona i, do? Sut buos i mor ddall, dwa'? Mor dwp. Pam na fyswn i wedi gweld yr arwyddion? Ta ddim isio gweld yr arwyddion o'n i? Yr holl decstio 'na roedd Geraint yn ei neud, yr holl weithio'n hwyr, yr holl benwsnosau o 'orfod mynd mewn i'r swyddfa'. Yr holl gyrsiau . . . Ro'n i mor hunanfodlon. Wnaeth o rioed groesi'n meddwl i y byddai Geraint yn pori mewn cae arall. Geraint oedd o, 'te? Fysa Geraint byth, byth yn meddwl ca'l affêr.

Dyna lle ro'n i'n rong, ti'n gweld, Aphrodite. Dyna'r camgymeriad mawr. Cymryd Geraint a'n priodas ni'n gwbwl ganiataol.

Ond be dwi'n mynd i neud rŵan? Canu'n iach i mhriodas? Deud ffarwél i mywyd i fel ag y mae? Hynny, neu gwffio – cwffio dros 'y mhriodas.

Be ddyliwn i neud, Aphrodite? Y?

Yna dadebrodd. Callia, Elen, wir Dduw. Pwy ti'n feddwl w't ti, Shirley Valentine? Yn siarad efo blincin craig!

'Lle ma hi? Ma hi 'di mynd ers oria! A ma hi 'di twllu ers meitin.'

Roedd Dilys ar binnau.

'O, mi ddaw hi'n 'i hôl rŵan, 'chi,' meddai Nerys yn llipa. Roedd hithau hefyd yn poeni'i henaid.

'Dwi'n mynd i chwilio amdani,' meddai Geraint, a'r euogrwydd yn pwyso'n drwm arno.

'Ti'n sylweddoli faint o win ti 'di'i ga'l?' atgoffodd Nerys o.

'Duwcs, os oes 'na rwbath wedi digwydd iddi, gawn ni wbod yn hen ddigon buan gen y polîs,' lleisiodd y cysurwr Job a'i dafod yn dew.

'O grasusa!' ebychodd Dilys wrth glywed sŵn car yn dynesu at y fila.

'Ydi Mam yn ôl?' holodd Osian yn gysglyd yn nrws y patio.

'Ar ei ffordd rŵan,' meddai Nerys yn or-siriol. 'Cer di'n ôl i dy wely, dyna hogyn da, neu fyddi di'n methu codi fory a chitha isio mynd i'r parc dŵr.'

"Ma hi!' Pwyntiodd Osian i gyfeiriad y giât. Ar hynny gwelwyd goleuadau car, a hwnnw'n arafu ac yn stopio wrth y giât cyn troi i mewn.

'Y ferch afradlon, myn uffar i!' gwaeddodd Phil yn floesg, a chodi'i wydr i ddathlu dychweliad ei chwaer-yng-nghyfraith.

'Diolch i Dduw,' mwmiodd Geraint dan ei wynt.

Er mawr syndod, roedd lot gwell hwyliau ar Elen. A deud y gwir, roedd hi bron yn ôl i'w hwyliau arferol. Ymddiheurodd am yrru i ffwrdd fel y gwnaeth hi. Esboniodd i'r diwrnod fod yn ormod iddi, a'r cwbl oedd ei angen arni oedd cyfnod bach ar ei phen ei hun – amser i feddwl, amser i glirio'i phen. Edrychodd i fyw llygaid ei gŵr wrth ddeud hyn i gyd.

'Wel, ti'n ôl yn saff rŵan, dyna sy'n bwysig,' meddai Dilys gan ei chofleidio. 'Reit, dwi'n mynd i'r gwely. Ma heddiw wedi bod yn dipyn o straen.'

'Ddown ni efo chi rŵan, Mam. Tyd, Phil,' meddai Nerys, yn synhwyro bod gan Elen a Geraint lot fawr o waith siarad.

'Be haru ti, Ner? Mond ifanc 'di'r noson. Ma hi'n blydi lyfli allan yn fama dan y sêr. Dwi'n siŵr nad o's 'na'm cymaint â hyn o sêr yng Nghymru, 'chi. Iesgob oes, ma 'na lot ohonyn nhw yn fama, 'fyd. Sbïwch . . .' A dechreuodd Phil ganu: ' "W't ti wedi gweld y sêr?" Asu, da odd Edward H. 'Sna'm grŵp tebyg iddyn nhw. Blydi briliant.'

'Tyd, Phil,' meddai Nerys wedyn, gan wgu'n ffyrnig arno. Gwyddai yntau mai peth annoeth oedd tynnu'n groes pan gâi'r edrychiad yna.

'Ocê ocê. Dŵad rŵan, f'anwylyd.'

Cododd yn sigledig ar ei draed a throedio'n igam-ogam

ar draws y patio ac i mewn i'r fila. Ond cyn diflannu, trodd yn ei ôl. 'Hei, chi'ch dau! Dim rympi-pympi ar *y sun loungers* 'na.'

Wrth ddiflannu trwy'r drws, baglodd a glanio ar ei wyneb nes ei fod o'n gweld mathau newydd o sêr.

'Pwy roth stepan yn fanna? Odd hi'm yna bora 'ma. Chi nath, Mrs M?'

Gyda chymorth Dilys, llwyddodd Nerys i'w gael i fyny'r grisiau ac i'w wely.

Eisteddodd Geraint ac Elen wrth y pwll. Roedd hi'n berffaith dawel heblaw am sŵn y tonnau a chri'r *cicadas* yn y pellter. Roedd y lleoliad yn un rhamantus – paradwysaidd, bron – ond roedd sefyllfa Elen a Geraint ymhell o fod y naill na'r llall.

Ar ôl munudau o fudandod, mentrodd Geraint.

'Oeddan ni'n poeni amdanat ti. Gweld chdi wedi mynd mor hir.'

'O'n i jyst angan mynd o 'ma.'

'Fuost ti o 'ma am oria, Elen.'

''Nes i jyst dreifio. Bron iawn i mi gyrradd Paphos.'

'Paphos?! Ma hwnnw reit ym mhen arall yr ynys!'

'Drois i yn f'ôl yn Aphrodite's Rock.'

'Oeddan ni'n poeni bo chdi 'di ca'l damwain neu rwbath.'

Tawelwch wedyn rhwng y ddau.

'Lle braf, Aphrodite's Rock.'

'Duda di.'

'Ges i gyfla i feddwl yno. Sortio mhen allan.'

'Yli, Elen . . .'

'Gad i mi orffan, plis. Ti'n iawn, dydi petha ddim wedi bod yn iawn rhyngthan ni erstalwm iawn. Ac ma 'na fai mawr arna i am hynny.'

'Elen . . .'

'Plis, Geraint. Dio'm yn hawdd i mi ddeud hyn.' Llyncodd ei phoer. Roedd hi wedi bod yn ymarfer yr araith yn ei phen yr holl ffordd 'nôl. Roedd hi wedi dod i'r penderfyniad ei bod am frwydro'n galed, doed a ddêl, i ennill ei gŵr yn ôl o grafangau'r ast Anna yna. Roedd ganddi ormod i'w golli.

Aeth yn ei blaen. 'Dwi 'di bod yn dy gymryd di'n ganiataol, tydw? Yn 'yn cymryd *ni*'n ganiataol. A ma be ddigwyddodd rhyngthach chdi a'r hogan 'na . . . wel, ella tasa petha 'di bod yn well rhyngthan ni'n dau . . . Dwi'n gwbod na fydd o'm yn hawdd, ond dwi am i ni roi be sy wedi digwydd tu cefn i ni. Dwi'n fodlon trio. Yn syth ar ôl i ni gyrradd adra mi wna i apwyntiad i ni fynd i weld rhywun yn Relate. Ddown ni drw' hyn, dwi'n gwbod. Hicyp bach ydi o, dyna i gyd. Dwi'm isio dy golli di, Geraint, a ma raid i ni feddwl am y plant, a . . .'

'Stopia, Elen. Stopia. Biti na fysat ti wedi deud hyn i gyd ddwy flynadd yn ôl, neu hyd yn oed flwyddyn yn ôl.' Ychwanegodd yn dawel, 'Ma hi'n rhy hwyr, Elen.'

'Be ti'n feddwl, ma hi'n rhy hwyr?'

Ennyd o dawelwch.

'Ma Anna'n disgwl.'

'Be?!'

'Ma Anna'n disgwl. A dwi isio ysgariad.'

Roedd pob man yn troi, a chalon Elen yn carlamu. Teimlai'r panig yn cynyddu'r tu mewn iddi.

'O'n i'm wedi bwriadu sôn dim byd tan ar ôl i ni gyrradd adra. Ond dwi isio ysgariad, Elen.'

Ysgariad.

Ysgariad.

I Elen, roedd y gair fel ergyd bob tro roedd Geraint yn ei ynganu – ergyd filwaith gwaeth na'r un gafodd hi o ddarganfod bod Geraint yn cael affêr. Roedd hyn i gyd wedi dod mor ddirybudd, ac mor derfynol.

'O'n i ddim isio i chdi ffendio allan fel hyn. Wir i ti, Elen. Dwi'n sori, mor sori.' Pwysodd Geraint ymlaen yn ei gadair a dechrau crio.

'Paid ag ymddiheuro i mi, Geraint,' meddai Elen yn dawel wrth godi ar ei thraed. 'Ymddiheura i Osian ac Alys Haf. Ymddiheura iddyn nhw'u dau pan fyddi di'n deud wrthyn nhw dy fod ti'n eu gadal nhw a mynd i fyw at ddynas arall, a dy fod ti'n mynd i ga'l babi arall.'

Cerddodd at ddrws y patio, cyn troi at ei gŵr.

'Dwi am ofyn un peth i ti. Er mwyn y plant a Mam, dwi am i ni beidio â sôn gair wrth neb 'yn bod ni'n gwahanu tan fyddan ni'n ôl adra. Ella bo chdi wedi difetha mywyd i, ond ti ddim yn mynd i ddifetha'r gwylia 'ma i bawb arall, dallta.'

Yna camodd yn dalsyth i mewn i'r fila, a chau'r drws yn glep ar ei hôl.

Baklavas a mwy

'Hei, oeddat ti'n iawn sdi, Ner! *Ma* 'na rwbath yn mynd ymlaen rhwng Elen Fwyn a Ger,' meddai Phil wrth wisgo amdano. 'Godis i'n ganol nos i nôl diod o ddŵr, a dyna lle rodd Geraint yn rhochian cysgu ar y soffa. Ond 'na fo, taswn i 'di priodi honna, fyswn inna'n cysgu ar y soffa ers blynyddoedd. Lle ma nghrysa-T fi?'

'Yn yr ail ddrôr. Gobeithio byddan nhw'n iawn, 'de? Driis i holi Geraint pan oeddan ni'n clirio'r llestri swpar neithiwr oedd bob dim yn ocê. "Yndi, tad, pam ti'n gofyn?" ddudodd o. A'th o'n reit amddiffynnol, deud gwir.'

Y bore hwnnw roedd Nerys a Phil wedi codi ar amsar desant, a Nerys bellach wedi cael cawod a gwisgo amdani ac wrthi'n twtio'r llofft a gneud y gwely ac ati. Roedd Phil yntau newydd gael cawod, ac ar waetha'r holl win roedd o wedi'i yfed y noson cynt, doedd o ddim gwaeth. Roedd o fel deryn.

'Fedri di'm cadw'r gwir i mewn am byth, sdi, dim ots faint gnei di drio,' athronyddodd. 'Fel rhech ddrewllyd, ma raid iddo fo ddŵad allan yn y diwadd.' Yna sythodd y tu ôl i Nerys. 'Ta-raaaa! Be ti'n feddwl, Ner? *Greek god* 'ta be?'

Trodd hithau rownd. 'Gwd God!' ebychodd dan ei gwynt. Dyna lle roedd Phil yn pôsio yn ei shorts nofio. Bu ond y dim iddi estyn am ei sbectol haul. Welodd hi rioed yn ei byw shorts mor llachar. A deud y gwir, doedd 'llachar' ddim yn air digon cry i'w disgrifio. Roeddan nhw'n un patrwm cordeddog o adar a phlanhigion trofannol mewn lliwiau seicadelig leim, oren a glas. Roedd y peth yn ddolur i'r llygaid.

Doedd Nerys ddim isio brifo'i deimladau, ac meddai'n ddiplomataidd:

"Sa well i ti gadw'r rheina ar gyfer y pwll, dwa'? Ma gin ti shorts nefi plaen. Fysa rheiny'n siort ora heddiw.'

'Ond dwi 'di prynu'r rhein yn sbesial! Ges i nhw yn y siop sports 'na odd yn cau i lawr. Ffeifar dalis i.'

Gest ti dy neud, washi, meddyliodd Nerys.

'Sbia, ma 'na ddigon o le yn braf ynddyn nhw. *Large* ydyn nhw, dwi'n meddwl. 'Ta *Extra Large*, dwa'? Doedd 'na ddim *Medium* ar ôl, ma raid . . .'

'Yncl Phil! Dach chi'n barod? Ma Dad yn deud bod o'n cychwyn mewn pum munud.' Llais Osian yr ochor arall i ddrws y llofft.

'Fydda i lawr rŵan, boi.'

Agorodd llygaid Dilys yn fawr, fawr pan welodd hi Phil yn sboncio i lawr y grisiau yn ei shorts neon.

'Iawn, Mrs M?'

'Waw!' meddai Alys Haf. 'Ma'r shorts 'na'n cŵl, Yncl Phil.'

'Fydd 'na neb arall efo pâr fatha'r rhein yn y parc dŵr, gewch chi weld,' meddai Phil yn frwdfrydig.

'Fysa 'na neb arall *isio* gwisgo pâr fatha'r rheina,' meddai Elen yn drwynsur o'r gegin, wrth iddi dollti mygiad o goffi cryf iddi'i hun.

Roedd yn rhyw fath o gysur i Nerys bod Elen yn ôl yn ei 'hwyliau' arferol. Yn wir, er ei fod o'n beth mawr i'w ddeud, roedd yn haws ymdopi efo'r Elen astaidd na'r Elen dawedog yna ddoe.

'Gwrandwch,' meddai Dilys ar ôl i Phil, Geraint a'r

plantos adael, 'fysach chi'n meindio'n arw taswn i ddim yn dod efo chi heddiw? Sgin i fawr o daro, deud y gwir.'

Doedd hi ddim am gyfaddef i'r lleill nad oedd hi wedi cysgu'r un winc y noson cynt, er ei bod wedi llwyr ymlâdd. Pan oedd hi wrthi'n dadwisgo i fynd i'w gwely mi drawodd hi'n sydyn mai fel hyn roedd pethau'n mynd i fod o hyn allan. Roedd hi ar ei phen ei hun. Daeth ton fawr o hiraeth drosti a gwyddai na fedrai byth ymdopi efo rhyw hen barc dŵr swnllyd drannoeth.

'Be am i chi ddŵad efo Elen a fi i'r taferna, ta?' awgrymodd Nerys. 'Gawn ni gyfla i dreulio bora bach efo'n gilydd.'

Roedd o'n dipyn o syndod i Nerys bod Elen, yn gynharach y bore hwnnw, wedi gofyn fysa fo'n iawn iddi hithau ddod i'r taferna. 'Dwi'm yn rhyw cîn iawn ar barciau dŵr, a geith Osian ac Alys Haf fwy o hwyl efo Geraint a Phil. Fyddwn ni'n tair yn mynd i fanno'n nes ymlaen, beth bynnag, byddwn? Ga' i lawn digon yno felly,' meddai.

Esboniodd hi ddim mai'r gwir reswm oedd nad oedd hi'n awyddus i dreulio munud yn hwy nag oedd raid iddi yng nghwmni ei gŵr, neu'n hytrach yr un fyddai'n fuan iawn yn *gyn*-ŵr iddi. Heb sôn am gwmni'r lob 'na o frawd-yng-nghyfraith . . .

'O, dwn 'im,' meddai Dilys. 'Fydd o'm yn drafferth i chi ddŵad â fi'n ôl i fama wedyn? Fysach chi'ch dwy yn medru mynd yn syth yn 'ych blaena am y parc dŵr taswn i ddim efo chi.'

'Dio'm yn draffath, siŵr,' meddai Nerys, yn synhwyro nad oedd llawer o hwyl ar ei mam, ac y gwnâi awran neu ddwy allan o'r fila les iddi.

'O wel, rhowch ddau funud i mi fynd i nôl 'yn het a'n sbectols haul, ta.'

Tra oedd Dilys yn mynd i'w stafell, manteisiodd Nerys ar y cyfle i gael ei chwaer ar ei phen ei hun.

''Sna ddigon o goffi i mi ga'l panad?' holodd.

'Helpa dy hun.'

'Ma bob dim yn iawn, yndi Elen?'

'Be ti'n feddwl?'

'Wel, rhyngthach chdi a Geraint.'

'Yndi, siŵr. Pam ti'n gofyn?'

'Dim byd. Jyst meddwl, 'na'r cwbwl.'

'Ma bob dim yn tshiampion, dallta. Lle ma Mam, i ni ga'l cychwyn?'

Tolltodd Elen weddill ei choffi i lawr y sinc a throi o'r gegin.

Roedd maes parcio'r parc dŵr yn prysur lenwi er mai dim ond hanner awr wedi deg oedd hi, ond fe gafodd Geraint le hwylus i barcio. Ar ôl ciwio am sbel aeth y pedwar i mewn a bachu pedwar o wlâu haul.

Fysa'n hawdd i bobol feddwl mai cwpl hoyw allan efo'n plant ydan ni, meddyliodd Geraint wrth osod ei dywel dros y gwely. Methodd beidio â chymryd cip arall ar y shorts neon, a gweld nad fo oedd yr unig un oedd yn eu llygadu. Ymhle ar wyneb daear y cafodd Phil afael ar betha mor ddiawledig o ffiaidd a di-chwaeth? Dim ond actor fysa'n meddwl gwisgo'r fath betha . . .

Crynodd ei ffôn ym mhoced ei shorts.

'Ti'n feibrêtio eto,' datganodd Phil.

Estynnodd Geraint y ffôn o'i boced a darllen y tecst:

```
Falch fod bob dim allan rŵan. Dim mwy o
gelwyddau. Methu disgwl i dy weld ti.
Caru ti xxx
```

Rhoddodd ochenaid ddofn.

Roedd teimladau Geraint wedi bod yn un gymysgedd fawr o sioc ac anghrediniaeth ar ôl cael yr alwad ffôn gan Anna yn y maes awyr yn deud ei bod hi'n feichiog. Roedd o wedi meddwl yn siŵr ei bod hi ar y bilsen. Roedd hi wedi dechrau crio dros y ffôn – doedd hi ddim am fagu'r plentyn ar ei phen ei hun, a doedd hi ddim am fod yn fam sengl. I'w thawelu, roedd o wedi addo iddi na fyddai'n dod i hynny, a stopiodd y crio.

'Wyt ti am ysgaru Elen a mhriodi i, felly, Ger?'

Erbyn hyn doedd ganddo fo fawr iawn o go' am y daith ar yr awyren, dim ond llais Anna'n atseinio yn ei ben: 'Dwi'n disgwl, Ger . . . newydd neud y prawf . . . ysgaru Elen . . . 'y mhriodi fi.'

'Tyd, Dad!' gwaeddodd Osian, gan dorri ar draws ei feddyliau. 'Tyd i ni gael mynd ar y sleids!'

'Dau funud, Osh bach. Dim ond atab hwn.'

Tecstiodd yn ôl:

```
A finna i dy weld ditha x
```

Roedd Waterworld, parc dŵr mwya Ewrop, wedi'i seilio ar thema Groeg gynt, a chafodd y criw hwyl anfarwol ar sleidiau rhyfeddol fel y Drop to Atlantis, y Fall of Icarus a'r Quest of Hercules – er bod Alys Haf yn rhy ifanc i gael mynd ar rai o'r rheiny, wrth gwrs. Cafodd y pedwar gŵn poeth a sglodion i ginio wedyn, a'r plant yn eu sglaffio rhag colli amser gwerthfawr. Er hynny roedd ganddyn nhw ddigon o amser i fynd i fwth hufen iâ i nôl eu pwdin.

'Lle da,' meddai Geraint, yn cadw'i lygaid ar y plant.

'Briliant o le,' atebodd Phil, yn teimlo'n un ar ddeg oed unwaith eto. Bu'r ddau'n sipio'u diodydd am sbel.

'Oedd y soffa'n gyfforddus neithiwr, ta?'

'Be?' meddai Geraint, heb dynnu'i lygaid oddi ar y plant.

'Welis i chdi'n rhochian cysgu arni pan ddois i i lawr i nôl gwydriad o ddŵr.'

'Chwyrnu o'n i. Odd Elen yn methu cysgu, felly mi godis i iddi ga'l llonydd,' esboniodd Geraint heb droi blewyn.

'Mm,' mwmiodd Phil, yn amlwg heb lyncu'r esgus. 'Ti'n mynd i fod yn chwyrnu eto heno?'

'Beryg bydda i.'

'Mm. Trwbwl yn camp, oes?'

'Mwy na trwbwl, boi,' mwmiodd Geraint dan ei wynt, ond ddim yn rhy isel i Phil ei glywed.

'Pa hufen iâ gawsoch chi, ta? Sgin ti newid i mi, Osh?' meddai Geraint wedyn, yn falch o weld Osian ac Alys Haf yn dod yn eu holau rhag iddo orfod wynebu mwy o holi a stilio o gyfeiriad ei frawd-yng-nghyfraith.

* * *

'Fama ydi o?' meddai Elen mewn syndod wrth ddod allan o'r car. Edrychodd i lawr ei thrwyn ar y taferna. 'Mae o'n edrach i mi fel tasan nhw heb neud dim i'r lle ers pan oedd Dad yn yfad yma ddwytha!'

'Mae o'n grêt o le. Gei di weld rŵan,' meddai Nerys, yn teimlo rhyw deyrngarwch od tuag at y lle.

Aeth y tair i eistedd wrth un o'r byrddau o dan y blanwydden. Heblaw am un cwpwl bach ifanc, dim ond y nhw oedd yno.

'I feddwl bod y goedan 'ma yma pan odd 'ych tad yn fama'r holl flynyddoedd yn ôl,' rhyfeddodd Dilys. Roedd deigryn yn cronni yn ei llygaid – roedd hyd yn oed meddwl am Trefor yn ddigon i agor y llifddorau'r wsnos yma.

'Be gymwch chi, Mam? Coffi a *baklava* bach, ta ydach chi isio rwbath mwy swmpus?' holodd Nerys wrth astudio'r fwydlen.

'Neith panad yn iawn i mi. Fawr o awydd bwyd arna i heddiw, cofia.'

'Sgin y lle 'ma dystysgrif mewn *food hygiene*, dudwch?' holodd y gestapo glendid.

'Gafon ni fwyd tshiampion yma ddoe.'

'Gymra i goffi du,' meddai'r chwaer. 'Siawns na ddyla hwnnw fod yn saff.'

'Tri coffi a thair *baklava* felly, ia?'

'Be 'di peth felly, dwa'?' holodd Dilys.

'Newch chi'i lecio fo, Mam. *Filo pastry* yn llawn cnau mân wedi'u socian mewn suryp. Trïwch un i gael gweld.'

Daeth y wraig oedd wedi gwella pigiad Osian y diwrnod cynt allan o'r taferna a gwenu'n glên ar Dilys a Nerys, yn amlwg wedi'u nabod.

'Ah, *kaliméra*! How is the foot today? Better?'

'*Kaliméra*,' cyfarchodd Nerys hi'n ôl. 'Much better, thank you.' Aeth yn ei blaen i esbonio bod y chwydd wedi mynd i lawr yn rhyfeddol, a'u bod yn hynod ddiolchgar iddi. Wedyn cyflwynodd Elen i'r wraig, ac esbonio mai hi oedd mam Osian. Esboniodd hefyd eu bod wedi dod yn eu holau i dalu'r bil am eu cinio, a'u bod yn teimlo'n ofnadwy eu bod wedi gadael y pnawn cynt heb dalu.

'*Then pirázi*,' meddai'r wraig gan wenu'n glên arnynt eto. 'I knew you'd come back.'

Cymerodd eu hordor, a mynd yn ôl i mewn i'r taferna.

'Wel, am ddynas glên,' meddai Dilys. 'Ma hi'n f'atgoffa i o rywun, cofiwch.'

'Demis Roussos,' meddai Elen yn swta.

'Pwy?' gofynnodd Nerys.

'Ydi hwnnw'n dal yn fyw, dwch? O'n i wrth fy modd efo fo'n canu erstalwm,' meddai Dilys.

'Ydi Peter Andre ddim yn dŵad o Cyprus hefyd?' holodd Nerys wedyn.

'O'n i'n meddwl mai o Awstralia oedd o'n dŵad – acen Awstralia sy gynno fo,' meddai Elen.

'Ei fam a'i dad o sy'n dod o Cyprus, dwi'n meddwl. Cofio darllan ei hanas o mewn rhyw gylchgrawn.'

'Y fo odd yn briod efo'r jolpan Jordan yna, ia ddim?' meddai Dilys. 'Y peth gora nath o odd ysgaru honna.'

'Lle ma'r banad 'ma, dwch? Ma hi'n hir iawn,' meddai Elen yn ofni eu bod ar fin troedio ar dir peryglus, tir nad oedd hi'n awyddus i fod ar ei gyfyl o gwbwl.

Mwynhaodd y tair y baned. Ac roedd Nerys yn llygad ei lle, roedd y *baklavas* yn nefolaidd – un o'r cacennau gorau i Dilys ei blasu erioed. Roedd hi am ofyn i'r wraig am y rysêt.

Gofynnodd Nerys am y ddau fil.

'Ydach chi'n siŵr na dach chi ddim am ddŵad efo ni i'r parc dŵr, Mam?'

'Yn berffaith siŵr, os na dach chi'n meindio. Ella'r a' i am nap bach. Chysgis i fawr ddim neithiwr.'

Snap, meddyliodd Elen.

Talwyd y ddau fil a gadawyd tip haeddiannol ar y bwrdd.

'*Efcharistó polí*,' diolchodd y wraig dan wenu.

'Diolch i *chi*,' meddai Dilys.

'Ah! What language is that?'

'Welsh,' esboniodd Nerys.

Goleuodd wyneb y wraig, a gwenodd yn llydan â'i llygaid yn disgleirio. 'You from Wales?'

'Yes.'

'My father, he was from Wales.'

'No! What part of Wales?' holodd Dilys.

'De Cymru, ma siŵr,' meddai Elen yn surbwch, wedi hen flino ar y sgwrs.

'I don't know. But . . . how d'you say it . . . "caru ti"? Yes?'

'Yes! "Caru ti!"' gwenodd Nerys ar y wraig.

'My mother used to say that to me when I was little girl. "Caru ti", she'd say. My father used to tell my mother that as well.'

'How interesting,' meddai Dilys, hithau fel Nerys yn dangos diddordeb mawr yn y wraig a'i stori.

'Reit, ma'n well i ni fynd neu mi fyddan nhw'n methu dallt lle rydan ni,' meddai Elen, yn trio cael y ddwy i gychwyn oddi yno. Roedd hi'n ysu am gael anghofio'i holl broblemau trwy orwedd ar y *sun lounger* ac ymgolli mewn nofel.

Ond ymlaen yr aeth y wraig, wrth ei bodd yn cael adrodd hanes ei chefndir teuluol wrth rai 'from Wales'.

'My father met my mother when he came over here in the fifties.'

'What a coincidence! Our father was here in the early fifties, doing his National Service,' meddai Nerys. 'Maybe he knew your father?'

Ffarweliodd y merched â'r wraig, ond nid cyn iddi eu hannog i gofio galw eto cyn iddyn nhw adael Cyprus.

Roedd Nerys wedi dotio efo hanes y cysylltiad â Chymru, yn wahanol iawn i'w chwaer. 'Hy! Mae hi'n deud hynna wrth bob fisitor sy'n galw.'

'Be ti'n feddwl?' gofynnodd Nerys.

'Sgam ydi o i ddenu cwsmeriaid, siŵr iawn. Os mai Saeson ydi'r cwsmeriaid, yna ma hi'n deud "Love you" wrthyn nhw, ac yn mynd ymlaen wedyn i adrodd rhyw stori fawr am ei thad. Dach chi rioed yn ei choelio hi?'

Ond oedd, mi *oedd* Dilys yn coelio'r wraig. Yn ei chredu bob gair. Ac wrth eistedd yn sedd gefn y car ar ei ffordd yn ôl i'r fila, daeth rhyw deimlad o annifyrrwch mawr drosti.

Cyprus, Medi 1953

Eisteddai'r pedwar wrth un o'r byrddau o dan y blanwydden anferth, yn mwynhau potelaid neu ddwy o lagyr ac yn gwrando ar y tonnau'n torri'n hamddenol ar y traeth gerllaw. Roeddan nhw wedi llonyddu i gyd ar ôl boliad o stiw cig oen.

'Nice little place, lads. We'll have to remember this one,' meddai Simpkins gan dorri gwynt yn swnllyd. 'Pardon me! Where are my manners?'

'Back in Aldershot, I'd say,' meddai Trefor gan godi ar ei draed.

'Where you going to, Morris?' holodd Harvey.

'For a piss. Why, do you fancy joining me?'

'Now, now, dear! Not in front of everyone,' meddai Harvey â thinc o acen ferchetaidd smàl yn ei lais.

Wedi iddo fod yn y lle chwech, sylwodd Trefor ar yr arwydd 'Neokolis Taverna' yn hongian y tu allan. Pwy neu beth oedd Neokolis, tybed? Perchennog y caffi, mae'n rhaid. Torrwyd ar draws ei feddyliau gan sŵn injan car yn troi ond yn gwrthod tanio. Cerddodd Trefor rownd y gornel i gyfeiriad y sŵn a gweld gŵr canol oed yn eistedd mewn Austin A40.

'Hello, what's the problem?' holodd Trefor.

Tynnodd y gŵr ei gap oddi ar ei ben ac edrych yn hollol ddi-glem arno.

'I'm afraid my father does not understand English.'

Trodd Trefor, ac yna fe'i gwelodd – merch ifanc lygatddu, bryd tywyll â gwallt hir i lawr hyd at ei chanol.

'Tell him that I'm a mechanic,' meddai Trefor. Ni allai dynnu'i lygaid oddi ar y ferch. Siaradodd hithau mewn Groeg efo'i thad. Neidiodd hwnnw allan o'r car yn syth gan agor y bonat er mwyn i Trefor gael golwg ar ei ymysgaroedd.

Fu Trefor fawr o dro'n darganfod beth oedd yn bod ar yr hen gar. Tsieciodd y *distributor* i ddechrau, ond doedd dim byd i'w weld o'i le ar hwnnw, felly mae'n rhaid mai'r coil oedd ar fai.

'It needs a new coil. I can easily get hold of one if your father would like me to.'

Siaradodd y ferch efo'i thad eto, a daeth gwên fawr lydan dros ei wyneb a brasgamodd at Trefor gan ysgwyd ei law.

'*Efcharistó*! *Efcharistó*!'

'My father thanks you.'

'I'll come back tomorrow, if that's all right.'

'Thank you,' atebodd y ferch.

'That was a long shit,' datganodd Simpkins pan ddaeth Trefor yn ei ôl.

'He's been talking to the natives. I saw him flirting with that pretty, dark-haired waitress,' meddai Harvey gan gymryd dracht o'i lagyr.

'You talk a lot of bull sometimes, Harvey. You lot coming then?' meddai Trefor, yn fwriadol yn peidio ag eistedd a gneud ei hun yn gyfforddus.

Roedd ganddo lythyr i'w orffen. Cynta'n byd y câi fynd yn ôl at hwnnw, gora'n byd, meddyliodd.

'Me Tarzan! Where's Jane?'

Roedd Geraint, Phil a'r trŵps yn cael modd i fyw yn y parc dŵr. Roeddan nhw rŵan ar y Lazy River – y pedwar yn eistedd mewn cylch rwber yr un, yn arnofio'n ara deg braf ar hyd yr 'afon' dan haul tanbaid.

Aaa! Dyma'r bywyd. Roedd Phil yn dechrau meddwl nad oedd o'n beth cynddrwg â hynny hedfan mewn eroplên i wlad boeth, ddiarth efo'i deulu-yng-nghyfraith, os oedd hynny'n golygu treulio diwrnod cyfan mewn lle fel hwn – heb sôn am gael barbeciws, yfed gwin yn yr awyr agored, a chael aros mewn fila pum seren. Hynny i gyd trwy garedigrwydd ei fam-yng-nghyfraith.

Ond er bod Geraint hefyd yn llwyddo i roi'r argraff ei fod o'n mwynhau'i hun, roedd hynny ymhell o fod yn wir. Sut yn y byd mawr roedd o ac Elen yn mynd i smalio bod pob dim yn iawn? Actio fel tasa 'na ddim byd yn bod a'u priodas ar fin chwalu, neu'n hytrach *wedi* chwalu?

Doedd Elen prin yn gallu sbio arno fo, heb sôn am fod yn yr un ystafell â fo. Mi fyddai'r plant yn siŵr o amau rhywbeth cyn bo hir. Roedd Phil a Nerys eisoes wedi synhwyro bod 'na ryw ddrwg yn y caws; roedd hi'n amlwg nad oedd Phil yn coelio am eiliad mai am ei fod o'n chwyrnu roedd o'n cysgu ar y soffa.

Tasa Elen mond heb weld y tecst, mi fysa fo wedi gallu cario mlaen am sbel eto yn ffugio bod popeth yn iawn rhyngddyn nhw – fel roedd o wedi'i neud ers rhai misoedd bellach.

Roedd Anna wedi bod yn pwyso arno fo i ddeud wrth Elen fisoedd yn ôl – cyn y Nadolig – ond mi aeth Trefor yn wael. Falla'i fod o, Geraint, yn fastad yn cysgu efo dynas arall tu ôl i gefn ei wraig, ond doedd o ddim cymaint o fastad â gadael ei wraig pan oedd ei thad ar ei wely angau, chwaith. A falla, yn y bôn, nad oedd o wedi bwriadu'i gadael o gwbwl.

Dyma be oedd llanast. Llanast go iawn.

'Y pwll tonna nesa, Dad!'

Torrwyd ar ei feddyliau gan ordor Osian, wrth i hwnnw stryffaglio allan o'i rybyr ring.

'Dowch 'laen, ta!' meddai Geraint, yn ffugio brwdfrydedd mawr.

Wrth i'r pedwar fynd i gyfeiriad y pwll tonnau, meddyliodd mai fo ddylai fod yn actor, nid ei frawd-yng-nghyfraith.

Gorweddai Dilys ar ei gwely. Syllodd eto ar yr yrn wag ar y cabinet bach gerllaw.

Paid â bod yn wirion. Callia. Mae dy ddychymyg di wedi mynd i ofyr-dreif. Dydi'r peth ddim yn bosib, siŵr . . . Mae o'n syniad cwbwl hurt. Chwerthinllyd, hurt bost. Ma raid bod y gwres yn dechra 'ffeithio ar dy ben di.

Ond tybed . . .?

Caeodd ei llygaid a gweld gwraig y taferna'n gwenu'n glên arni.

Ddaeth dim cwsg i'w rhan y pnawn hwnnw.

Roedd y straen o orfod smalio bod hwyliau iawn arno'n dechrau deud ar Geraint erbyn canol y pnawn. Smaliodd ei fod eisiau mynd i'r lle chwech er mwyn cael pum munud iddo fo'i hun. Gadawodd Phil yn yr Atlantis Activity Pool efo'r plant, y ddau'n trio'u gorau glas i fynd o un pen i'r pwll i'r llall yn gafael mewn rhaff ac yn balansio ar logiau ffug. Methiant fu ymdrech y ddau ar ôl tri thro.

'Gadwch i mi ddangos i chi sut ma gneud,' cynigiodd eu hewyrth. Er mai i blant roedd y pwll, doedd hynny ddim yn mynd i stopio Phil rhag dangos ei hun. Disgwyliodd ei dro ac yna ymestyn i afael yn y rhaffau uwchben a dechrau chwifio o raff i raff.

'AAAAAAH!' gwaeddodd. 'Me Tarzan! Where's Jane?'

Dechreuodd Osian, Alys Haf a dyrnaid o blant gerllaw chwerthin. Pan sylweddolodd Phil fod ganddo gynulleidfa, aeth ati i neud mwy o giamocs gan hongian ar y rhaff efo un fraich a dechrau sgrechian dros y lle fel rhyw *chimpanzee*. Roedd o wrth ei fodd yn chwarae'r clown. Roedd o wedi ffendio bod ganddo'r ddawn pan oedd o yn Fform Tŵ yn yr ysgol. Roedd o'n cofio dynwared Mistar Wilias Biol oedd, yn anffodus, yn poeri wrth siarad ac yn gwlychu rhes flaen y dosbarth bob tro.

'Pwy sy wedi torri'r *pipette*? A be sy yn y *petri dish* 'ma? Philip Madog Lewis, i stafall y Prifathro *rŵan*!' A phoerodd Phil i sŵn ei gynulleidfa'n g'lana chwerthin. Trwy neud i bobol chwerthin, sylweddolodd yn sydyn fod hynny'n ei neud yn boblogaidd ac yn ennill ffrindiau iddo. 'Wariar ydi Phil . . . comedian . . . cês. Dio'm yn gall . . . uffar o laff i ga'l efo Phil.' Dyna oedd yn cael ei ddeud amdano.

Ond, fel Pagliacci yn yr opera Eidalaidd, roedd Phil yntau'n cuddio'i wir deimladau tu ôl i wên wag.

'W, Yncl Phil!' gwaeddodd Alys Haf gan bwyntio at ei goesau. 'Ma'ch shorts chi'n dŵad i lawr!'

Pwy oedd yn ddigwydd cerdded draw y foment honno

ond Nerys ac Elen. Ar ôl cyrraedd y parc roedd Elen wedi tecstio Geraint i holi ble roeddan nhw. Wrth gyrraedd yr Atlantis Activity Pool, yr unig beth welodd y ddwy oedd fflach o ben-ôl claerwyn.

'O Phil!' gwaeddodd Nerys yn ei dychryn.

'Arclwy' mawr!' ebychodd Elen.

Cyrhaeddodd Geraint hefyd yn ei ôl yr eiliad honno, yn dyst arall i'r ddrychiolaeth dinnoeth.

Eiliadau yn unig barodd y dinoethiad cyn i Phil blymio i'r pwll mewn embaras a chywilydd. Ymlwybrodd yn dinfain i gyfeiriad y gwlâu haul, a Geraint, Osian ac Alys Haf yn piffian chwerthin y tu ôl iddo. A rhyw ganllath tu ôl iddyn nhw, yn llawn embaras a heb wên ar gyfyl eu hwynebau, roedd Nerys ac Elen.

'Lwcus na chafodd o mo'i neud am *indecent exposure!*' meddai Elen rhwng ei dannedd.

Aeth gweddill y pnawn heibio yn ddigon digyffro. Rhoddodd Nerys fflat warning i Phil ei fod o i roi'r shorts yn syth yn y bin ar ôl cyrraedd yn ôl i'r fila.

'No wê!' protestiodd. 'Eu tynnu nhw i mewn fymryn yn yr ochra, ac mi fyddan yn ffitio fel manag.'

'Ma nhw filltiroedd yn rhy fawr i ti, Phil, ac yn waeth na hynny ma nhw'n hyll.'

'Mi ro i nhw i losgi ar y barbeciw, yli.'

Fuodd bron i Elen chwydu yn y fan a'r lle. 'Oes raid i ti fod mor ffiaidd?' meddai wrtho.

'Asu, *chill,* Els bach. 'Sat ti'n medru gneud efo llacio mymryn ar lastig dy nicyr dy hun. 'Sna'm peryg i hwnna ddisgyn i lawr ar chwara bach, nago's?'

'Pwy sy isio dod i'r pwll tonnau?' meddai Nerys yn synhwyro bod 'na ryfel cartra arall ar fin torri allan.

'Fi! Fi!' gwaeddodd Osian ac Alys Haf fel deuawd.

Tra aeth Nerys, y plant, Geraint a Phil am y pwll tonnau

(a Phil yn wyliadwrus iawn o'i shorts rhag cael datguddiad damweiniol arall), gorweddodd Elen fel brenhines ar wely haul a fflicio trwy ryw gylchgrawn sgleiniog.

Ond y tu ôl i'r sbectols haul drudfawr roedd ei llygaid yn llaith, a'r dagrau'n disgyn yn dawel.

Roedd hi'n tynnu am saith o'r gloch arnyn nhw'n cyrraedd yn eu holau i'r fila. Doedd 'na ddim golwg o Dilys yn unman.

'Ella bod rhywun 'di'i chidnapio hi,' meddai Osian â'i lygaid fel dwy soser.

'Tydi hi'm yn bell, siŵr iawn,' meddai Nerys.

Ac yn wir, pwy landiodd yn ei hôl y funud honno ond Dilys, wedi bod am dro ar hyd y traeth.

'Gesiwch be, Nain? Nath shorts Yncl Phil ddisgyn i lawr yn y parc dŵr, a welson ni'i ben-ôl o!' edliwiodd Alys Haf.

'Odd o'n ffyni! Rîli ffyni!' meddai Osian gan ddechrau piffian chwerthin.

'Reit, bath, chi'ch dau – rŵan!' gorchmynnodd Elen gan hysio'r ddau i fyny'r grisiau.

'Be 'nawn ni i swpar heno?' holodd Nerys.

'Be am fynd allan? Ma 'na lefydd neis i weld yn Protaras,' cynigiodd Geraint.

Ar ôl i bawb gael cawod a newid, neidiodd y saith i'r ddau gar a'i hanelu hi am Protaras. Cawsant hyd i dŷ bwyta heb fod yn bell o fae hyfryd Fig Tree.

'Be am fynd am y *mezes*? Ma pawb ar lwgu, dwi'n cymryd,' awgrymodd Geraint wrth astudio'r fwydlen.

'Be 'di hwnnw pan mae o adra?' holodd Phil â'i fol yn rymblian.

Esboniodd Geraint fod *meze*'n debyg iawn i *tapas* Sbaenaidd, ond bod *meze*'n bryd cyfan ac yn cynnwys tuag ugain neu fwy o blateidiau bach o fwyd.

'Awê!' meddai Phil, a'r dŵr eisoes yn dod o'i ddannedd wrth feddwl am yr holl seigiau.

'Dwn 'im,' meddai Elen, yn bwriadol dynnu'n groes i'w gŵr. Petai Geraint wedi cynnig corgimychiaid neu gafiâr, fyddai'r rheiny hyd yn oed ddim wedi plesio heno. 'Dwi'm yn meddwl gneith Osian ac Alys Haf lecio rhyw fwydiach felly.'

'Siawns na fyddan nhw'n lecio *rwbath*,' meddai Geraint wedyn. ''Sa well gin ti i ni fynd i MacDonald's neu rwla, ta?'

'Paid â bod yn wirion. Jyst deud ydw i ella bysa'n well iddyn nhw ddewis rwbath gwahanol.'

'Dwi isio *meze*,' meddai Osian.

'A fi!' eiliodd hithau.

''Na fo, ta. *Meze* i saith.'

'Dwi'm yn siŵr mod i isio fo,' meddai Elen wedyn.

'Dewisa rwbath arall, ta,' meddai Geraint rhwng ei ddannedd.

'Cymra'r *meze* fatha ni, Elen,' anogodd Nerys, yn synhwyro nad dadl am bryd ar fwydlen oedd hon mewn gwirionedd.

Doedd Elen ddim am ildio. 'Fydd hwnnw'n lot gormod i Mam hefyd. Ydach chi'n siŵr bo chi isio *meze*, Mam?'

'Mm? Be?' meddai Dilys yn ddryslyd.

'Dach chi isio *meze*, tydach Dilys?' Roedd Geraint yn benderfynol o beidio â cholli'r frwydr yma.

'Ia, rwbath. 'Motsh gin i, ngwas i.'

'Chwech, felly. Ordra ditha be bynnag w't ti isio, Elen.'

'Waeth i minna gymyd y *meze*, ta,' meddai Elen yn bwdlyd.

'Saith, felly,' meddai Geraint yn fuddugoliaethus.

'Dwi'n mynd i'r lle chwech.'

Cododd Elen oddi wrth y bwrdd gan grafu'i chadair yn

swnllyd ar y llawr carreg. Falla bod Geraint wedi ennill y frwydr fach yna ond doedd o ddim wedi ennill y rhyfel o bell ffordd.

Ar ôl plateidiau a phlateidiau o fwyd, roedd y saith yn llawn dop. Hyd yn oed Elen.

'Dyna un o'r pryda gora dwi rioed 'di'i gael.' Torrodd Phil wynt yn swnllyd. 'Sgiwsiwch fi. Mae o'n well allan nag i mewn, meddan nhw.'

Dechreuodd Osian ac Alys Haf giglan, wrth eu boddau bod eu hewythr yn cael gneud y ffasiwn synau.

'O'n i'n meddwl na fydda'r bwyd 'na ddim yn stopio dŵad!' meddai Nerys, hithau hefyd yn methu symud. 'Wnaethoch chi'i fwynhau o, Mam?'

'Be?' meddai Dilys, ei meddwl yn amlwg yn rhywle arall.

'Y bwyd. Ddaru chi'i fwynhau o?'

'Do, tad. Neis iawn,' atebodd ei mam yn ddi-ffrwt.

'Dach chi'n iawn, Mrs M?' holodd Phil yn dawel.

'Yndw tad, ngwas i. Wedi blino ryw fymryn, dyna i gyd.'

'Yr hen wres 'ma sy'n deud arnach chi, dwch?'

'Ia, 'na chi, Phil. Yr hen wres 'ma 'di'r drwg.'

Rywsut doedd ateb Dilys ddim yn argyhoeddi neb, ond gwell oedd gadael i bethau fod am y tro.

''Swn i wrth fy modd yn rhedag rhyw le bach fel hyn,' meddai Phil ymhen sbel. 'Tŷ bwyta bach fatha hwn ar lan y môr. Be gaech chi'n well?'

'Fysa'n well, felly, 'sat ti 'di mynd i goleg arlwyo yn lle i ryw hen goleg drama.' Roedd y wên ffals yn ôl ar wyneb Elen.

Ella 'sa'n well tasat titha'n cau dy hen geg, yr ast, meddyliodd Phil, gan wenu'i wên ffals orau yntau.

'Ma raid i Geraint fynd i neud rwbath am y trwyn 'na, sdi, Elen.'

'Be?'

'Chwyrnu fel mae o, a'r cradur bach yn gorfod cysgu ar y soffa. Dio'm yn iawn. Raid i chdi fynd â fo i weld arbenigwr, sdi.'

Ac felly y rhoddwyd caead ar biser Elen.

Archebodd Geraint *carafe* arall o win. Roedd alcohol, waeth beth oedd ei safon, yn gymorth hawdd ei gael iddo'r wsnos yma.

'Fysat ti o ddifri'n lecio agor tŷ bwyta?' gofynnodd i Phil, yn falch o gael trafod a meddwl am rywbeth arall heblaw ei fywyd llawn llanast ei hun.

'Byswn i, wir. Fedra i feddwl am lot o jobsys gwaeth.'

'Actio, falla?' meddai'r ddraenan, yn methu ymatal rhag rhoi pwniad arall iddo.

'Naci, dysgu,' meddai Phil, gan anwybyddu sylw Elen er mawr ryddhad i Nerys. 'Ges i gynnig mynd i ddysgu Drama mewn rhyw ysgol y mis Medi yma. Cyfnod mamolaeth neu rwbath. Diolch ond dim diolch, medda fi wrthyn nhw.'

'Gest ti *be*?' meddai Nerys yn dawel, a'r newydd yma wedi'i tharo fel gordd. Hwn oedd y tro cynta iddi glywed iddo dderbyn y fath gynnig.

'Do, ges i gynnig tymor o ddysgu Drama yn Ysgol Llanaddwyn. Ond do'n i'm isio'u job nhw.' Torrodd Phil wynt anferthol unwaith yn rhagor. 'Sgiwsiwch fi, bawb. Ma'r *calamari* 'na'n gythral am godi gwynt.'

Ond nid y *calamari* oedd yr unig beth oedd wedi achosi gwynt. Roedd cyfaddefiad Phil wedi codi gwynt nerthol ac roedd storm ar y gorwel.

Cyprus, Medi 1953

Sleifiodd Trefor i'r stordy a chafodd afael ar goil fysa'n gneud yn iawn ar gyfer Austin A40. Roedd o newydd orffen rhoi syrfis i gar y Sarjant ond doedd hwnnw ddim yn disgwyl ei gar yn ôl tan y dydd Llun, felly fe allai Trefor yrru i'r taferna yn hwnnw. Petai rhywun yn ei holi, gallai ddeud mai mynd â fo am *test run* roedd o.

Ond pan gyrhaeddodd y taferna doedd dim siw na miw o neb ar gyfyl y lle. Cnociodd ar y drws. Dim ateb. Aeth o gwmpas yr adeilad. Ar wahân i ddwy iâr yn pigo'r llawr yn bowld, a chath drilliw'n cysgodi o dan un o'r byrddau, doedd dim golwg o neb.

Doedd dim amdani, felly, ond agor bonat yr Austin. Fuodd o fawr o dro yn gosod y coil. Pan oedd ar fin cau'r bonat clywodd sŵn siarad yn y pellter. Cododd ei ben a gweld yr hogan bryd tywyll a'i rhieni'n cerdded tuag at y taferna. Stopiodd y tri pan welsant Trefor, ac edrych ar ei gilydd.

'I've fitted the coil. It should be all right now.'

Methai Trefor â thynnu'i lygaid oddi ar y ferch. Roedd hi'n fwy trawiadol hyd yn oed na'r hyn roedd o'n ei gofio.

'Thank you so much. We've been to church.'

Trodd y ferch at ei thad a deud wrtho mewn Groeg am droi'r injan. Aeth yr hen fachgan i sedd y dreifar. Wrth gwrs, fe daniodd y car bach yn syth.

'Thank you, we really appreciate your kindness,' meddai hithau.

'You're welcome, I'm glad to be of help.'

'My father would have had to wait days to fix his car without your help. How much do we owe you?'

'Nothing. I don't want anything.'

Trodd y ferch at ei thad i basio'r genadwri iddo. Dywedodd hwnnw rywbeth mewn Groeg, a syllu i gyfeiriad Trefor.

'My father invites you to stay for lunch to try to thank you.'

Teimlai Trefor y byddai'n ddigwrtais iawn yn eu gwrthod, ond roedd hi'n sefyllfa ddigon od efo'r ferch yn gorfod cyfieithu llawer o'r sgwrs.

'I'm very sorry, I haven't introduced myself. I'm Trefor Morris.'

'I'm Elena Demitriou. These are my father and mother, Neokolis and Constantina Demitriou.'

Ysgwydodd Trefor law efo'r tri, a chafodd ei hebrwng gan Neokolis i fynd i eistedd wrth un o'r byrddau. Daeth Neokolis â photel o gwrw oer iddo, a Constantina bowlen fach yn llawn olifs. Doedd Trefor rioed wedi'u blasu nhw o'r blaen. Gorfododd ei hun i gnoi'r olif hallt a'i llyncu'n o handi, gan gymryd dracht dda o'r cwrw oer i'w golchi i lawr. Teimlai braidd yn anghyfforddus efo'r holl ffys oedd yn cael ei neud ohono. Roedd yn cael ei drin fel brenin, fel petai o wedi achub y teulu bach rhag rhyw anffawd ddifrifol yn hytrach na gosod coil mewn Austin A40.

Gweiniwyd *kleftiko* i ginio – cig oen wedi'i rostio'n ara am tua teirawr. Dyma'r cig oen mwya blasus i Trefor ei flasu yn ei fywyd. Roedd y cig yn toddi yn ei geg. Falla bod bron ddeufis o fwyd cantîn y camp yn lliwio'i farn ryw fymryn, ond doedd 'na ddim cymhariaeth rhwng y cig oen yma â'r bacwn mewn tun ac yn nofio mewn saim oedd ar gael yn fynych yn fanno.

Holodd Trefor Elena ymhle roedd hi wedi dysgu Saesneg mor rhugl, ac esboniodd hithau mai yn yr ysgol yn Nicosia y gwnaethai hynny. Roedd ei rhieni'n arfer cadw taferna yn Nicosia ond wedi penderfynu cefnu ar fywyd y dre a gwerthu'r busnes, a defnyddio'r elw i agor y taferna yma ger cartre'i mam yn Ayia Napa. Roedd hithau wedi gadael ei swydd fel ysgrifenyddes i helpu'i thad i redeg y busnes.

'And what about you?' holodd Elena, ei llygaid tywyll yn syllu'n syth i lygaid glas Trefor.

Esboniodd ei fod yn Cyprus yn gneud ei Nashional Syrfis ond mai mecanic oedd o wrth ei alwedigaeth. Soniodd ei fod yn dod o Gymru a'i fod yntau'n byw ar ynys, ond ddim un mor fawr â'u hynys nhw, chwaith. Esboniodd hefyd mai Cymraeg, nid Saesneg, oedd ei iaith gynta. Cyfieithodd Elena hyn i gyd i'w mam a'i thad, ac roedd y ddau fel petaent yn cynhesu fwyfwy at Trefor wrth i bob manylyn gael ei ddadlennu amdano. Ar waetha'r rhwystrau ieithyddol, roedd Trefor yn teimlo'n gartrefol braf yn eu cwmni.

Am y tro cynta ers iddo gyrraedd Cyprus, daeth rhyw deimlad o fodlonrwydd drosto.

'Where the hell have you been?' holodd Simpkins pan welodd Trefor yn cerdded i mewn i'r dent ganol y pnawn.

'I took the Sergeant's car for a test drive.'

'A bloody long drive.'

Anwybyddodd Trefor y sylw. Taniodd sigarét a gorwedd ar ei wely. Dylai orffen y llythyr at Dilys, ond am ryw reswm doedd ganddo fawr o awydd. Methai gael Elena allan o'i feddwl. Ei gwallt hir, tywyll a thrwchus; ei llygaid du, sgleiniog. A'i gwên. Gwên oedd yn goleuo'i hwyneb.

Caeodd Trefor ei lygaid, a dychmygu rhedeg ei law trwy'r gwallt sidanaidd, cyffwrdd yn ysgafn yn ei boch, a'i chusanu ar ei gwefusau . . .

Neidiodd oddi ar ei wely. Callia'r diawl gwirion, dwrdiodd ei hun. Estynnodd y llythyr oedd yn dal ar ei hanner ganddo.

Gafaelodd yn ei bìn ysgrifennu a syllu am sbel ar y papur o'i flaen. Yna, yn ara bach, gwasgodd y llythyr yn belen fach a'i daflu i gornel bella'r dent.

Trwbwl yn camp?

Tawedog iawn oedd pawb ar y daith 'nôl i'r fila. Roedd Alys Haf ac Osian yn pendwmpian, y ddau wedi ymlâdd ar ôl holl gynnwrf y dydd. Yr unig ymgomio oedd 'na rhwng Geraint ac Elen oedd yr adegau hynny pan fynnai Geraint roi cyfarwyddiadau i Elen pa droad i'w gymryd, ac Elen wedyn yn brathu'n ôl ac yn mynnu'i bod hi'n gwybod y ffordd yn iawn, diolch yn fawr, ac nad oedd hi angen help o fath yn y byd ganddo fo.

Yng nghefn y Ffordyn arall, oherwydd y blinder a'r gwres (medda hi), roedd Dilys yn ddigon di-sgwrs hefyd. A diolch i effaith y gwin roedd Phil yn hepian cysgu yn sedd y pasenjyr, a Nerys wrth ei ochor yn mudferwi'n araf.

Roedd hi wastad wedi cefnogi Phil. Wastad wedi bod yna iddo fo, yn ei gynnal tra oedd o'n disgwl am ei Big Brêc – y rhan fawr oedd yn mynd i newid eu bywydau. Ond fel roedd y blynyddoedd yn mynd heibio, yn dawel bach roedd Nerys yn dechrau amau nad oedd y Big Brêc byth yn mynd i ddod.

Roedd hi'n methu credu'i fod o wedi gwrthod swydd a chyflog da, a nhwytha yn y coch ers cyn co'. Sut *galla* fo fod mor hunanol?

Parciodd y Ffordyn wrth ochor un Elen. Daeth allan o'r car a martsio'n syth i mewn i'r fila heb ddisgwyl am Dilys na Phil.

'Dwi'n mynd i ngwely,' meddai'n swta heb ddeud 'nos da' hyd yn oed.

'Be sy'n bod ar Nerys?' holodd Elen.

'Y gwres, ma siŵr,' meddai Alys Haf yn ddiniwed.

Roedd yr awyrgylch yn stafell wely Nerys a Phil ymhell o dan y rhewbwynt. Mi gymerodd hi sbel i Phil sylweddoli nad oedd pethau'n sblendid o gwbwl yn camp.

'Iawn, Ner?' Ymlwybrodd tua'i wely lle roedd Nerys eisoes fel sowldiwr pren ar ei heistedd, yn smalio darllen.

'Mm.'

'Ew, toedd hi'n noson dda heno? Odd y *meze* 'na'n amêsing. Raid i ni fynd am un arall cyn mynd o 'ma, be ti'n ddeud?'

Tawelwch.

'Be 'dan ni'n neud fory, ta? E? Ner? Ner . . .? Be sy, ti'n iawn?'

'Nachdw! Dwi ddim yn blydi iawn, i chdi ga'l dallt!' Lluchiodd Nerys ei llyfr tuag ato gan fethu'i glust o drwch blewyn.

'Asu, Ner! Be sy matar efo chdi?'

'Be sy *matar* efo fi? Be sy matar efo *chdi*, dyna 'swn i'n lecio wbod!'

'E?'

'Pam nest ti'm deud wrtha i am y job 'na?'

'Pa job?'

'*Pa* job? Y job fysa wedi'n helpu ni i ddod allan o'r pydew ariannol anfarth 'ma 'dan ni ynddo fo, Phil!'

'Yli, Ner, ma hi'n hwyr. Siaradwn ni amdano fo fory, ia?' Torrodd Phil wynt arall. 'Blincin calamaris uffar.'

'Naci, Phil. 'Dan ni'n mynd i drafod o *rŵan*. Pam 'nest ti'm deud wrtha i bod chdi 'di ca'l cynnig swydd yn Ysgol Llanaddwyn?'

'Am mod i'n gwbod ma fel hyn bysat ti.'

'Be?'

'Y rheswm 'nes i'm deud wrthat ti oedd mod i'n gwbod bysat ti ar dân isio i mi'i chymyd hi.'

'Wel, wrth gwrs y byswn i! Pa ffŵl fysa ddim?'

'O'n i'm isio hi.'

'Ond pam, Phil? *Pam?*'

'Dim blincin titsiar ydw i. Actor ydw i!'

'Tyfa i fyny, wir Dduw. Dim cymhorthydd o'n inna wedi bwriadu bod chwaith, ond doedd gen i ddim dewis. Be ddiawl ddoth dros dy ben di'n ei gwrthod hi? 'Dan ni mewn dylad at 'yn corn gyddfa. Bob tro ma 'na amlen frown yn dŵad trwy'r drws ma nghalon i'n suddo, a dwi'n poeni f'enaid sut ydan ni'n mynd i dalu'r bilia.'

''Dan ni'n iawn, Ner. 'Dan ni wastad yn dod drwyddi, tydan?'

'Nachdan, Phil. Dydan ni ddim yn iawn o bell ffordd, dallta! Fysa'r job 'na wedi cadw'n penna ni uwchben y dŵr am ryw chydig, o leia, yn enwedig efo'r Dolig yn dŵad a bob dim. Fedra i jyst ddim coelio bod chdi wedi'i gwrthod hi.'

'Ma 'na fwy i fywyd na phres.'

'Oes 'na, wir? Wel, dywad ti hynny wrth y banc pan fydd isio talu'r morgaij, a phan ma 'na fil trydan, ffôn, dŵr a Duw a ŵyr be arall isio'i dalu 'run pryd!'

'Neith y pres ti'n ga'l ar ôl dy dad helpu rhywfaint, gneith?'

'Fysa Dad ddim isio i mi wario'r pres yna ar ddyledion, Phil. Ond ma hi'n edrach yn debyg y bydd raid inni rŵan. Tasa chdi mond . . .'

'Ner, dwi 'di blino, a dwi 'di ca'l pryd masif. A titha rŵan yn . . .' Stopiodd Phil ei hun rhag mynd yn ei flaen. Doethach oedd peidio, sylweddolodd.

'A dwi rŵan yn be?'

'Siaradwn ni fory . . .'

Dyna oedd ateb Phil i bob dim. Fory, rhywbryd eto.
Mañana, mañana – dyna'i fyrdwn bob tro. Yn gyfleus
iawn, fyddai fory byth yn dod.

Ond nid heno. Roedd Nerys fel ci efo asgwrn.

'Ond athro Drama, Phil! Fysa fo wedi bod yn gyflog da
'fyd. Pam nad oeddat ti'm isio hi?'

'Sawl gwaith sy raid i mi ddeud 'that ti? Ddim athro
ydw i, Ner. *Actor* ydw i.'

'O, tyd yn dy 'laen, Phil. Pryd gnest ti actio ddwytha?
A phryd ti'n mynd i sylweddoli na tydi dy gyfla mawr di
byth yn mynd i ddŵad? Tasat ti'n da i rwbath fel actor mi
fysat ti'n actio yn *Pobol y Cwm* neu yn *Rownd a Rownd*
rownd y ril, ddim yn serfio tu ôl i far y Blac!'

Dyna ni. Roedd hi wedi'i ddeud o.

Aeth y geiriau fel gwaywffon yn syth i'w galon.

'Ti'm yn 'y nallt i, nagw't? Ti jyst ddim yn 'y nallt i.'

Rhoddodd Phil ei drôns yn ôl amdano, a mynd allan
o'r stafell gan gau'r drws yn ddistaw ar ei ôl.

Eisteddai yn ei gwman ar un o'r gwlâu haul, yn syllu ar y
crychion mân ar wyneb y pwll. Taniodd sigarét arall.

Roedd geiriau Nerys wedi'i frifo i'r byw. Falla bod bai
arno am beidio sôn wrthi am y swydd, ond gan nad oedd
ganddo unrhyw fwriad o gwbwl ei derbyn doedd o ddim
yn credu bod 'na fawr o bwynt sôn amdani. Ocê, mi fysa'r
cyflog wedi bod yn handi, ond be tasa'r 'alwad' wedi
dŵad a fynta'n gorfod troi'r rhan i lawr am ei fod o wedi'i
gaethiwo i ddysgu rhyw frats bach mewn ysgol yn nhwll
din byd? Doedd hi ddim gwerth cymryd y risg.

Ond ai dyna be oedd Nerys yn ei feddwl? Nad oedd o
cystal actor â hynny? Sawl gwaith roedd o 'i hun wedi

amau hynny yn ei galon, yn enwedig yn ddiweddar? Y rhannau'n mynd yn brinnach ac yn brinnach, a'r ffôn byth yn canu. Ond i *Nerys* feddwl nad oedd o'n ddigon da, mi oedd hynny'n brifo. Yn brifo mwy na dim arall yn y byd. Roedd o wastad wedi meddwl ei bod hi'n ei gefnogi o i'r carn, a chanddi ffydd a hyder ynddo fo. Fel ei fam erstalwm . . .

Actor oedd Phil isio bod ers pan oedd o'n ddim o beth. Wel, byth ers i'w fam gynllunio'r yrfa honno iddo, ac yntau prin allan o'i glytiau. Hynny am fod yr union yrfa honno wedi troi'i chefn arni hi. Toedd o wedi cael ei enwi ar ôl ei harwr mawr?

'Actor mawr fydd hwn hefyd ryw ddwrnod, gewch chi weld.'

Dyna fyddai geiriau Eunice Lewis wrth bawb a alwai yn Bodlondeb, a hitha'n eu gorfodi i wylio Philip bach yn adrodd ac yn mynd trwy'i *repertoire* cerddorol. 'Mi welais Jac y do', 'Mynd drot drot', 'Gee ceffyl bach', 'Fuoch chi rioed yn morio' – ac ymlaen ac ymlaen ac ymlaen.

Ers pan oedd o'n ddim o beth, roedd o wedi'i drwytho mewn perfformio. A phan ddaeth yn ddigon hen, bu'n trampio bob dydd Sadwrn o gwmpas y steddfodau lleol. Roedd o wrth ei fodd efo'r sylw, ac yn cael pres bach reit ddel wrth ddod yn ail neu'n drydydd. Siomedig oedd y canlyniad bob blwyddyn yn Steddfod yr Urdd, serch hynny. Chafodd Phil rioed lwyfan am ei ganu na'i adrodd yn fanno.

'Hen feirniad dwy a dima. Dallt dim,' fyddai cri flynyddol ei fam.

Ond pan oedd Phil ar drothwy ei ben-blwydd yn naw oed, daeth diwedd disymwth ar drampio'r steddfodau. Doedd Eunice ddim wedi bod yn ei hwyliau ers sbel – 'miri merched', yn ei hôl hi. Ond ar ôl misoedd o ddioddef yn dawel efo poen cefn ac yn gwaedu rhwng ei misglwyf, ar ôl cryn berswâd gan Wyn ei gŵr aeth i weld y doctor. Anfonwyd hi'n syth i'r ysbyty lle darganfuwyd tiwmor hyll. Gan ei fod wedi cael misoedd o lonydd i nythu'n dawel yn ei chroth, roedd wedi ymledu. Bu farw ymhen llai na chwe mis.

Hyd yn oed ar ei gwely angau, roedd hi'n daer mai fel actor roedd dyfodol ei mab. 'Hwn fydd y Richard Burton nesa, gewch chi weld . . . ryw ddwrnod mi fyddi di'n actor enwog . . . gaddo i mi, Philip.'

Roedd geiriau ei fam wedi'i gynnal dros y blynyddoedd. Er iddo gael ei wrthod gan y Coleg Cerdd a Drama y tro cynta iddo drio mynd yno, ac iddo fod yn aflwyddiannus yn y rhan fwya o'i glyweliadau ar ôl gadael y coleg, roedd ffydd a hyder ei fam ynddo wedi'i neud o'n benderfynol o lwyddo.

Ryw ddydd . . .

'Trwbwl yn camp?' Safai Geraint yn nrws y patio.

'Rwbath felly,' meddai Phil yn fflat.

'Be ydi o am ferchaid y teulu Morris 'ma, dwa'?'

'Be ydi o am ferchaid, ffwl stop?'

'Gymi di frandi?'

'Meddwl 'sat ti byth yn gofyn.'

Camodd Geraint allan ar y patio yn cario dau dymblar mawr o frandi, un ym mhob llaw. Cododd ei wydr ei hun.

'Iechyd da.'

'Oes 'na le i un arall ar y soffa, Geraint?'

'Titha wedi dechra chwyrnu hefyd, do? Gei di'r tŵ-sîtyr, os leci di.'

Yfodd y ddau eu brandis yn dawel, ill dau wedi ymgolli yn eu meddyliau. Yna trodd Phil at Geraint a golwg ddifrifol iawn ar ei wyneb.

'Ti'm yn chwrnu go iawn, nagwyt?'

Deffrodd Nerys. Symudodd ei thraed a'i braich ar draws y gwely i ochor Phil. Roedd yn wag. Doedd o ddim wedi dod yn ôl i'w wely . . .

Cododd ar ei heistedd a goleuo'r lamp wrth ei hochor, ac edrych ar y cloc. Chwartar i bump. Lle roedd o? Doedd o rioed wedi peidio â dod 'nôl i'r gwely ati ar ôl ffrae. Ocê, mi fyddai'n aros i lawr grisia'n pwdu am ryw awran bach, ond wedyn mi fyddai'n trampio'n swnllyd i fyny'n ei ôl cyn agor drws y llofft yn ddramatig a neidio i'w wely. Ar ôl rhyw bum munud byddai'n dechrau pwnio troed Nerys yn ysgafn efo'i droed fel arwydd o gymod. Byddai hithau wedyn yn ei bwnio yntau'n ysgafn yn ôl, yn arwydd o dderbyn y cymod hwnnw.

Ond ddim tro 'ma.

Lluchiodd Nerys y gynfas a chodi o'r gwely. Cerddodd i lawr y grisiau'n dawel. Edrychodd i mewn i'r lolfa – a dyna lle roedd y ddau Sleeping Beauty: Geraint ar y thri-sîtyr a Phil ar y tŵ. Allai Nerys ddim helpu'i hun rhag gwenu wrth eu gweld nhw'n cysgu. Roedd Phil yn edrych mor fregus yn ei gwsg. Llanwodd ei chalon â chariad tuag ato.

Dyna un o'r pethau oedd wedi'i denu hi ato yn y dechrau un. O dan yr holl brafado a'r clownio, llechai person sensitif a theimladwy iawn. Cofiai'r noson y bu'i thad farw a Phil yn gafael yn dynn, dynn amdani heb ddeud gair. Doedd dim angen geiriau. Ei gofio'n torri i lawr a beichio crio pan fu raid mynd â'i dad ei hun, oedd yn dioddef o'r salwch creulon Alzheimer's, i gartra nyrsio. 'Sgin i'm mam na thad rŵan,' oedd o 'di'i ddeud trwy'i ddagrau. Cofio gweld yr ofn yn glir yn ei lygaid pan ruthrwyd hithau i'r ysbyty mewn poenau dychrynllyd, dair blynedd yn ôl bellach, pan gafodd hi *peritonitis*. Ac mi ofalodd yn dyner amdani ar ôl iddi ddod adra. 'Dim ond y chdi sgin i, Ner. Dwn 'im be 'swn i'n neud tasa 'na rwbath yn digwydd i chdi.'

Beth ddylai hi neud? Gadael iddo gysgu ta'i ddeffro a gofyn iddo ddod efo hi i'r gwely? Ond be tasa fo'n gwrthod?

Chafodd hi ddim cyfle i ddod i benderfyniad. Clywodd ryw symudiad yn y gegin. Cyflymodd ei chalon. Roedd hi ar fin deffro Phil a Geraint pan glywodd sŵn pesychu ysgafn. Roedd hi'n nabod y tagiad yn syth, ac aeth trwodd i'r gegin.

'Mam! Be dach chi'n neud ar 'ych traed?'

'Fedrwn i ofyn 'run peth i ti.'

'Dach chi'n iawn? Dach chi'n sâl?'

'Methu cysgu o'n i, a dyma fi'n penderfynu gneud panad i mi fy hun. Gymi di un?'

'Ia, plis.'

Aeth Nerys i eistedd wrth y bwrdd tra oedd ei mam yn gneud paned iddyn nhw'u dwy.

'Dach chi'n iawn?'

'Yndw, tad. Pam ti'n gofyn?'

'Meddwl bo chi ddim yn cweit chi'ch hun heddiw 'ma. Hiraeth am Dad sgynnoch chi?'

'Ia a naci.'

'Be dach chi'n feddwl?'

Gosododd Dilys y paneidiau ar y bwrdd.

'*Ma* 'na rwbath yn 'y mhoeni fi, a dwi'n methu'n lân â'i ga'l o allan o'n meddwl.'

'Be sy, Mam? Dudwch.'

'Fi sy'n wirion. Hel meddylia, dyna i gyd. Anghofia mod i wedi sôn.'

'Hel meddylia am be?'

'Wel . . . ti'n gw'bod y ddynas 'na welson ni yn y taferna? Honno wellodd droed Osian, honno odd yn deud bod ei thad hi'n Gymro?'

'Ia, be amdani?'

'Dwi'n ama . . . wel . . .' Llyncodd Dilys ei phoer. 'Dwi'n ama . . . yn ama'n fawr mai dy dad ydi o . . . Wel, *oedd* o.'

'*Be*? Dach chi ddim o ddifri?!' – a dechreuodd Nerys chwerthin. 'Peidiwch â bod yn wirion! Mam bach, be nath i chi feddwl peth gwallgo felly?'

'O'n i'n gwbod ma fel hyn bysat ti!' Roedd hi'n hannar sibrwd rhag deffro'r ddau gysgadur, ond roedd 'na dinc blin yn ei llais.

'O, Mam bach, ma'r peth yn chwerthinllyd, yn hollol chwerthinllyd!'

'Ond mae o'n gneud sens, Nerys. Mi nath dy dad ei Nashional Syrfis yn fama, ac mi nath ei thad hitha 'run peth. Dymuniad dy dad oedd i ni ymweld â'r taferna yna – yr union daferna yna!'

'Cyd-ddigwyddiad, siŵr iawn, Mam.'

'Mae o'n fwy na chyd-ddigwyddiad, dwi'n deud 'that ti. Dwi wedi bod yn methu dallt pam oedd dy dad mor daer am i mi fynd â'i lwch o i Cyprus. Dwi'n gwbod pam rŵan.'

'Ylwch, ma'r wsnos yma wedi bod yn straen fawr arnoch chi. Ond ma be dach chi'n ei ddeud rŵan yn boncyrs. Hollol boncyrs.'

'Wel, dwi'm yn meddwl ei fod o, yli. A gwranda, 'swn i'n lecio i ti neud ffafr â fi. Fyswn i'n lecio i ti fynd â fi'n ôl i'r taferna, i mi ga'l sgwrs arall efo'r ddynas 'na.'

Llyncodd Nerys ei phoer. 'Plis, *plis* peidiwch, Mam. Dwi'm yn meddwl bod hynna'n syniad da o gwbwl. Dach chi wedi ca'l y chwilan 'ma i'ch pen heb fod 'na unrhyw sail i'r peth, heblaw bod y wraig 'na'n deud mai Cymro oedd ei thad hi, a'i fod o wedi gneud ei Nashional Syrfis yn fama. Ma 'na gannoedd ar gannoedd o ddynion fatha Dad wedi bod yma, Mam. Ddim fo odd yr unig un, ychi.'

'Ro i mhen i lawr i dorri i ti mai fo ydi o,' meddai Dilys yn daer.

'Dwi'n mynd i ngwely, wir.'

Cododd Nerys oddi wrth y bwrdd. Fedrai hi ddim ymdopi efo hyn i gyd. Rhwng pob dim roedd ei phen yn troi fel top.

'A dos â'r gŵr 'na sgin ti efo chdi,' galwodd Dilys ar ei hôl, wedi hen anghofio sibrwd. 'Dau ddyn yn eu hoed a'u hamsar yn cysgu ar soffas, ma'r peth yn hurt. Mewn hannar can mlynadd o fywyd priodasol, chysgodd dy dad rioed ar soffa. Sortiwch betha, wir – y chdi a dy chwaer!'

Rhywbeth bach yn poeni pawb

Roedd hi'n ddiwrnod bendigedig eto drannoeth – yr haul yn tywynnu, a dim awel na chwmwl yn yr awyr. Y tu allan, o leia.

Ar ôl brecwast roedd Geraint wedi mynd i'r traeth efo Osian ac Alys Haf. Cafodd Elen gynnig mynd efo nhw ond doedd y syniad o orfod chwarae *happy families* ddim yn apelio ati o gwbwl.

'Pam ti ddim yn dod efo ni, Mam?' holodd Alys Haf.

'Dwi'n alyrjic i dywod.' Eisteddai Elen wrth y *dressing table*, yn canolbwyntio ar beidio smyjio'i masgara.

Roedd yn enigma llwyr i Nerys pam roedd ei chwaer yn gwisgo mêc-yp llawn bob dydd, a hitha ddim ond yn gorweddian yn yr haul.

'Ers pryd?' holodd Osian. 'Doeddat ti'm yn alyrjic i dywod llynadd pan oeddan ni yn Ffrainc.'

'Ma tywod Cyprus yn wahanol iawn i dywod Ffrainc. A beth bynnag, ma'n well gen i orfadd wrth y pwll nag ar ryw hen lan môr.'

'Dowch, chi'ch dau,' meddai Geraint o ddrws y llofft. 'Gadwch 'ych mam i'w phwll. Ydi bob dim gynnon ni?'

'Sgin ti eli haul?' holodd Elen yn swta.

'Gin i ffactor 15.'

'Dydi hynny'n dda i ddim i Alys Haf, ma hi angan un ffactor 50.'

'Lle ma hwnnw ?' holodd Geraint yn ddifynadd.

'Yn un o'r bagia yn rwla ers ddoe.'

'Tyd, Dad!'

'Ewch chi'ch dau yn eich blaenau, fydda i efo chi rŵan.'

'Peidiwch â mynd ar gyfyl y dŵr!' siarsiodd Elen.

'Ddim babis ydan ni!' gwaeddodd Osian wrth i'r ddau fynd i lawr y grisiau.

'Naci, ac ma'ch tad am gael un arall o'r rheiny,' meddai Elen rhwng ei dannedd.

Cododd Geraint ei ben.

'Be ddudist ti?'

Stopiodd dyrchu yn y bag am yr eli. Roedd o wedi clywed y sylw'n iawn.

'Yli, dydi'r eli haul ddim yn y bagia 'ma.'

'Mae o i fod yna.'

'Wel, dydi o ddim. Drycha di os ti mor siŵr.'

'Dyma fo.' Gwenodd ei gwên ffals orau wrth basio'r eli haul – oedd wedi bod ar y *dressing table* trwy'r adeg – i'w gŵr. 'Joia.'

'O, mi 'nawn ni.'

'Gwna'n fawr o d'amsar efo nhw.'

'Be?'

'Wel, mi fydd petha'n wahanol iawn pan fyddwn ni'n ôl adra, bydd? A chditha'n symud allan i fynd i fyw at dy hwran.'

Cyn i Geraint gael cyfle i ymateb roedd Elen wedi codi oddi wrth y *dressing table* a diflannu i mewn i'r *en suite* gan roi andros o glep ar y drws.

Roedd Nerys yn poeni go iawn.

Doedd petha rioed wedi bod fel hyn rhyngddi a Phil o'r blaen. Fel arfer mi fydda'r ddau wedi hen gymodi. Yn wir, un o'r pethau gorau am ffraeo efo Phil oedd y cymodi wedyn. Roedd Nerys yn cofio un tro, ar ôl rhyw ffrae fach neu'i gilydd, na chododd y ddau o'r gwely am ddiwrnod cyfa. Roedd hi wedi ffonio i mewn i'r gwaith gan esgus bod ganddi ryw fyg neu'i gilydd er mwyn cael chwarae triwant. Roedd y rhyw rhyngddi a Phil yn dal yn wych. Roedd o'n garwr heb ei ail. Roedd Nerys wedi cael sawl partner yn ei dydd ond doedd 'run ohonyn nhw yn yr un cae (neu'n hytrach yn yr un gwely) â Phil, oedd yn gwybod yn union sut i'w phlesio.

Pan ddaeth o i fyny i'r stafell am gawod, thorrodd o 'run gair â hi.

'Yli, Phil,' mentrodd Nerys pan ddaeth o allan o'r gawod. 'Ynglŷn â neithiwr . . .'

"Sna'm mwy i ddeud, Ner. Ti 'di deud y cwbwl. Ma'n amlwg bod chdi'n meddwl mod i'n actor crap.'

'O'n i'm yn 'i feddwl o, wir rŵan. Dwi'n sori, Phil.'

'Wrth gwrs bod chdi'n feddwl o, neu fysat ti byth 'di'i ddeud o. Dwi'n nabod chdi, Ner. Ti byth yn deud rwbath ti ddim yn 'i feddwl.' Stryffagliodd i roi pâr o shorts amdano.

'Wedi'n siomi am y job yna o'n i.'

'Dwi'm isio siarad am y peth. Gad lonydd i mi, nei di.'

Tarodd grys-T llwydaidd amdano ac aeth allan o'r stafell ac i lawr y grisiau.

Brwydrodd Nerys yn erbyn y dagrau oedd yn mynnu cronni yn ei llygaid.

Erbyn i Nerys ddod i lawr y grisiau, doedd 'na ddim golwg o Geraint, Elen, y plant na Phil. Tybiai fod Phil wedi penderfynu mynd i'r traeth efo'r gweddill, ond yn ôl Dilys roedd o wedi mynd i rywle yn y car.

'Naethoch chi'm gofyn i lle?'

'Dwi'm yn meddwl 'i fod o'n gwbod yn iawn 'i hun.

"Dwi am fynd am dro i ecsplôrio," dyna ddudodd o. Ydi petha'n iawn rhyngthach chi'ch dau rŵan?' holodd Dilys.

'Ydyn, tad.'

'Ti'n siŵr?' holodd ei mam wedyn. Fu Nerys rioed yn un dda am gelu'r gwir.

'Siort ora. Ydi Elen a Geraint wedi mynd i'r traeth am y diwrnod?' gofynnodd, yn trio troi'r stori.

'Dydi Elen ddim wedi mynd efo nhw. Allan wrth y pwll ma hi.'

Roedd hi'n amlwg i Nerys erbyn hyn fod 'na rywbeth mawr iawn o'i le ar berthynas y ddau yna. Ers diwrnod gwasgaru'r llwch. Roedd 'na rywbeth wedi digwydd y diwrnod hwnnw. Ond be? Doedd y ddau'n treulio bron ddim amser efo'i gilydd, a phan oeddan nhw yng nghwmni'i gilydd roeddan nhw'n rhyw hen gecru'n barhaus. Ac roedd Geraint yn dal i gysgu ar y soffa. Dim ond gobeithio na fyddai ei gŵr hithau'n cydgysgu efo fo am noson arall. Ceisiodd wthio hynny o'i meddwl.

'Be dach chi ffansi'i neud heddiw, Mam? Dach chi ffansi diwrnod diog wrth y pwll?'

'Deud y gwir 'that ti, 'swn i'n lecio mynd yn ôl i'r . . .'

'Wn i lle awn ni!' meddai Nerys cyn i Dilys gael cyfle i ddeud mwy. Roedd hi wedi hanner gobeithio y byddai ei mam wedi anghofio'r lol roedd hi'n mwydro amdano neithiwr, ac wedi sylweddoli pa mor hurt oedd ei theori.

'Lefkara – y pentra lle maen nhw'n gneud les. Fedrwch chi gael anrheg i Anti Bet yn fanno, dwi'n siŵr.'

'Ia, iawn,' cytunodd Dilys heb fawr o frwdfrydedd.

Pan ddaeth Elen i'r golwg gofynnwyd iddi oedd hithau ffansi trip, ond gwrthod ar ei phen wnaeth hi. Roedd yn well ganddi ganolbwyntio ar gael lliw haul i fynd yn ôl adra, medda hi, er mwyn iddi gael arddangos y lliw i'w chyd-weithwyr yn y banc ac i ferched y Clwb Gwawr.

Cyn cychwyn allan, tecstiodd Nerys Phil i holi lle roedd o ac i ofyn oedd o'n iawn. Ymhen rhai munudau atebodd Phil:

```
Ydw. Wedi mynd am dro.
```

Tecst swta fel'na, a dim sws ar ei ddiwedd na dim. Roedd stumog Nerys yn troi. Roedd hi'n amlwg ei bod wedi'i frifo fo i'r byw.

'Dach chi'n barod, Mam?'

'Joiwch 'ych hunan,' meddai Elen wrth gamu i mewn trwy'r drysau patio agored. Roedd hi wedi dod i nôl gwydriad o ddiod oer, ac i gysgodi am ryw chydig o'r haul llethol.

'Ti'n siŵr na ddoi di'm efo ni?' holodd ei mam.

'Na, dim diolch. Mi fydd Geraint a'r plant yn eu holau tua amser cinio isio bwyd, a ma gin i lyfr da dwi isio'i ddarllan.'

Braf iawn, meddyliodd Nerys. Fysa hitha wedi bod wrth ei bodd yn gorweddian ar wely haul yn darllan nofel, hefyd. A deud y gwir roedd hi wedi gobeithio y byddai ei mam wedi deud y bysa hi'n lecio cael diwrnod diog wrth y pwll. Hi ei hun oedd ar fai, meddyliodd, wrth gerdded at y car – hi ofynnodd i'w mam be oedd hi ffansi'i neud y diwrnod hwnnw. Wrth gwrs, ddaru o'm croesi meddwl Elen i ofyn peth felly i'w mam. Fysa fo byth.

Ond, ar y llaw arall, falla nad oedd o'm yn ddrwg o beth ei bod hi'n gadael y fila, neu fel arall dim ond stiwio a phoeni am Phil fyddai hi wedi'i neud.

Roedd hi eisoes yn brysur yn Lefkara pan gyrhaeddodd Nerys a Dilys y pentre ganol y bore. Gan ei fod wedi'i leoli yng nghanol y bryniau ar lethrau deheuol mynyddoedd y Troodos, roedd y pentre wedi'i rannu'n ddwy ran, y rhan ucha a'r rhan isa.

'Duwcs – fatha Gwalchmai!' nododd Dilys wrth basio'r arwydd.

'Dwi'm yn meddwl bod fama cweit 'run fath â Gwalchmai!' meddai Nerys, yn chwilio am rywle i barcio. Daeth o hyd i faes parcio heb fod yn bell o'r sgwâr lle roedd 'na farchnad brysur yn cael ei chynnal y diwrnod hwnnw. Aeth y ddwy wedyn o gwmpas y farchnad, oedd yn gwerthu bara lleol, crefftau, jam, caws a mêl ac ati. Prynodd Nerys *halloumi* a *feta*, a phrynodd Dilys botyn o fêl. Ar ôl hynny ymlwybrodd y ddwy trwy'r strydoedd cul oedd wedi'u gorchuddio â cherrig crynion, gan edmygu'r gwragedd oedd yn eistedd yn nrysau rhai o'r tai yn gweithio ar eu brodwaith cywrain.

'Fysa'r merchaid yma'n gallu dysgu un neu ddau o betha i'n criw grŵp creffta ni,' meddai Dilys. 'Yli delicet a chywrain ydi'r pwytha 'na.'

'Ma hi'n ddigon i mi bwytho hem ar drowsus! Fyswn i byth bythoedd yn gallu gneud rwbath fel'na. Ma'n siŵr ei bod hi'n cymryd wsnosa os nad misoedd iddyn nhw neud llian bwrdd,' meddai Nerys.

Aeth y ddwy i mewn i un o'r siopau, ac ar ôl hir bendroni fe brynodd Dilys bâr o antimacasars i Bet, ei ffrind penna.

'Reit ta, cinio,' meddai Nerys.

'Wyst ti be, sgin i fawr o awydd bwyd yn y gwres 'ma.'

'Dach chi'n teimlo'n iawn?'

'Yndw tad, mechan i.'

'Brynwn ni botal o ddŵr yr un yn fama ta, ac wedyn mi awn ni'n ôl am y fila.'

'*Ma* 'na rwla 'swn i'n lecio i chdi fynd â fi yno gynta, os gnei di. I'r taferna 'na.'

Suddodd calon Nerys i lawr i wadnau ei thraed. 'Dach chi wir yn meddwl bod hynna'n syniad da, Mam?'

'Ydw, Nerys.'

'Ond i be?'

'I ga'l gwbod y gwir.'

'Ond mae o'n syniad gwallgo, Mam. Ma'ch dychymyg chi wedi mynd yn rhemp. Dach chi wedi rhoi un ac un efo'i gilydd ac yn amlwg wedi cael dau ddwsin.'

'Welist ti mo'r tebygrwydd?' meddai Dilys yn dawel.

'Pa debygrwydd?'

'Y tebygrwydd rhwng Elen a'r ddynas 'na.'

'Doedd 'na ddim tebygrwydd o gwbwl!' Ceisiodd Nerys ddwyn i gof y wraig fach lygatddu bum troedfedd, efo'r gwallt tywyll trwchus. Cymharodd hi yn llygad ei meddwl â'i chwaer bum troedfedd wyth modfedd, efo'r llygaid brown golau a'r gwallt cringoch.

'Sylwist ti ddim ar y düwch o dan 'i llygaid hi? Düwch fatha sgin Elen o dan ei llgada, ac fel oedd gin dy dad hefyd!'

'O Mam, rhowch gora iddi, *plis*! Dach chi'n mynd yn rhy bell rŵan.'

Trwy'r bora roedd stumog Nerys wedi bod yn troi fel tasa 'na bentwr o bilipalas gwallgo'n chwyrlïo tu mewn iddi oherwydd y ffrae efo Phil, ond yn ystod y sgwrs yma efo'i Mam roedd y pilipalas wedi lluosi ddengwaith a mwy. Doedd hi ddim yn gyfforddus o gwbwl i ble roedd y busnas yma'n arwain. Oedd, mi oedd hitha wedi sylwi ar y düwch o dan lygaid y wraig, ond roedd 'na filiynau o bobol â chysgodion duon o dan eu llygaid. Cyd-ddigwyddiad, dim byd arall.

'Olreit, os ti'm yn fodlon mynd â fi yno, mi a' i fy hun. Ga' i dacsi neu fws.'

Sylweddolodd Nerys nad oedd troi ar ei mam, ac ochneidiodd.

'Dowch ta, inni gael rhoi taw ar 'ych hen amheuon gwirion chi.'

Bei-bei i'r Bêbi Beling

Eisteddai Phil yn yfed ei ail baned o goffi ac yn edrych allan tua'r môr gwyrddlas. Ar ôl gadael y fila roedd o wedi 'nelu trwyn y car am Protaras, ac wedi'i barcio fo yn y maes parcio agosa a cherdded i gyfeiriad bae Fig Tree. Bu'n cerdded ar hyd y traeth am sbel, a hwnnw dan ei sang o deuluoedd o bob lliw a llun yn mwynhau eu hunain. Daeth syched arno ac ymlwybrodd i un o'r caffis gerllaw.

Wrth fwrdd cyfagos eisteddai mam, tad a phlentyn – hogyn bach tua dyflwydd oed. Roedd yr hogyn bach yn bwyta hufen iâ ac yn mwynhau pob llwyaid, er bod mwy o hufen iâ ar ei wyneb nag oedd 'na i mewn yn ei geg. Gwenodd Phil ar y bychan a gwenodd y bychan yn ôl arno. Doedd gan Phil ddim cof ohono fo'n blentyn yn cael mynd i lan y môr efo'i fam a'i dad. A deud y gwir, doedd o ddim yn gallu cofio am un gweithgaredd roeddan nhw wedi'i neud fel teulu cyn i'w fam fynd yn wael, ar wahân i drampio bob dydd Sadwrn i ryw steddfod neu'i gilydd. Aros adra'n tendiad ar ei ganeris a wnâi ei dad ar yr adegau hynny.

Ar ôl colli Eunice, roedd Wyn wedi ymgolli fwyfwy yn ei gyfeillion bach pluog, gan adael i'w fam druan gysuro'i hŵyr bach naw oed. Cofiai Phil, ychydig wythosau ar ôl colli'i fam ac yntau'n torri'i galon yn y gwely diarth yn nhŷ ei nain, fel byddai'r hiraeth am ei fam bron â'i fwyta'n fyw.

"Na chdi, ngwas bach i. 'Na chdi.' Cofiai ei nain yn gafael yn dynn, dynn amdano ac yn gwasgu'i wyneb gwelw ar ei mynwes, a botymau ei brat yn brifo'i foch. Gallai Phil deimlo hyd heddiw pa mor frwnt oedd y botymau hynny.

'Yli,' meddai ei nain, 'tyd i'n helpu fi, ma gin i lond gwlad o sgons isio'u gneud at y WI nos fory, a fyswn i'n medru gneud efo mymryn o help.'

Roedd byseddu'r blawd, y siwgwr a'r marjarîn nes eu bod nhw fel briwsion bara yn falm mewn rhyw ffordd od. Er mawr syndod i'r ddau ohonyn nhw, roedd sgons Phil wedi troi allan i fod yn well na rhai ei nain. Roeddan nhw'n blasu'n well hefyd. 'Dwylo ysgafn sy gin ti, ma raid, a dwylo oer. Arhosa di nes bod chdi'n gneud *pastry* ta, ngwas i!'

Cafodd Phil bleser mawr yn coginio pob math o fwydydd ar ôl hynny. Ond bu raid cadw'r *rolling pin* pan ddaeth ei dad adra'n gynnar o ryw sioe adar un pnawn Sadwrn. Roedd o wedi cael canlyniad siomedig, a fynta wedi rhoi'i fryd ar gael y 'Best in Show' efo'i *variegated buff cock*.

'Be dach chi'n feddwl dach chi'n neud, Mam, yn dysgu'r hogyn 'ma i gwcio? Dach chi isio iddo fo droi allan yn bwff?' – a Phil yn sefyll o'i flaen yn flawd at ei geseiliau, ar ganol gneud tartan fwyar duon.

'Be haru ti?' meddai ei nain yn amddiffynnol. 'Ma'r *chefs* gora i gyd yn ddynion.'

'Hy! Ma hi'n ddigon drwg ei fod o isio mynd i actio heb i chitha roi syniada gwrion yn ei ben o hefyd. Cwcio, wir! Mini-mi-hàf fydd o, gewch chi weld.'

Y diwrnod hwnnw oedd y diwrnod ola i Phil gael mynd ar gyfyl unrhyw lwy bren a phopty nes ei fod o wedi gadael cartra ac yn fyfyriwr tlawd yng Nghaerdydd. Yn fanno mi gafodd gyfle i ddefnyddio'i ddawn i greu prydau rhad ond maethlon. Roedd lobsgows a *cottage pie* ei nain, efo rhyw sbeisyn neu ddau wedi'i ychwanegu ato, yn brydau cyson yn fflat Phil a'i fêts yn Canton.

Be wnath iddo fo feddwl am hynny rŵan, tybed? Doedd o ddim wedi meddwl am Nain dlawd ers blynyddoedd. Hi oedd wedi'i fagu fo i bob pwrpas ar ôl iddo golli'i fam. Hen ddynas iawn. Halen y ddaear. Ar wahân i'r perfformio, coginio dan ofal ei nain oedd yr unig go' plentyn oedd ganddo fo. Roedd ganddo lwmp yn ei wddw'r funud 'ma wrth feddwl am y ddwy ohonyn nhw. Ma raid i mi gofio defnyddio f'atgofion amdanyn nhw ar gyfer rhyw ran emosiynol mewn drama, meddyliodd.

Dadebrodd. Pa ran, Phil bach, pa ran? Dwyt ti'm wedi cael cynnig rhan mewn dim byd ers dros bedair blynedd – a rhan fach, *walk-on* oedd honno.

Roedd Nerys yn iawn, doedd o byth yn mynd i'w gneud hi fel actor. Sylweddolodd ei fod o'n gwbod hynny ym mêr ei esgyrn ers y diwrnod cynta hwnnw y camodd dros riniog y coleg. Breuddwyd gwrach oedd hi. Breuddwyd fawr ei fam – nid ei freuddwyd o. Roedd hi'n hen bryd iddo ddeffro a gneud rhywbeth o'i fywyd yn lle'i wastraffu'n ceisio gwireddu dymuniad ac uchelgais rhywun arall.

Gorffennodd ei goffi a throi ei ben i gyfeiriad y teulu bach unwaith eto.

Er mawr siom iddo, roedd y bwrdd yn wag.

Roedd hi fel ffair yn y taferna, a phob bwrdd yn llawn.

'Dowch, Mam, 'sna'm pwynt i ni aros. Alwan ni fory . . .'

'Ah, the women from Wales! You come back. Very good, very good! We'll get a table for you.' Gwenodd y wraig wên lydan ar y ddwy. '*Andreas! Ena trapézi ya tis yinaikes parakaló!*'

Ymhen dau funud roedd Andreas wedi dod o hyd i fwrdd a dwy gadair o rywle a'u gosod yng nghysgod y blanwydden. Archebodd y ddwy amrywiaeth o dips Groegaidd – *taramasalata, hummus* a *tzatziki* – efo bara *pitta*.

'Fedrwch chi'm 'i holi hi heddiw, Mam. Ylwch prysur ydi hi yma.'

'Arhosa i nes bydd hi wedi tawelu.'

Roedd 'na olwg benderfynol yn llygaid ei mam, golwg nad oedd Nerys rioed wedi'i weld o'r blaen. Bwytaodd y ddwy eu cinio mewn tawelwch, bron. Ceisiodd Nerys decstio Phil unwaith eto. Dim ateb.

'Ydi bob dim yn iawn rhyngthach chdi a Phil?' holodd Dilys wrth weld Nerys yn rhoi ei mobeil yn ôl yn ei bag.

'Yndi, Mam.'

'Yli, Nerys, fuost ti rioed yn un dda am ddeud clwydda. Wedi ffraeo ydach chi?'

Ochneidiodd Nerys. 'Fi odd yn flin am 'i fod o wedi gwrthod y swydd dysgu Drama 'na gafodd o 'i chynnig.'

'Gweld dim bai arno fo, wir.'

'Be?'

'Wel, fedri di mewn difri calon weld Phil o flaen llond dosbarth o blant? Fedra i ddim.'

'Ond fysa'r cyflog wedi bod yn handi.'

'Dydi pres ddim yn bob dim, sdi.'

'Hy! Dyna ddudodd Phil 'fyd.'

'Fysat ti'n lecio'i weld o'n mynd bob dydd yn erbyn ei ewyllys, a chael dim plesar na boddhad o'i waith? Fysa'r cradur bach wedi mynd yn honco bost mewn llai na mis. Os oeddat ti isio priodi athro mi ddyliat fod wedi sticio efo Dafydd Evans. Fetia i bod hwnnw'n brifathro erbyn hyn.'

'O Mam, *plis!*'

Roedd Nerys wedi bod yn canlyn Dafydd yn ystod eu blwyddyn ola yn y coleg, ac am tua pum mlynedd wedyn, a'r ddau bron iawn wedi dyweddïo. Ond yr eiliad y trawodd Nerys ei llygaid ar Phil mewn rhyw gìg un noson, roedd hi'n Gwd-bei Wêls ar Dafydd. Roedd Phil yn antithesis llwyr iddo. Dafydd yn ddibynadwy a saff, yn golchi'i gar a thorri'r gwair bob penwythnos, yn smwddio'i jîns gan roi pletan i lawr y canol, ac yn plygu a chadw'i ddillad bob amser – ddim fel Phil oedd yn gadael tomennydd o ddillad rownd y stafell wely. Bath a rhyw bob nos Sadwrn oedd hi efo Dafydd – ddim fel Phil, fysa'n cael rhyw bob dydd trwy'r dydd tasa fo'n cael ei ffordd. A fysa Nerys ddim yn ei newid o am y byd.

'Poeni ydw i mod i wedi'i frifo fo. Ac na neith o byth fadda i mi am be ddudis i.'

'Bobol mawr, be ddudist ti wrtho fo, felly?'

'Gofyn pryd mae o'n mynd i sylweddoli na tydi'i gyfla mawr o fel actor byth yn mynd i ddŵad.'

'Ma'r gwir yn brifo weithia. Cradur diawl.'

'Mam!'

'Dach chi'ch dau yn saff o sortio petha allan.'

'Sut dach chi mor siŵr?'

'Gweld sut ydach chi'ch dau efo'ch gilydd. Dach chi'n meddwl y byd o'ch gilydd. Yn wahanol iawn i dy chwaer a Geraint. Ma 'na rywbeth mawr yn bod yn fanna.'

Cyn i Nerys cael cyfle i ymateb i hynna, daeth gwraig y taferna at eu bwrdd i holi oeddan nhw isio rhywbeth arall i'w fwyta.

'No thank you. But I would like a word with you when it's convenient, please,' meddai Dilys.

'Yes, yes, of course. Much better in half an hour. We talk then, yes?'

'We'll pay the bill now and come back in half an hour then.'

Welodd Nerys rioed mo'i mam mor eofn a phendant.

I basio'r amser aeth y ddwy am dro ar hyd y traeth. Roedd awel y môr yn fendith ar ôl y gwres llethol. Ymhen sbel manteisiodd Nerys ar y cyfle i drafod Geraint ac Elen efo'i mam.

'Mi dach chitha wedi sylwi na tydi petha ddim yn dda rhwng y ddau, felly?'

'Wel, tydi'r cradur bach yn cysgu ar y soffa ers nosweithia? A'r ddau prin yn gallu edrych ar ei gilydd, heb sôn am siarad efo'i gilydd.'

'Dwi'n gwbod. Dwi wedi trio holi'r ddau ar wahân oes 'na rwbath yn bod, ond gwadu ma nhw.'

'Wel, dyna fo. Fedrwn ni neud dim. Ma hi i fyny iddyn nhw sortio petha allan, tydi?'

Synnodd Nerys at agwedd ei mam. Fel arfer, byddai Dilys wedi bod yn poeni ac yn hefru'n ddi-stop am y cwpwl, ond roedd hi'n amlwg bod ganddi flaenoriaethau eraill ar ei meddwl heddiw.

'O's 'na hannar awr wedi pasio, dwa'? Ma hi i weld wedi gwagio tipyn yna rŵan.'

Cerddodd y ddwy i gyfeiriad y taferna.

Gyda phob cam, curai calon Dilys yn gyflymach.

Archebodd y ddwy ddiod oer, a sylwodd Nerys fod llaw ei mam yn crynu wrth sipian ei sudd oren.

'Ylwch, be am i ni fynd o 'ma, Mam.'

'Ma raid i mi ga'l gwbod, Nerys.'

Daeth gwraig y taferna atyn nhw ac eistedd i lawr wrth eu hymyl.

'*Epitélos*! I am very sorry I could not speak to you earlier, we were very busy.'

'I'm Dilys, and this is my daughter, Nerys.'

'And I am Maria.'

Llyncodd Dilys ei phoer ac aeth yn ei blaen.

'The other day, you mentioned that your father was Welsh – from Wales?'

'Yes. My mother met my father when he was here doing his National Service.'

'And then they got married, yes?' meddai Nerys, yn gobeithio i'r nefoedd y byddai'n cael ateb cadarnhaol i'w chwestiwn.

'*Óchi*! No, no!'

'What happened?' Roedd ceg Dilys yn sych grimp er ei bod newydd gymryd llymaid o'i diod.

'It is sad. Very sad,' ac ysgydwodd Maria ei phen gan edrych draw tua'r môr a golwg atgofus yn ei llygaid.

Cyprus, Hydref 1953

Aeth tair wythnos heibio cyn i Trefor gael cyfle arall i ymweld â'r taferna, ond un pnawn Sadwrn diflas cafodd Simpkins frenwêf.

Be tasan nhw'n cynnal ras? Ac nid unrhyw fath o ras, chwaith – ras rownd cylchfan fysa hon. A dyna lle bu dau lond tryc o sowldiwrs yn rasio rownd rowndabowt yn y cyfeiriad anghywir. I ddathlu (neu i foddi'u gofidiau, dibynnu ym mha dryc oeddan nhw), penderfynwyd mynd draw i Daferna Neokolis.

Llamodd calon Trefor pan welodd Elena yn gweini wrth un o'r byrddau. Trodd hithau i gyfeiriad y sŵn chwerthin iach, a'r cadeiriau'n crafu'n swnllyd yn erbyn y llawr wrth i'r criw eistedd. Syllodd y ddau i fyw llygaid ei gilydd a gwenodd hi arno. Roedd fel petai miloedd ar filoedd o bilipalas yn troi yn ei stumog. Hi ddaeth i gymryd eu harcheb hefyd.

'Mm, that's what I call a classy chassis. I wouldn't mind giving *her* a service,' meddai Harvey, gan lygadu pen-ôl Elena wrth iddi adael y bwrdd.

'Do you have to be so coarse?' brathodd Trefor yn amddiffynnol.

'Just stating a fact, old boy.'

Ysai Trefor am gael cyfle i siarad ar ei ben ei hun efo Elena, a phan welodd hi'n mynd i gyfeiriad y byrddau tu allan, gwnaeth esgus ei fod wedi gadael ei waled yn y tryc.

'I'm very sorry,' meddai Elena wrth i'r ddau fwrw yn erbyn ei gilydd yn nrws y taferna.

Aroglodd Trefor ei phersawr jasmin ysgafn ac aeth gwefr trwyddo wrth i gyrff y ddau gyffwrdd am yr eiliad lleiaf.

'No, it was my fault, I wasn't looking where I was going.'

Edrychodd Elena i fyny i fyw ei lygaid glas.

'Trefor,' a gwenodd y wên honno oedd yn swyno Trefor bob tro roedd yn ei gweld.

Crafodd yntau'i wddw fel y gwnâi bob tro y byddai'n nerfus. 'Is your father's car all right now?'

'It is very good.'

'I'm glad.'

'Elena?' gwaeddodd ei mam arni o'r gegin.

'Excuse me, I'd better go.'

Trodd Trefor a'i gwylio'n diflannu i mewn i'r taferna. Anadlodd yn ddwfn ac edrych allan i'r môr gwyrddlas o'i flaen. Doedd o rioed wedi teimlo fel hyn o'r blaen, ddim hyd yn oed efo Dilys – a gwyddai'n iawn mai yn ei chwmni hi y dylai o deimlo fel hyn, nid yng nghwmni merch estron.

Roedd rhywbeth mawr o'i le. Trodd ar ei sawdl a cherdded 'nôl i mewn i'r taferna.

'I'm bored,' ochneidiodd Simpkins, a thaflu'i gardiau i ganol y bwrdd. Gan mai dim ond 'ten bob' oedd pris sigaréts, roeddan nhw'n chwarae cardiau am sigaréts yn aml.

'What d'you fancy doin', then?' holodd Bell. Roedd hi'n nos Wener, wedi'r cwbl.

'I don't know. I regret now not going with the others to Paphos for the weekend.'

Fel arfer, Simpkins fyddai'r cynta i dderbyn gwahoddiad am wîcendan, ond doedd y cradur ddim yn teimlo gant y cant y bore hwnnw. Poenai braidd ei fod wedi dal y 'clwy sionc', ond erbyn gyda'r nos roedd yr hen hogyn yn teimlo'n llawer gwell.

'Do you fancy going to Neokolis Taverna?' awgrymodd Trefor yn reit ffwrdd â hi. Roedd hi bron yn wsnos ers y ras rownd y rowndabowt.

'Yeah, why not? Better than sitting on our arses here any day,' meddai Simpkins.

'I'll drive,' cynigiodd Trefor, i achub y blaen ar Bell.

Doedd Trefor ddim yn ffansïo taith fel honno gawson nhw'r tro dwytha pan gafodd ei ymysgaroedd o a'r landrofyr eu hysgwyd yn ddidrugaredd.

Wrth yrru i gyfeiriad y taferna ymladdai ddwy frwydr fawr yn ei ben. Dwi'n byhafio fatha hogyn ysgol, medda un o'r lleisiau yn ei ben – dwi wedi dyweddïo, er mwyn Duw. Pam ddiawl 'nes i awgrymu inni fynd i fama heno? Gofyn am drwbwl ydi peth fel hyn. Tro'n d'ôl, Trefor, a duda nad wyt ti'm yn teimlo'n dda. Ia, dyna be 'na i, 'fyd! Dduda i mod i wedi dal 'run peth ag a gafodd Simpkins . . .

Ond ma raid i mi gael ei gweld hi eto. Ma raid i mi.

Bron na allai glywed ei galon yn curo wrth barcio'r landrofyr, a'i grys chwyslyd bron wedi glynu wrth gefn y sedd.

'Where d'you want to sit, inside or out?' holodd Bell.

'Outside. It's too warm to sit inside,' meddai Simpkins.

Byddai wedi bod yn well gan Trefor eistedd tu mewn, gan y byddai hynny wedi rhoi mwy o gyfle iddo weld Elena. Ond er mawr siom iddo, welodd o mohoni o gwbwl y noson honno er iddo godi ddwywaith i fynd i'r tŷ bach yn y gobaith o daro llygad arni.

Wrth yrru 'nôl i'r camp, meddyliodd fod heno wedi bod yn arwydd clir iddo. Arwydd iddo adael i bethau fod. Jyst cofia am Dil, meddyliodd. Ei cholli hi rwyt ti – dyna pam ti'n teimlo fel hyn. Ma gin ti gymaint o hiraeth amdani nes dy fod ti wedi mopio dy ben yn wirion am yr hogan ddel gynta iti'i chyfarfod yn y lle 'ma. A phrin ti'n nabod yr Elena 'ma, p'run bynnag.

Adroddodd hyn fel mantra wrtho'i hun, drosodd a throsodd, yn ei wely'r noson honno. Ond rywsut neu'i gilydd, rhwng cwsg ac effro, newidiodd cynnwys y mantra.

Jyst . . . jyst cofia am Dil, Trefor. Colli Dil wyt ti, dyna be sy. Ma gin ti gymaint o hiraeth am Elena nes bo chdi . . . nes bo chdi . . .

Elena, Elena.

Syrthiodd Trefor i drwmgwsg ac enw estron ar ei wefusau.

Drannoeth, deffrodd yn gynnar. Roedd yn rhaid iddo gael ei gweld hi eto. Yna cofiodd ei bod hi'n ddydd Sul ac na fyddai hi na'i rhieni adra gan y bysan nhw wedi mynd i'r eglwys, mae'n debyg. Felly bu'n cicio'i sodlau am ryw awran, ond yna aeth draw i'r gweithdy a neidio i mewn i landrofyr oedd newydd gael ei thrwsio.

Doedd Trefor ddim yn un byrbwyll fel arfer – i'r gwrthwyneb, a deud y gwir. Ond roedd cyfarfod â hon wedi tanio rhyw deimladau pwerus y tu mewn iddo, rhai nad oedd o rioed wedi'u teimlo o'r blaen, rhai nad oedd o rioed wedi'u teimlo efo Dilys. Er iddo drio'i berswadio'i hun mai hiraeth am Dil oedd y rheswm dros hynny, fe wyddai ym mêr ei esgyrn nad dyna'r gwir.

Cyrhaeddodd y taferna. Roedd yr Austin A40 y tu allan, diolch i'r drefn. Cerddodd i mewn, ac yna fe'i gwelodd. Llamodd ei galon. Arglwydd mawr, dwi isio'r hogan 'ma, meddyliodd.

'I thought I'd call to check that your father's car is going all right,' meddai Trefor gan lyncu'i boer, yn ymwybodol mai rheswm tila ar y naw dros alw oedd hynna.

'Yes, thank you.'

'Well, if he has any more problems, let me know.'

'Thank you, you are very kind. Would you like a coffee?'

Derbyniodd y cynnig ar unwaith ac eistedd wrth un o'r byrddau y tu mewn. Roedd hi'n dawel yn y taferna'r adeg honno o'r dydd. Daeth mam Elena drwodd o'r cefn. Stopiodd yn stond, a gwgu arno. Yna dywedodd rywbeth mewn Groeg wrth Elena (na ddalltodd Trefor air ohono, wrth gwrs), ac atebodd hithau'i mam yn ôl. Roedd hi mor amlwg iddo â'r trwyn ar ei wyneb eu bod nhw'n siarad amdano. Daliai'r fam i syllu arno trwy gydol y sgwrs, ac yna diflannodd i'r gegin.

Daeth Elena â choffi i Trefor. Wrth iddi osod y gwpan a'r soser ar y bwrdd, estynnodd yntau ei law i'w derbyn. Cyffyrddodd ei law yn ei llaw hi. Tynnodd y ddau eu dwylo'n ôl ar frys, y ddau'n ymwybodol iawn o'r trydan a fodolai rhyngddyn nhw.

Oedodd Trefor hynny allai o dros ei baned er mwyn cael treulio cymaint o amser â phosib yn ei chwmni, a hefyd er mwyn gohirio gorfod esbonio'i wir neges. Llyncodd ei boer unwaith yn rhagor a chrafu'i wddw.

'Elena?'

'Yes?'

Crafodd ei wddw eto.

'I was thinking . . .'

'Yes?'

'Well . . . um . . . well . . . I was thinking, maybe would you like to go for a ride somewhere, or come for a meal with me?'

'Well . . .'

'If you don't want to, I understand. It was a silly idea anyway. Look, forget I ever mentioned it,' meddai fel trên, yn rhag-weld yr ateb negyddol ac yn ceisio gneud pethau'n haws iddi. Cododd ar ei draed yn ffrwcslyd gan estyn i'w boced am bres i dalu am y coffi.

'I *do* want to,' meddai hi. 'But my mother and father . . .'

'What about them?'

'They will not be happy.'

Ac ar y gair dyma floedd o'r gegin. 'Elena!'

'I will meet you in Nicosia, Faneromeni Square, midday next Saturday.'

'*Elena*!' Daeth cri ei mam unwaith eto, yn llawer uwch y tro hwn.

'I have to go.'

Diflannodd i'r gegin.

Gadawodd yntau arian am y coffi ar y bwrdd a cherdded allan i'r heulwen.

Prin y gallai gredu'r peth . . .

'Where have you been, Morris?' holodd Foster pan gyrhaeddodd Trefor yn ei ôl.

'Nowhere special.'

'Nowhere special, eh? Then what's put that stupid grin on your face? If I didn't know any better, I'd say you've been sniffing around for some skirt.'

'Very droll, Foster.'

'You're wrong there, lad. Morris is very much in love and engaged to his lovely Welsh chapel sweetheart, aren't you?' meddai Harvey.

'Everyone needs a change sometimes,' meddai Foster wedyn.

'Will you two shut up?'

Pharodd y mymryn plwc o gydwybod gafodd o wrth glywed y cyfeiriad at ei ddyweddi ddim yn hir. Fedrai o ddim gweld y penwsnos yn dod yn ddigon buan.

Y Sadwrn canlynol roedd o yn Sgwâr Faneromeni am chwarter i hanner dydd. Roedd ei fol yn troi, a rhwbiodd ei ddwylo chwslyd yn erbyn ei drowsus.

Ddaw hi ddim, meddyliodd. Edrychodd ar ei wats – pum munud i hanner dydd. Roedd dafnau bach o chwys ar ei dalcen; er ei bod hi'n tynnu at derfyn mis Hydref roedd hi'n dal yn boeth, a'r tymheredd yn yr wythdegau. Edrychodd i lawr y stryd i'r dde ac yna i'r chwith bob yn ail. Doedd ganddo fo ddim syniad o ba gyfeiriad y byddai'n dod. Os dôi hi o gwbwl. Roedd hi'n amlwg na fyddai'n cael sêl bendith ei mam i'w gyfarfod – fe wnaeth Constantina hynny'n berffaith amlwg iddo'r dydd Sul cynt.

Edrychodd ar ei wats eto – chwarter wedi hanner dydd. Suddodd ei galon.

Dydi hi ddim yn dod, siŵr. Toeddwn i'n ffŵl gwirion i feddwl y bysa hi? Hogan sy gin i ddim gobaith cael perthynas efo hi. Raid i mi jyst anghofio amdani – anghofio'i llygaid tywyll, disglair; anghofio'i gwên, ei gwefusau. Y gwefusau yna rydw i wedi ysu am eu cusanu . . . Cychwynnodd am y maes parcio.

'Trefor . . .?'

Stopiodd yn stond a throi ar ei sawdl, ac yna fe'i gwelodd.

'You came!'

'I was afraid that you'd gone. The bus was late.'

'I thought you weren't coming, that you'd changed your mind.'

'Why would I do that?'

'I don't know.'

Bu ennyd o dawelwch rhyngddynt, y ddau'n teimlo'n chwithig a nerfus o fod ar eu pennau eu hunain.

'Would you like something to eat?'

'Yes, I'm starving. There is a cafe around the corner, we could go there if you like.'

Dechreuodd y ddau gydgerdded a chyffyrddodd llaw Trefor yn llaw Elena, ac mor naturiol â'r nos yn troi'n ddydd, gafaelodd y ddau yn nwylo'i gilydd fel tasa'r ddwy law hynny rioed wedi bod ar wahân.

Fedrai o fwyta fawr ddim er ei fod ar lwgu. Methai dynnu ei lygaid oddi arni. Roedd y ddau'n awchu am gael gwybod mwy am y naill a'r llall – hanes eu plentyndod, eu diddordebau, eu gobeithion a'u breuddwydion. Soniodd Trefor am fusnes ei dad a'i fod yntau, ar ôl mynd adra, yn bwriadu cydweithio efo'i dad yn y garej, ac, yn ogystal â thrin ceir, soniodd am ei obaith y byddai o ryw ddydd yn medru gwerthu ceir hefyd.

Fel Trefor roedd Elena hefyd, meddai hi, yn unig blentyn. Ac fel roedd hi wedi esbonio iddo ynghynt, roedd y teulu'n arfer rhedeg taferna llewyrchus yn Nicosia ond wedi'i werthu ac agor taferna ar gyrion Ayia Napa. Y rheswm am hynny, erbyn dallt, oedd gwaeledd ei thad – roedd ganddo fo galon wan, a chyngor ei feddyg oedd y dylai gymryd pethau'n llawer arafach. Erbyn hyn, felly, roedd ei thad wedi trosglwyddo'r rhan fwya o'r ochor weinyddol iddi hi.

'Why did we have to meet here in Nicosia? Why couldn't I come to the taverna?' holodd Trefor wrth sipian ei gwrw.

'You are an English soldier. My mother and father are not happy that you are here in our country. They do not want the army here – they support independence for Cyprus.'

'I'm not English, and I'm not a proper soldier! And they didn't mind that I was there the other day, when I fixed the car.'

Gwenodd Elena.

'Fixing my father's car and taking his daughter out on a . . . how do you say? . . . on a "date" are two very different things.'

'We're on a date then, are we?' pryfociodd yntau.

'I do not usually meet men and have lunch with them,' gwenodd hithau.

'I'm glad to hear that,' fflyrtiodd Trefor yn ôl.

'I told my parents that I was meeting my old school friend Zarita today, or they would never have given me permission to come to Nicosia.'

'I'm very glad that you came,' meddai Trefor, gan syllu i fyw ei llygaid. 'May I see you again?'

'I would like that,' gwenodd Elena yn ôl. 'Cavo Greko.'

'I'm sorry?'

'Cavo Greko. We could meet there. It is not far from the taverna. It is the . . . what do you call it? . . . the headland after you go through Ayia Napa. I could meet you there.'

Y noson ganlynol, ar ôl i Elena orffen ei gwaith yn y taferna, neidiodd ar ei beic a gwibio draw tua'r trwyn creigiog. Roedd Trefor yno'n ei disgwyl.

Ac felly bu hi wedyn, bob cyfle a gâi'r ddau. Roedd traeth bychan gerllaw, a gwelid y ddau yn aml yn cydgerdded law yn llaw ar hyd-ddo – neu, yn amlach na pheidio, yn eistedd ar hen fainc ar y trwyn ac yn edrych tua'r gorwel.

'I really didn't want to come to Cyprus,' cyfaddefodd Trefor wrthi un penwsnos ar ôl iddyn nhw fod yn gweld ei gilydd ers rhai wsnosau. 'But now I don't want to leave.'

'Then don't leave.'

'It's not as easy as that.'

Dyna pryd y soniodd wrthi am ei addewid i Dilys. Rhoddodd Elena ei phen i lawr a dweud yn dawel:

'You should have told me, Trefor. I never set out to steal another woman's man.'

'You haven't stolen me, Elena – I was yours from the start. I'll just have to face Dilys and explain to her that I've fallen in love with someone else. Maybe by now she's also found someone else. I know it may not be easy, and the last thing I want to do is to hurt her, but one thing I do know, I can't live without you.'

Cusanodd y ddau.

'*S'agapó*. I love you,' medda hi.

'I love you more, Elena,' medda Trefor, yn sibrwd yn ysgafn. 'Caru chdi'n fwy – caru chdi am byth,' medda fo wedyn, ac awel y môr yn cipio'i eiriau oddi ar ei wefusau a'u chwythu i ben draw'r trwyn, eu cario dros y dibyn serth ac ar ewyn y tonnau draw ymhell, bell dros y gorwel.

'After my de-mob I'll come back to you, Elena. I can find work here as a mechanic. Maybe I can run my own garage here one day. What do you think?'

'I'd like that very much. And I'm sure my mother and father could get used to liking that as well when they realise how seriously we feel for one another.'

'I'm not happy meeting in secret like this – I want your parents to know that I intend to marry you.'

Llugoer, a deud y lleia, oedd y croeso dderbyniodd Trefor gan Neokolis a Constantina Demitriou unwaith y sylweddolon nhw beth oedd ei fwriadau tuag at eu merch. Yn dawel fach, gobeithiai'r ddau y byddai'r garwriaeth wedi chwythu'i phlwc cyn i Trefor droi am adref.

Ond i'r gwrthwyneb, dyfnhau roedd teimladau'r ddau. Byddai Trefor yn fflamio, ond eto'n diolch ar yr un pryd, fod Constantina'n mynnu dod efo nhw fel *chaperone*, gan eistedd fel brenhines yn sedd gefn y landrofyr pan fyddai Trefor ac Elena'n mynd am dro. Fel arall mi fyddai wedi bod yn sobor o anodd ar sawl achlysur iddo beidio ag ildio i demtasiwn.

Ond un pnawn Sadwrn – y Sadwrn ola cyn i Trefor adael

Cyprus, a'r *de-mob* ar y gorwel – doedd Constantina ddim yn teimlo'n dda. Y peth dwytha roedd hi eisiau oedd reid ar hyd lonydd troellog Cyprus. Ar ôl tipyn o berswâd, cafodd Elena a Trefor ganiatâd i fynd am dro ar eu pennau eu hunain.

Chwerw-felys oedd eu cyfarfyddiad y pnawn hwnnw – y ddau'n ymwybodol iawn mai hwn fyddai'r tro dwytha iddyn nhw weld ei gilydd am sbel hir. Roedd Elena wedi paratoi picnic ac aeth y ddau am dro i'w hoff le, sef bae Konnos, ger Cavo Greko.

Sylwodd Trefor fod Elena'n dawel iawn.

'Are you all right?'

'I wish we could stay here forever,' meddai hi gan edrych allan i'r môr.

'So do I.'

'I don't want you to leave.'

'I don't want to leave either, Elena. But I will return. I promise you.'

'You will?'

'Of course!'

'It's easy for you to say that now, here. But after you have returned home, you will be with your family, your friends, and with Dilys again . . .'

'Listen, Elena. I love you, and nothing on this earth is going to change that. Do you understand?'

'Oh, Trefor,' ochneidiodd Elena. 'I am so afraid of losing you. These past months have been so special for me.'

'And me too. I never thought I could feel like this. It's crazy. Totally crazy!'

'"Crazy"? What is "crazy"?'

'Mad! Out of your mind. Do you realise that I'm totally crazy about you?'

Cusanodd Trefor hi'n ysgafn.

'And I am totally crazy about you too, Trefor!'

'O, dwi'n caru chdi, Elena.'

'What does that mean?'

'I love you!'

'Dwi . . . dwi caru chdi, Trefor.'

Chwarddodd y ddau a chusanodd Elena Trefor yn ôl. Ond y tro hwn ollyngodd y ddau mo'i gilydd. Cyffyrddodd eu cyrff a theimlodd Trefor fronnau siapus Elena yn pwyso'n galed yn erbyn ei frest. Roedd yn ymwybodol o'r caledwch yn ei afl. O, Dduw mawr, roedd o isio'r ferch 'ma! Ond gwyddai y dylen nhw ymatal.

'Elena, maybe we should . . .'

'Sh . . . love me, Trefor. Make love to me. Caru chdi.'

Ac yno ger Cavo Greko y carodd Trefor ac Elena, gan selio'u perthynas ac addo i'w gilydd y bydden nhw'n caru'i gilydd am byth.

Teimlad rhyfedd oedd glanio'n ôl ym maes awyr Blackbushe ar ôl deunaw mis. Roedd o'n falch bod ei wasanaeth yn Cyprus ar ben, ond â chalon drom roedd o wedi gadael Elena.

Cysurai ei hun mai dim ond dros dro y byddai hynny. Y funud y byddai wedi hel digon o bres, byddai ar yr awyren gynta'n ôl i Cyprus ac i'w fywyd newydd efo hi. Doedd o ddim yn edrych ymlaen, wrth gwrs, at dorri'i ddyweddïad, ac mae'n debyg y byddai ei enw'n faw trwy'r sir i gyd am drin Dilys mor wael, ond roedd o'n fodlon byw efo hynny i gael bod yn rhydd i fod efo Elena.

Ond pan gyrhaeddodd o 'nôl adra, chwalwyd ei gyn-lluniau'n rhacs. Nid i dŷ llawn croeso a hapusrwydd y dychwelodd ond yn hytrach i dŷ galar. Y bore hwnnw roedd ei dad wedi cael trawiad ar y galon, a honno'n un farwol. Trefor, fel yr unig blentyn a'r etifedd, oedd piau'r cwbwl – y garej a'r gweithdy. Gwyddai hefyd y byddai ei fam yn dibynnu'n llwyr arno o hynny ymlaen. Doedd dim modd iddo droi ei gefn arni hi nac ar y busnes.

Ond . . . yn hytrach na'i fod o'n mynd yn ei ôl i Cyprus, oni allai Elena ddod i fyw i Gymru ato fo?

Cael Wil i'w wely

Aeth Maria ymlaen â'i stori, a Nerys yn ciledrych yn nerfus i gyfeiriad Dilys bob hyn a hyn.

Adroddodd Maria fel y disgwyliai ei mam i'w chariad ddod yn ôl ati bob dydd. Âi i Cavo Greko ryw ben bob diwrnod. Byddai'n sefyll ar y trwyn yn edrych allan i'r môr fel petai'n disgwyl iddo gyrraedd o rywle. Chollodd hi 'run diwrnod o fynd draw yno, ar wahân i un – a'r diwrnod y cafodd Maria ei geni oedd hwnnw.

'When my mother realised that she was with *moró* . . . a baby . . . there was big trouble and she was nearly sent away. It was a great shame then to be an unmarried mother, especially with a *xénos* . . . a foreigner's baby. My mother said that they would have . . . what is the word? . . . disowned her if they did not depend on her so much to run the taverna.

'My grandfather's health was getting worse every day. They used to say to my mother that she had been *ilíthios* . . . stupid . . . believing a *vretanikós stratiótis* – a British soldier. As the years went by, and still he did not come back, my mother thought that something must have happened to him to stop him from coming back – an *atýchima*, an accident, or even that he had died. And EOKA did not help.'

'EOKA?' holodd Nerys.

'The struggle for Cyprus – to be free from Britain. The

172

struggle for *anexartisía* – for independence. It was very dangerous for anyone from Britain to be on the island from the middle of the fifties until the early sixties. But my mother always believed that one day, somehow, he would come back to her. Her words on her deathbed were '*Iposchéftike óti tha erchótan píso se ména*' – he promised that he would come back to me. "Trefor promised me", she would say.'

Cododd Dilys o'i sedd a rhuthro allan o'r taferna.

'What is the matter?' meddai Maria.

'Trefor was my father,' meddai Nerys yn dawel, gan syllu i wyneb ei hanner chwaer. 'Excuse me, I'd better go and see if my mother's OK.'

Doedd Maria ddim yn gallu credu'r peth. Na . . . doedd bosib fod y wraig ifanc bryd golau yma â'r un gwaed â hithau'n llifo trwy'i gwythiennau?

Cafodd Nerys hyd i'w Mam yn pwyso yn erbyn y car, ei phen yn erbyn drws y pasenjyr, yn torri'i chalon.

'O, Mam . . .'

'O'n i'n gwbod . . . o'n i'n gwbod!' meddai Dilys rhwng pyliau o igian crio.

Datgloiodd Nerys ddrws y car ac arwain ei mam i'r sedd flaen.

'Steddwch chi yn fanna, ac mi a' inna i nôl glasiad o ddŵr ichi.'

'Dwi'm isio dim byd gen honna! Dos â fi o 'ma, Nerys – dos â fi o 'ma'r munud 'ma!'

Ufuddhaodd Nerys. Gyrrodd y car yn ôl i'r fila heb i'r un o'r ddwy dorri gair â'i gilydd am filltiroedd.

Methai gredu sut roedd ei thad wedi celu'r berthynas rhyngddo fo a'r Roeges 'na am yr holl flynyddoedd. Pam na fysa fo wedi sôn rwbath wrth rywun? Mae'n rhaid ei fod o wedi sylweddoli ar ôl dod adra mai Dilys oedd ei wir gariad wedi'r cwbl. Ond a fysa pethau wedi bod yn wahanol tasa fo'n gwbod bod Elena'n feichiog pan adawodd o Cyprus? Roedd yn rhyfedd meddwl am ei thad yn hogyn ifanc, ac yn rhyfeddach byth ei fod o wedi dewis cadw'r bennod bwysig yma o'i fywyd yn gyfrinach rhag pawb.

Dim rhyfedd ei fod o wedi bod mor daer iddyn nhw wasgaru'i lwch yn Cyprus, ac wedi nodi Cavo Greko yn benodol. Ond wedyn, os oedd o wedi penderfynu mai Dilys roedd o'n ei garu, pam roedd o, ar ôl yr holl flynyddoedd, wedi dymuno i'w lwch gael ei wasgaru yn fama?

Hap a damwain lwyr oedd eu bod nhw wedi darganfod y gwir, p'run bynnag. Tasa Osian heb gael ei bigo y pnawn hwnnw . . . tasa Dilys ddim wedi mynnu mynd yn ôl i'r taferna i dalu . . .

'Tro i lawr y lôn yna, Nerys.'

'Be?'

'Tro i lawr yn fama!' gorchmynnodd Dilys, yn syllu ar y trwyn caregog yn y pellter.

Sylwodd Nerys eu bod nhw'n agosáu at Cavo Greko. Trodd i'r ffordd fach gul oedd yn arwain i'r maes parcio.

Diffoddodd yr injan. 'Fysa'm yn well i ni fynd yn ôl am y fila? Does 'na'm byd i chi'n fama, Mam.'

Anwybyddodd Dilys y sylw, agorodd ddrws y car a'i gau yn glep ar ei hôl. Brasgamodd yn wyllt i gyfeiriad y trwyn. O ddynas o'i hoed, roedd hi'n symud yn rhyfeddol o chwim a châi Nerys joban i ddal i fyny efo hi.

'Mam, be goblyn dach chi'n neud?' gwaeddodd yn wyllt wrth weld ei mam yn sefyll ar ymyl y dibyn serth. Yna gwelodd hi'n tynnu'i modrwy briodas ac yn ei thaflu cyn belled ag y gallai i'r môr.

'Ddim fi oedd o isio mewn gwirionedd, naci, ond y *hi*!'

'Dowch o'ma, Mam, plis.'

'O'n i'n gwbod. O'n i'n iawn, do'n?' meddai Dilys wedyn, a golwg bell yn ei llygaid.

'Dowch, mi awn ni'n ôl i'r fila.'

'Ella'i fod o wedi methu deud wrtha i yr holl flynyddoedd 'na'n ôl, ond myn coblyn i mae o wedi llwyddo i ddeud wrtha i rŵan.' Disgynnai dagrau i lawr ei hwyneb.

'Ond efo chi buodd o'r holl flynyddoedd 'ma, Mam. Ifanc a gwirion oedd o pan ddaru o gwarfod yr Elena 'na. Rhyw gariad rhamantus a diniwad oedd o – holide romans, os liciwch chi. Ond mi oedd be oedd rhyngoch chi'ch dau yn wahanol, yn ddyfnach o lawar. Peidiwch â diystyru hynny. Ma'n amlwg bod Dad wedi anghofio'n fuan iawn am yr Elena 'ma ar ôl i chi'ch dau briodi a setlo i lawr, a chael Elen a finna.'

'Hy! Ti'n meddwl?' poerodd Dilys. 'Mi nath o hyd yn oed enwi'i ferch hyna ar ei hôl hi!'

Aeth ias oer i lawr asgwrn cefn Nerys. Doedd hi ddim wedi meddwl am hynna.

'Dowch, Mam. Tydi hyn yn helpu dim. Ac mi fydd pawb yn dechra poeni lle rydan ni.'

Weddill y siwrna'n ôl i'r fila dim ond edrych trwy'r ffenest ar y wlad yn gwibio heibio, yn union fel ei meddyliau hithau, wnaeth Dilys.

Pan ddaeth Trefor yn ei ôl adra o Cyprus roedd hi'n gwybod o'r eiliad cynta nad oedd petha 'run fath ag roeddan nhw cynt. Cysurai ei hun mai galaru ar ôl ei dad roedd o, ond ym mêr ei hesgyrn roedd hi'n gwbod nad dyna beth oedd.

Ar ôl y cynhebrwng soniodd wrth ei ffrind, Bet, sut roedd petha rhyngddyn nhw.

'Be ti'n ddisgwl?' meddai honno, 'a fynta wedi bod yn byw am flwyddyn a hannar efo rhyw ddynion mewn tent. Tipyn o gysur ma'r hogyn isio rŵan. Fydd o ddim 'run un yn fuan iawn, gei di weld.'

'Mae o'n fwy na hynny,' meddai Dilys. 'Dwi'm yn meddwl 'i fod o'n teimlo 'run fath tuag ata i ddim mwy. Mae o'n dawal, yn bell rwsud. A deud y gwir, ma gin i ofn ei fod o'n mynd i dorri'r engêjment.'

'Ma'r cradur bach wedi ca'l andros o sioc, cofia. Meddylia amdano fo'n dŵad 'nôl adra ar ôl bod i ffwrdd am flwyddyn a hannar, a ffendio bod ei dad o newydd farw'r bora hwnnw. A chofia di, dydi Mrs Morris ddim y ddynas hawsa i fyw efo hi, nachdi? Ma siŵr 'i bod hi'n swnian arno fo rownd y ril isio'i thendans. Heb sôn am y cyfrifoldab o redag busnas y garej – ma hynna i gyd ar ei sgwydda fo rŵan, cofia. Glywis i Nhad yn siarad efo Mam neithiwr ac yn deud bod Trefor yn ifanc iawn i fod yng ngofal busnas fel'na.'

'Mae o'n fwy o beth na'r busnas, na cholli'i dad,' meddai Dilys yn drist. 'Dydi o ddim fel tasa fo isio bod yn 'y nghwmni i bellach – mae o fel tasa fo'n f'osgoi i.'

'Twt lol! Paid â siarad yn wirion, Dil,' wfftiodd Bet. 'Ma Tref 'di mopio'i ben yn lân efo chdi.'

'Mi *oedd* o, falla, ond ddim bellach. Ddim ers iddo fo ddŵad yn ei ôl. Dwi'n ama'i fod o wedi cwarfod hogan arall yn Cyprus.'

'O, callia, nei di!' meddai Bet wedyn gan chwerthin.

'Dwi o ddifri, Bet.'

'Wel, os ti'n ama hynny, 'sna mond un peth amdani, nagoes?'

'Be?'

'Raid iti ddangos i Trefor gymint rw't ti'n 'i garu fo, bydd?'

'Be ti'n feddwl?'

'Tyd yn dy 'laen, Dilys bach. Fyswn i'n dal i ddisgwl i Elwyn ofyn i mi ei briodi fo taswn i heb wthio'r cwch i'r dŵr. Os tisio priodi Trefor, ma raid i ti'i gael o i sylweddoli mai chdi ydi'r hogan iddo fo. Ma 'na sawl ffordd o ga'l Wil i'w wely, wyddost ti.' A rhoddodd Bet bwyslais mawr ar y 'wely', a chodi'i haeliau'n awgrymog.

A dyna be wnaeth hi. Y nos Sadwrn ganlynol, gwahoddodd Trefor draw am swpar. Roedd ei mam a'i thad wedi mynd am bryd o fwyd i dŷ ffrindiau, ac roedd hi'n gwybod na fydden nhw'n eu holau tan berfeddion. Roedd hi wedi coginio'i ffefrynnau o – cig oen a treiffl – ac wedi prynu potelaid o win yn arbennig ar ei gyfer. Wnaeth o fawr mwy na gwthio'i datws, moron a phys o gwmpas ei blât yn ddiamcan, ond mi oedd o'n clecian y gwin. Mi yfodd gynnwys y botel i gyd cyn cyrraedd y treiffl.

Ar ôl gorffan y bwyd aeth Trefor i ista ar y setî. 'Tyd i ista i fama,' medda fo wrthi. 'Dwi isio deud rwbath wrthat ti . . .'

Gwyddai'n iawn beth oedd y 'rwbath' roedd o isio'i ddeud wrthi. Teimlai'n sâl, a bu bron iawn iddi gyfogi yn y fan a'r lle. Siaradai bymtheg y dwsin am unrhyw beth a ddôi i'w meddwl er mwyn ei rwystro rhag deud ei fod o isio torri'r dyweddïad.

Plygodd Trefor ymlaen a chrafu'i wddw. 'Dil, dwi wedi bod yn meddwl . . . falla dylian ni . . .'

Cyn iddo gael cyfle i ddeud mwy, aeth Dilys ar ei gliniau o'i flaen a'i gusanu. 'Sh . . .' meddai. 'Sh . . .' Yna agorodd fotymau'i blows yn ara a gosod ei law yn dyner ar ei bron. Bagiodd Trefor yn ei ôl yn wyllt, fel petai o wedi cael sioc drydan. Roedd golwg ddryslyd ar ei wyneb.

Cyn y noson honno dim ond cusanu'i gilydd roeddan nhw wedi'i neud.

'Gwranda, Dil, dwi'm yn meddwl dylian ni . . .' meddai'n floesg, gan syllu ar ei bronnau noeth. Gwelai Dilys ar ei wyneb ei fod o'n cael ei dynnu. Gafaelodd yn ei law a'i gosod ar ei bron unwaith eto, a sibrwd yn ei glust.

'Cara fi, Trefor. Cara fi.'

Tynnodd o tuag ati. Gwyddai'n iawn beth roedd hi'n ei neud. Doedd genod neis ddim yn gneud petha fel'na, ond roedd Dilys yn fodlon gneud unrhyw beth i ddal ei gafael ynddo fo. Roedd o ar ei wanna. Roedd y gwin wedi gneud ei waith – ond ddim gormod, chwaith. A'r noson honno, o flaen y tân yn stafell orau ei mam, dechreuodd Dilys ar y dasg o gipio Trefor yn ôl.

Hi fyddai piau fo unwaith eto . . .

Ymhen sbel, bu priodas fawr efo'r trimings i gyd. Roedd Dilys yn dal i gofio Bet, y forwyn briodas, yn rhoi winc anferth iddi ym mhortsh y capel cyn iddyn nhw fynd i mewn, ac yn deud dan wenu,

'Ddudis i, do? Ddudis i bysa fo'n gweithio.'

Trodd Nerys drwyn y car trwy fynedfa'r fila. Clywai'r ddwy sŵn chwerthin mawr yn dod o gyfeiriad y patio. Roeddan nhw'n methu coelio'u llygaid. Yn yr *hot tub* yn cael hwyl garw ac yn amlwg wedi'i dal hi roedd Phil a'i elyn penna, Elen.

'Ner! Mrs M! Dach chi'n ôl! Ma Els a fi'n joio yn y *jacuzzi*. Tyd i mewn aton ni, Ner – a chitha, Mrs M!' gwaeddodd Phil o'r twbyn swigod.

'Dwi am fynd i orwadd i lawr,' meddai Dilys yn ddistaw.

'Tyd 'laen, Nerys! Ma'n blwmin lyfli i mewn 'ma,' meddai Elen a'i thafod yn dew, ac yn neidio i fyny ac i lawr a'i bronnau noeth 36D yn siglo 'nôl a blaen fel rhyw ddwy hen gloch ysgol. 'A ma gin ti ŵr bach lyfli 'fyd,' meddai hi wedyn, gan blannu clamp o gusan ar foch ei brawd-yng-nghyfraith, nes bod hoel y lipstic coch arni. Chwarddai yntau'n braf.

'Be ma Mam yn neud yn fanna efo Yncl Phil? A pam ma hi'n dangos 'i bwbis?' holodd Alys Haf oedd newydd gyrraedd yn ei hôl o'r traeth efo'i thad a'i brawd.

'Cwestiwn da. Dyna fyswn inna'n lecio wbod,' meddai Nerys dan ei gwynt.

Llacio'r nicyr

Ar ôl i bawb adael y bore hwnnw, methai Elen yn lân â chanolbwyntio ar ei nofel. Petai rhywun wedi deud wrthi cyn iddi ddod i Cyprus y byddai ei phriodas ar ben cyn diwedd yr wsnos, mi fyddai wedi chwerthin yn eu hwynebau. Ond dyna oedd y realiti.

Sut yn y byd mawr roedd hi'n mynd i wynebu pawb adra? Wynebu eu ffrindiau nhw'u dau hefo'u gwenau llawn cydymdeimlad. Toedd hi ei hun wedi'i neud o hefo cyplau eraill, ac wedi diolch i Dduw na fydda hi byth bythoedd yn y sefyllfa honno? Hy! Mor hawdd ydi bod yn hunanfodlon heb sylweddoli be sy'n digwydd reit o dan drwyn rhywun, meddyliodd yn chwerw. Oedd rhai o'i ffrindiau hi a chyd-weithwyr Geraint yn gwbod am yr affêr? Oeddan nhw wedi celu'r gwir oddi wrthi er mwyn amddiffyn Geraint a'i hwran? Teimlo drosti, ac yn deud dim?

Ond mi gâi o dalu'n ddrud am ei brifo, o câi. Roedd hi'n bwriadu mynd i weld ei thwrna'n syth bìn ar ôl cyrraedd adra. Ac nid unrhyw dwrna ceiniog a dima chwaith, ond un oedd yn arbenigo mewn ysgariad. Hwyrach fod Geraint yn gyfrifydd ond doedd o ddim yn mynd i ga'l taflu llwch i'w llygaid hi ynglŷn â'u sefyllfa ariannol, o nagoedd. Doedd hi ddim yn mynd i fod ar ei cholled am weddill ei hoes; doedd hi ddim ar unrhyw gyfri'n mynd i ildio'i thŷ pum stafell wely, dau fathrwm, *wet room* a chegin *bespoke*.

Er mwyn dyn, roedd hi wedi bod yn barod i faddau iddo a rhoi'r affêr 'ma tu cefn iddyn nhw, ond unwaith y daeth i ddallt am y babi, gwyddai fod y briodas ar ben.

Caeodd ei llygaid a'r llyfr. Doedd dim pwynt trio'i ddarllen o a hithau ar yr un dudalen ers meitin. Roedd hi angen rhywbeth cryfach i'w yfed na sudd oren, ac aeth i mewn ac estyn potel o win gwyn o'r ffrij. Tolltodd wydriad mawr iddi'i hun. Edrychodd ar y cloc. Hanner awr wedi un. Mi ddylai Geraint a'r plant fod yn eu holau am ginio.

Y bastad. Mae o'n talu 'nôl i mi am be ddudis i bora 'ma – deud wrtho fo am neud yn fawr o'r ddau tra gallith o. Wel, dallta mêt, mi fedrith dau chwara'r gêm yna.

Llowciodd y gwin oer mewn un llwnc, a thollti gwydriad mawr arall. Gafaelodd yn y botel a mynd â hi allan efo hi ar y patio. Bu'n stiwio ar y *lounger* am sbel, yn teimlo'n hunandosturiol bob yn ail â damio Geraint a'i hwran. Aeth 'nôl i mewn i nôl potelaid arall o'r gwin Aphrodite; roedd ei effaith fel anesthetig yn marweiddio'i hemosiynau. A hithau heb fwyta dim ers amser brecwast, roedd o hefyd yn mynd yn syth i'w phen. Trodd y chwaraewr CDs ymlaen yn y lolfa a chlywed Adele yn bloeddio canu 'Someone Like You' dros y lle. Yn ôl ar y *sun lounger* triodd ganu deuawd efo'r gantores. Chlywodd hi mo'r car yn cyrraedd yn ei ôl na'r sŵn traed ar y patio.

'Parti preifat ta geith rhywun ymuno?'

'Haia, Phil! 'Snôl gwydr, mêt!' slyriodd.

'A be dwi i fod i yfad, awyr iach?' Chwifiodd Phil y botel wag o flaen ei llygaid.

'Be? Hon 'fyd? Wps! O diar. Dos i weld 'sna un arall.'

Tawelodd Phil Adele wrth ei phasio i fynd am y ffrij.

Roedd o wedi'i diclo'n lân gan stad ei chwaer-yng-
nghyfraith.

'Un *da* ti, boi,' gwenodd Elen wrth weld Phil yn dod
'nôl efo gwydr gwin iddo fo'i hun a photel lawn arall.

'Lle ma Ner a Mrs M?' holodd Phil.

''Wmbo. O ia, dwi'n gwbod 'fyd. Ryw bentra les ne'
'wbath.'

'Pentra les?'

'Mm. Lle ti 'di bod, ta?'

'Am dro i Fig Tree Bay. Ddudon nhw pryd bysan nhw
yn eu hola?'

'Pwy?'

'Ner a Mrs M.'

'Naddo.'

'Ers faint ti wedi bod yn potio'n fama?'

'Mm?'

'Ers faint ti wedi bod yn yfad?'

''Im digon buan, washi. 'Im digon buan,' a chymerodd
Elen swig hegar arall o'r gwin. 'Oeddat ti'n gwbod bod 'y
ngŵr i'n ca'l affêr? A bod y bitsh yn disgwl 'i fabi fo?'

Tagodd Phil ar ei win.

''Dan ni'n mynd i ga'l difôrs.'

'Blydi hel.'

'Bastad.'

Am y tro cynta ers blynyddoedd wyddai Phil ddim beth
i'w ddeud.

'Dwi'n gwbod ma 'di dŵad i wasgaru llwch Dad 'dan
ni, ond o'n i 'efyd yn edrach ymlaen at ga'l amsar efo'n
gilydd, sdi. Fi, Ger a'r plant. Ond rŵan 'dan ni'n mynd i
ga'l difôrs!' – a dechreuodd Elen floeddio crio dros y lle.

Edrychodd Phil o'i gwmpas yn anghyfforddus.

'Dwi'n sori, Elen. Uffar o beth.'

'Nagw't. Dw't ti ddim.' Edrychodd Elen yn flin arno

trwy'i dagrau. 'Ti'm yn sori mwy na 'di'r rybyr ring yn pwll 'na! Ti wrth dy fodd, dw't? Gweld Geraint a fi'n gwa. . . gwahanu!'

'Ew, nachdw siŵr. 'Di hynna'm yn wir o gwbwl!' protestiodd Phil. Er, mi oedd 'na ran bach ohono'n methu peidio â llawenhau nad oedd bywyd ei frawd- a'i chwaer-yng-nghyfraith, wedi'r cwbwl, yn fêl i gyd.

'Ond mots gin i, 'li. Stwffio fo! Stwffio'r blydi lot 'onach chi! Pasia'r botal 'na.'

'Ti'm yn meddwl bo chdi 'di ca'l digon, dwa'?'

'Dim hannar digon, dallta! A ti'n un del i ddeud 'tha i, y lysh uffar!' Mae rhai pobol yn mynd yn addfwyn a chysglyd yn eu diod. Yn anffodus, gogwyddo i'r pegwn arall roedd Elen.

'Fysa'm yn well i ti fynd am *lie down*?' triodd Phil wedyn.

'Na 'sa. Rŵan ta, pasia'r botal 'na.'

Synhwyrodd Phil mai doethach fyddai ufuddhau. Pasiodd y botel iddi a tholltodd hithau weddill y gwin i'w gwydr.

'Ti'n ddyn, 'yn dwyt?'

'E?'

'W't ti'n ddyn, 'yn dwyt?' ailslyriodd Elen.

'Wel . . . ydw, y tro dwytha 'nes i sbio.' Doedd Phil ddim yn sicir iawn i ba gyfeiriad roedd y sgwrs yn mynd.

'Pam bod y bastad 'di mynd efo'r bitsh? Blydi bitsh o ysgrif . . . sgrifenyddas! Goeli di hynna? Blydi *cliché*, 'de? Sglyfath yn rhy ddiog i fynd i chwilio'n bell.' Cymerodd swig arall. 'Hy! Chwiliodd o rioed yn bell, yli. O'n *i*'n gweithio i'r cwmni 'fyd. A fo newydd ga'l difôrs. Wraig gynta 'di'i ada'l o am ddyn arall – goeli di?!'

Aeth Phil i deimlo'n anghyfforddus. Y peth dwytha roedd o'n dymuno'i glywed oedd manylion priodasol cymhleth ei chwaer- a'i frawd-yng-nghyfraith. Gweddïai y byddai Ner neu rywun yn landio i'w achub cyn bo hir.

'Ym . . . yli, sgiwsia fi am funud, Elen.' Gluodd i mewn i nôl lagyr iddo'i hun. Estynnodd ei fobeil o'i boced a deialu rhif Nerys. Tyd 'laen Ner, *ateba* . . . Ond aeth trwadd bron yn syth i'r peiriant ateb.

Gadawodd neges.

'Ner, tyd 'nôl i'r fila ffor' gynta. Creisis! Ma Geraint ac Elen yn cael difôrs. Ma Ger yn cael affêr. A ma dy chwaer 'di meddwi'n gachu rwj.'

Aeth yn ei ôl allan ar y patio. Roedd y *sun lounger* yn wag a dim golwg o Elen. Shit! Rhedodd i ymyl y pwll. Er nad oedd 'na fawr o Gymraeg rhyngddo fo a hi, doedd o ddim isio i'r ast wirion foddi chwaith.

Diolch i Dduw, heblaw am y rybyr ring roedd y pwll yn wag.

'Iw-hŵ, Phil! Fama dwi!'

Trodd i gyfeiriad y llais.

'Blydi hel!' Bu ond y dim i'w lygaid neidio allan o'i ben. Dyna lle roedd Elen yn fronnoeth yn yr *hot tub*. Roedd hi'n berffaith blaen bod y ddynas wedi cael mwy na'i siâr o floneg y teulu. Clychau Aberdyfi, myn uffar i, meddai Phil dan ei wynt.

'Tyd i mewn. Ma'n blydi lyfli 'ma!' gwaeddodd Elen dros ymyl y gwydr gwin.

'Na, dwi'n iawn, diolch.'

'Ty' 'laen! Cachwr!'

Roedd cyhuddo Phil o fod yn gachwr fel cadach goch i darw. Heb lyncu'i boer hyd yn oed, lluchiodd ei fflip-fflops a stripio lawr i'w drôns. Camodd i mewn i'r bybls.

'Lyfli, dydi?' meddai Elen.

'Mm. Orgasmig.' Suddodd Phil i'r dŵr cynnes.

'Hy! Be 'di peth felly, dwa'? Heb ga'l 'run o'r rheina ers twˆ thowsand an' twˆ!'

'Wel, gwynt teg ar ôl Geraint felly, 'de?! Hen bryd i ti ga'l gafal ar ddyn sy'n gwbod be 'di be.'

'Phil, ti'n llygad dy le, 'li.'

Chwarddodd y ddau.

'Hei, ti'n gwbod be, Els?'

'Be?'

'Well o lawar gin i'r Elen yma na'r hen beth drwynsur arall 'na. Oedd lastig nicyr honno'n rhy dynn o beth uffar.'

'Be haru ti? Ma hwn reit llac o be wela i!' meddai Elen gan chwifio'i blwmar uwch ei phen.

'Asu, Els, paid!'

'Tyd, dy dro di rwˆan, Phil!' meddai, gan amneidio i gyfeiriad ei afl.

O gongl ei lygaid, gwelodd Phil Nerys a Dilys yn cerdded tuag atyn nhw.

Sobrodd yn syth.

''Nes i drio i dy ffonio di, Ner – ma 'na negas ar dy fobeil di.'

Roedd hi wedi cymryd bron i hanner awr i'r ddau, efo help Geraint, gael Elen allan o'r twb a mynd â hi i fyny'r grisiau i'w gwely. Yn ffodus, welodd Osian ac Alys mo'u mam yn y fath stad gan fod Geraint wedi hel y plant i'w llofft yn reit handi i chwarae efo'u Nintendos.

Yn anffodus, methwyd stopio Elen rhag rhoi andros o beltan i Geraint ar draws ei wyneb, a'i alw'n bob enw hyll o dan haul – un neu ddau nad oedd Phil, hyd yn oed, yn gyfarwydd â nhw.

'Gafal yn'a i, Phil. Plis gafal yn'a fi,' meddai Nerys trwy'i dagrau. Cofleidiodd y ddau a chydio'n dynn yn ei gilydd.

'Hei, be sy, pwt? Be sy matar?'

O dipyn i beth, adroddodd Nerys holl saga'r pnawn – ei mam, y taferna, ei thad, Elena, taflu'r fodrwy – popeth.

'Ma mhen i'n troi efo'r holl beth, Phil. Ac i feddwl bod gin i hannar chwaer arall.'

'Ti am ddeud wrth Elen, Ner?'

'Ma gynni hi ddigon ar ei phlât ar hyn o bryd, 'swn i'n deud.'

'Ti'n deud 'tha i! Geraint, o bawb, yn ca'l affêr – *ac* wedi rhoi cyw yn'i!'

'Elen druan. Be sy 'di digwydd i briodasa nheulu fi ers i ni ddod yma?'

'Dydi'r *soaps* ddim yn'i, Ner bach.'

Edrychodd i fyw llygaid ei gŵr. 'Ma'n priodas ni'n ocê, tydi Phil?'

'Asu, yndi siŵr. Pam ti hyd yn oed yn gofyn?'

'Wel, y ffrae wirion 'na gafon ni. Dwi'n rîli sori mod i wedi deud dy fod ti'n actor gwael – 'di hynna ddim yn wir. Jyst heb gael y cyfleoedd iawn w't ti, dyna i gyd.'

'Gwranda, Ner, dwi *yn* actor crap. Dwi 'di gwbod o'r dechra bo fi'n actor cachu. Odd jyst angan i rywun ddeud wrtha i'n blaen. Er, mi driodd rhai o'r darlithwyr yn y coleg 'fyd: "Have you ever thought of working behind the scenes, Philip – as a stage hand, perhaps?" ddudodd un. 'Nest ti uffar o ffafr â fi, deud gwir.'

'"Nes i?'

'Do. A dwi 'di penderfynu . . .' Ond cyn iddo gael deud mwy, plannodd Nerys andros o gusan ar ei wefusau.

'Digon o siarad,' sibrydodd Nerys yn ei glust. 'Ti ffansi chydig o "afternoon delight"?'

'W! Y! Misus! Dwi'm 'di ca'l cynnig fel'na gin ti erstalwm iawn, iawn!'

'Ma gynnon ni lot o waith dal i fyny, felly, does?'

Chwarddodd y ddau a gorwedd yn ôl ar y gwely.

Wrthi'n tynnu'i drôns roedd Phil, a Nerys hithau'n datod ei bra, pan glywyd cnoc ysgafn ar y drws.

'Pwy uffar sy 'na rŵan?' griddfanodd Phil.

Cododd Nerys ar ei heistedd. 'Un o'r plant, ma siŵr.'

'Paid â chymyd sylw ac mi ân' nhw o 'na.'

'Ti'n iawn,' meddai Nerys. 'Rŵan ta, lle roeddan ni?'

Datododd Phil y bra'n ddeheuig a thynnodd Nerys ei drôns yntau'r un mor ddeheuig. Lluchiodd Phil y ddau ddilledyn i ben draw'r stafell, a landiodd y bra'n dwt ar y lamp . . .

'Jyst gadal i chi wbod mod i'n mynd adra.'

Roedd drws y stafell wely wedi'i agor led y pen.

'Ffwcin hel!' gwaeddodd Phil, gan gythru at un o'r clustogau i drio cuddio'i Brins Albert a'i grown jiwyls.

Yno yn y drws, safai ei fam-yng-nghyfraith. Ei chês yn un llaw, a'r *holdall* blodeuog yn y llall.

O enau plant bychain

'Lle ma pawb?' holodd Elen y bore canlynol. Roedd golwg y diawl arni.

'Ma Geraint a'r trŵps wedi mynd i'r parc dŵr eto,' meddai Nerys, yn gneud bechdan sydyn i ginio iddi hi a Phil. 'Sut w't ti bora 'ma, Elen?'

'Wedi bod yn well. Lle ma Mam?'

'Dal yn ei gwely.'

''Radag yma o'r dydd? Ddim fatha hi. Ydi hi'n iawn?'

'Yndi tad. Yr wsnos yma 'di bod yn un hegar iddi, dyna i gyd.'

'Ddim jyst iddi hi,' meddai ei chwaer dan ei gwynt, wrth chwilio yn un o'r cypyrddau am barasetamols.

Roedd hi wedi cymryd dros awr i Nerys a Phil ddarbwyllo Dilys i aros lle roedd hi. Dau ddiwrnod llawn oedd ganddyn nhw ar ôl. Fyddai Dilys ddim ond yn gneud gwaith siarad i bobol tasa hi'n landio adra o flaen y gweddill ohonyn nhw.

'Hei, Els! Su' mai'n hongian? Ti ffansi sesh yn yr *hot tub* lêtyr on?' Wrth gamu i mewn i'r gegin ar ôl bod am drochiad yn y pwll, rhoddodd Phil andros o winc ar Elen.

Rhoddodd stumog Elen dro wrth iddi gael fflash-bac ohoni'i hun yn fronnoeth ac yn dinnoeth yn chwifio'i nicyr fel baner uwch ei phen.

'Sgiwsiwch fi,' meddai'n floesg, a 'nelu am y lle chwech agosa i chwydu'i pherfedd allan unwaith yn rhagor.

'Gymra i hynna fel "na" felly, ia?'

'O, gad lonydd iddi, Phil.'

'Ma isio tynnu coes mei lêdi. Ma'i nicyr hi'n rhy dynn o beth uffar. Er, mi oedd o'n llac iawn ddoe, 'fyd, doedd?'

'Dyro gora iddi, ti'n clwad?'

Doedd Nerys rioed wedi gweld Elen yn y ffasiwn stad. Er bod ei chwaer yn gallu bod yn rêl poen-yn-din yn amal iawn, ac angen ei thynnu i lawr began, roedd gwaed yn dewach na dŵr, wedi'r cwbwl.

'Sgin ti unrhyw blania pnawn 'ma, Phil?'

'Plania? Fi? Yr unig blan sgin i ydi diogi dan y gril allan 'na. Pam, be sgin ti mewn golwg?'

'Dwi am biciad 'nôl i'r taferna.'

'I be, dwa'?'

'I gael sgwrs ar ben 'yn hun efo Maria. Ma hi'n hannar chwaer i mi, cofia.'

''Sat ti'n lecio i mi ddod efo chdi?'

'Na, arhosa di'n fama efo dy iPod a dy fagasîn. Fydda i ddim yn hir.'

'Ocê, pwt.'

Cusanodd Phil Nerys yn ysgafn ar ei thalcen, a meddyliodd hithau pa mor lwcus oedd hi.

Edrychodd Dilys ar wyneb y cloc wrth erchwyn y gwely. Deng munud i hanner dydd! Roedd Nerys wedi dod â phaned o de iddi tua hanner awr wedi naw, ond mae'n rhaid ei bod hi wedi ailgysgu. Doedd hynny fawr o syndod chwaith a hithau wedi bod yn troi a throsi trwy'r nos, a holl ddigwyddiadau'r presennol a'r gorffennol yn troi yn un cawdel yn ei phen.

Neithiwr, tasa hi wedi cael ei ffordd mi fysa wedi neidio ar yr awyren gynta 'nôl am adra, ond roedd hi'n gweld erbyn hyn mai byrbwyll a ffôl fyddai iddi fod wedi gneud peth felly. Nerys a Phil oedd yn iawn. Mi fysa Bet, i ddechrau, wedi ei holi hi'n dwll . . .

Na, gwell oedd aros lle roedd hi – er ei bod yn cyfri'r oriau tan y câi hi fynd yn ei hôl adra i Caerau.

Un arall oedd yn cyfri'r oriau nes y câi fynd adra'n ôl oedd Elen. Roedd yr awyrgylch rhyngddi a Geraint yn annioddefol bellach. Gynta'n byd y câi ddechrau ar y broses o ddod â'u priodas i ben, gora'n byd. Prin y gallai edrych arno erbyn hyn. Mi geith symud allan yn syth, meddyliodd.

Un peth doedd hi *ddim* yn edrych ymlaen ato oedd deud wrth Osian ac Alys. Beth bynnag roedd hi'n feddwl o Geraint, roeddan nhw'u dau yn meddwl y byd o'u tad.

'Be sy matar ar Mam?' holodd Alys Haf wrth stwffio'r *hot dog* i'w cheg yn un o'r amryw gaffis oedd yn Waterworld.

'Ddim yn teimlo'n dda ma hi,' meddai Geraint wrth sychu'r sos coch oddi ar ei gwefus.

'Wedi ca'l cwrw budur ma hi,' meddai ei brawd. 'Dyna ddudodd Yncl Phil.'

'Paid â gwrando ar Yncl Phil, dydi o'n dallt dim!'

'Pam ti a Mam byth yn swsio a gafal yn 'ych gilydd fatha Yncl Phil ac Anti Nerys?' holodd Alys.

''Di pawb ddim 'run fath, sdi. Dowch, bytwch reit handi i ni ga'l mynd yn ôl ar y sleids.'

'Pam ti a Mam ddim yn cysgu efo'ch gilydd?'

'Be?!' Bu ond y dim i Geraint dagu ar ei Coke. 'Dowch yn 'ych blaena, 'dan ni'n gwastraffu amsar yn fama. Fydd 'na andros o giw ar y sleids 'na.'

Ond roedd Alys fel ci efo asgwrn. 'Odd 'y mol i'n brifo ganol nos noson 'blaen, a doeddat ti'm yn gwely, dim ond Mam.'

'Wedi codi i bi-pî o'n i.'

'Oeddat ti'm yno neithiwr chwaith – welis i chdi ar y soffa,' meddai Osian.

'Chwyrnu ydw i, a ma Mam yn methu cysgu.'

'Oeddat ti'm yn chwyrnu adra,' ychwanegodd y cyw-dditectif.

'Ydach chi 'di gorffan byta ta be?' Doedd Geraint ddim yn lecio cyfeiriad y sgwrs yma o gwbwl.

'Pam 'di Mam ddim yn gneud petha efo ni wsnos yma? 'Di hi ddim yn lecio bod efo ni ddim mwy?'

Gwyddai Geraint na allai gelu pethau oddi wrth ei blant ddim rhagor. Doedd y ddau ddim yn wirion o bell ffordd. Symudodd weddillion eu cinio i ben pella'r bwrdd fel tasa fo'n clirio'r ffordd i gychwyn ar yr hyn roedd ganddo i'w ddeud.

'Ma'ch mam wrth ei bodd yn bod efo chi'ch dau, ac yn 'ych caru chi'n ofnadwy. Yn fwy na dim arall yn y byd. Fel dw inna'n 'ych caru chi. Ond weithia . . . weithia ma 'na betha'n digwydd, a wedyn dydi mamau a tadau ddim yn gallu byw efo'i gilydd, a . . .'

'Dach chi'n mynd i ga'l difôrs?' holodd Osian.

Nodiodd Geraint ei ben.

'Fatha mam a tad Sasha? Ond fyddi di'm yn byw efo ni wedyn!' Roedd wyneb Alys Haf yn llawn penbleth.

'Lle ei di i fyw?' holodd ei brawd.

'Dwi'm yn gwbod eto.'

Nid mewn caffi swnllyd mewn parc dŵr roedd Geraint wedi bwriadu deud hyn wrth ei blant.

'Fyddan ni'n gorfod symud tŷ? Odd raid i Aled symud tŷ pan gafodd ei fam a'i dad o ddifôrs,' meddai Osian eto.

'Dwi'm yn meddwl.'

'Dwi'm isio i chdi a Mam ga'l difôrs!' Dechreuodd Alys feichio crio dros y lle, a chymerodd Geraint hi ar ei lin a gafael yn dynn ynddi. Gafaelodd hithau yn ei thad fel feis, fel petai hi byth yn mynd i'w ollwng o. Ogleuodd Geraint yr ogla shampŵ cyfarwydd yn ei gwallt, a chladdu'i wyneb yn y cyrls aur. Ymhen sbel cododd ei ben a dal llygaid ei fab oedd yn syllu'n galed arno, a'r dirmyg i'w weld yn glir ar ei wyneb.

Y funud honno roedd Geraint yn difaru'r cwbwl – cysgu efo Anna, bradychu Elen, pob dim. Be uffar oedd o 'di'i neud? Sut yn y byd roedd petha wedi cyrradd i fama?

Ond roedd hi'n rhy hwyr bellach. Lot rhy hwyr.

Sychodd y deigryn oedd yn mynnu rhedeg i lawr ei foch.

'I did not think I would see you again, Nerys.'

Tywalltodd Maria goffi i ddwy gwpan. Roedd hi wedi tawelu yn y taferna erbyn hyn ar ôl prysurdeb amser cinio.

'I wanted to come back to apologise for the way we left yesterday.'

'How is your mother?'

'Very shocked and upset.'

'Yes, of course.'

'I can't believe it myself. To think that my father kept it all a secret. He never mentioned a word to anybody.'

'Maybe that is how he coped.'

'What I can't understand is why he didn't keep his promise to her. He always kept his word. What stopped him from coming back here? That's what I don't understand.'

'Something must have happened.'

'The only thing I can think of is that he must have realised that my mother was his true love after all, and what happened between him and your mother was merely a holiday romance.'

'Maybe . . .'

'I wonder if things would have been different if he knew that your mother was pregnant?'

'We shall never know, Nerys.'

'To think I never knew about you – and to think I have *two* sisters! There is a resemblance between you and my sister Elen.'

'Resemblance? What do you mean?'

'You look quite similar. The same.'

Chyfeiriodd yr un o'r ddwy at y tebygrwydd rhwng enw chwaer Nerys ac un mam Maria, er bod y ddwy yn llwyr ymwybodol o'r ffaith.

Oedd ei mam yn iawn, tybed? meddyliodd Nerys. Oedd Trefor wedi enwi'i ferch hyna ar ôl ei gariad 'nôl yn Cyprus?

'I would like us to keep in touch, Maria, if that's OK with you.'

'That would make me very happy. I have no family.'

'You do now, Maria' – a gosododd Nerys ei llaw ar law ei chwaer. Gwenodd y ddwy.

Tyrchodd Nerys yn ei bag am feiro a darn o bapur. 'This is my address in Wales,' meddai, ac ysgrifennu'i chyfeiriad ar y papur.

'*Efcharistó.* Thank you. And here is the taverna's address for you' – a rhoddodd gerdyn y taferna i Nerys. 'But I do not know how long I will be here. The taverna is for sale.'

'Oh, why?'

'The place is too big, too much for me on my own. I am getting older, and very tired.'

'Where are you moving to?'

'I buy a house in Limassol. I have many friends in Limassol.'

'Well, wherever you move to, it's important that we stay in touch. I think my father would have liked that.'

'It is very sad that I never met him,' meddai Maria, a golwg hiraethus yn ei llygaid. 'I knew he was a very special man. My mother loved him so much.'

'Yes, he was special,' meddai Nerys yn dawel.

Doedd hi ddim am chwalu'r ddelwedd berffaith oedd gan Maria o'i thad. Doedd dim angen iddi wybod ei fod o'n byw ac yn bod yn y garej pan oedd Nerys yn blentyn, ac mai prin y byddai o yn y tŷ ar benwsnosau hyd yn oed. A hyd yn oed pan oedd o adra roedd o'n bell, rywsut, fel petai o ddim yno efo nhw go iawn. Gallai gyfri ar un llaw sawl cusan 'nos da' gafodd hi ganddo. Os oedd ganddo fo ffefryn, Elen oedd honno – roedd Nerys yn gwybod hynny'n iawn. Nid bod hynny wedi cael unrhyw effaith andwyol arni hi o gwbwl gan fod ei mam wedi gneud yn iawn am hynny. Merch ei thad oedd Elen a merch ei mam oedd Nerys, ac felly roedd pethau wedi bod yn Caerau erioed. Tybed ai oherwydd Elena roedd ei thad fel roedd o? Oedd o wedi colli'i wir gariad, ac o'r herwydd wedi boddi'i hun ym musnes y garej? Ai yma yn Cyprus roedd ei galon wastad wedi bod?

Cha' i byth wybod, meddyliodd.

'I have this,' meddai Maria, gan estyn llun oedd wedi hen grebachu a melynu. 'This is a picture of Trefor and Elena.'

Roedd llaw Nerys yn crynu wrth iddi gydio yn y llun.

'They look so happy,' meddai, a dal i syllu am rai eiliadau ar y llun. 'I'd better go,' meddai ymhen sbel. 'I've taken too much of your time as it is.'

'It is no problem. I am very happy you came here today. I am very happy we have met.'

'Me too, Maria. Me too.'

Cofleidiodd y ddwy a gwasgu'i gilydd yn dynn.

Ynys Môn, Awst 1974

Roedd hi'n ddiwedd pnawn a Trefor yn dal i weithio yn ei swyddfa yn y garej. Edrychodd ar ei wats – chwarter wedi chwech. Fe ddylai hwylio am adra ond doedd ganddo ddim math o awydd. Syllodd eto ar y pennawd yn y papur newydd a'i galon fel y plwm. Ers iddo glywed am yr helynt yn Cyprus roedd yn awchu am unrhyw wybodaeth bellach, ac yn gwrando, darllen a gwylio'r newyddion bob cyfle a gâi.

Ers tair wythnos bellach roedd pethau wedi bod yn flêr iawn yno. Ar yr ugeinfed o Orffennaf roedd Twrci wedi ymosod ar y wlad. Yna, ddeuddydd yn ôl, roeddan nhw wedi ymosod eto a chynnal cyrch. Roedd hwnnw wedi ymledu o ogledd yr ynys i lawr cyn belled â phentre Lououjina, heb fod yn bell o dre Larnaca, a bron wedi hollti congl ddwyreiniol yr ynys oddi wrth y gweddill.

Roedd dros draean o'r ynys dan reolaeth Twrci erbyn hyn. O ganlyniad i'r cyrch roedd llawer o'r trigolion o dras Groegaidd bellach yn ffoaduriaid. Amcangyfrifid bod yn agos i ddau gan mil ohonyn nhw – llawer iawn wedi'u gorfodi o'u cartrefi gan fyddin Twrci. Roedd Kyrenia a'i harbwr yn nwylo'r Twrciaid, hefyd dre Morphu, Famagusta (yn cynnwys ardal Varosha) a rhan ogleddol Nicosia.

Roedd Dilys yn methu'n lân â deall beth oedd diddordeb Trefor – neu'n hytrach ei obsesiwn – efo'r holl helynt.

'Pam ti'n gwrando ac yn edrach ar y newyddion rownd y

ril? Be 'di'r consýrn mawr 'ma sgen ti am rwbath sy'n digwydd gannoedd o filltiroedd i ffwrdd? Dwi'n gwbod bo chdi wedi bod yn y lle, ond ma hyn yn . . .'

'Mond diddordab,' fyddai ei ateb swta bob nos. Ond roedd o'n llawer iawn mwy na 'diddordab'. Roedd Trefor yn poeni. Yn poeni'i enaid am Elena, yn methu cysgu'r nos yn poeni amdani. Oedd hi'n ffoadur yn ei gwlad ei hun? Oedd hi'n dal yn fyw? Er bod ugain mlynedd, bron, wedi mynd heibio ers iddo'i gweld, roedd hi'n dal yn ei feddyliau, yn ei galon.

Ei fai o oedd o. Byddai'n deud wrtho'i hun yn aml: 'Tasat ti heb fod mor wan, mi fysat wedi cyfadda'n syth i Dilys dy fod ti wedi syrthio mewn cariad efo hogan arall.' Weithiau byddai llais bach arall yn ei ben yn deud: 'Ond tasat ti heb ildio i demtasiwn yn y lle cynta . . .'

Petai, petasa.

Fel y bysa Simpkins wedi deud, 'You've made your bed, old mate, and now you've got to lie in it.'

Sawl gwaith y bu ond y dim iddo godi'i bac a chefnu ar bob dim – Dilys, y garej, ei fam – a'i heglu hi 'nôl am Cyprus? Mae'n debyg y bysa fo wedi gneud hynny hefyd oni bai am yr helynt a gododd rhwng Prydain a Cyprus ychydig ar ôl iddo adael.

Roedd o wedi sgwennu sawl llythyr at Elena i geisio esbonio sut roedd petha, ond wedi methu gyrru yr un ohonyn nhw. Cachgi oedd o, cachgi o'r radd flaena. Dim ond gobeithio'i bod hi'n hapus – hwyrach ei bod hi wedi cyfarfod â rhywun arall ac wedi anghofio amdano fo? Roedd o'n amau hynny, rywsut.

Ond at Dilys roedd o'n dod adra o'i waith bob nos – hwyr neu beidio. Dilys oedd yn cysgu yn ei wely, efo Dilys roedd o'n caru ar yr adegau prin hynny pan fydden nhw'n caru.

Ond pan gaeai ei lygaid, byddai'n aml yn dychmygu mai Elena oedd yn gorwedd oddi tano; roedd o 'nôl ar y traeth ger Cavo Greko a'r ddau'n cusanu'n wyllt ac yn llawn angerdd yng ngwres yr haul, ac yntau'n teimlo bronnau siapus Elena yn pwyso'n galed yn erbyn ei frest . . . Byddai'n cael tro yn ei fol pan agorai ei lygaid a rhowlio oddi ar gorff Dilys.

Roedd y sbarc a'r asbri wedi mynd o'u perthynas, er y gwnâi ei orau i gelu hynny. Yr unig beth oedd yn ei gynnal oedd y garej. Taflodd ei holl egni i'r busnes, ac ymhen dwy flynedd roedd wedi agor garej arall yr ochr arall i'r ynys ac wedi ehangu'r busnes i werthu tractors ac offer amaethyddol.

Ond newidiodd hynny i gyd pan anwyd Elen.

Ar ôl tua saith mlynedd roedd o a Dilys wedi dod i gredu mai anffrwythlon fyddai eu priodas, felly roedd dallt bod Dilys yn feichiog yn achos llawenydd mawr i'r ddau. Ac o'r funud y daeth ei ferch fach i'r byd, newidiodd rhywbeth yn Trefor. Syrthiodd mewn cariad dros ei ben a'i glustiau unwaith eto. O'r eiliad y gwelodd o hi, gwyddai y byddai'n rhaid iddo neud ei orau dros hon. Hi oedd ei ddyfodol. Gwyddai wedyn nad oedd ganddo ddewis ond gneud y gorau o'r sefyllfa.

A dyna wnaeth o. Tyfodd y busnes yn un hynod lewyrchus. Fyddai'i dad ddim wedi'i nabod! Adeiladodd glamp o dŷ newydd ar gwr y pentra. Ac roedd yn rhaid iddo gyfaddef, roedd Dilys yn wraig dda ac yn trio'i gorau i'w blesio.

Ymhen sbel fe gawson nhw ferch fach arall. Gwnaeth ei orau i guddio'i siom a fynta wedi rhoi ei fryd ar gael mab i etifeddu'r busnes. Ond gan fod Dilys wedi bod yn wael iawn ar ôl yr enedigaeth, rhaid oedd bodloni. Teimlai'n euog am deimlo fel hyn; teimlai'n euog hefyd na allai garu Dilys fel y dylai gŵr garu'i wraig. Mewn ymdrech i unioni'r cam, ceisiodd roi popeth o fewn ei allu iddi – tŷ crand efo'i holl drimins, a lwfans hael. Popeth ond ei galon. Ond fuo 'na rioed air croes rhyngddyn nhw. Cyfrai ei fendithion yn aml hefyd, yn enwedig fel yr âi'r blynyddoedd heibio. Toedd ganddo fo fusnas llewyrchus, cartra cysurus a bywyd cyfforddus?

Ond eto, ar noson braf o haf a'r awel yn dal yn gynnes, byddai'n dychmygu ei fod yn ei ôl unwaith eto yn Cavo Greko. Ac mi fyddai'n cofio.

Cofio'r ferch lygatddu â'r gwallt tywyll, tonnog.

Cofio'r ddau yn sefyll law yn llaw ar y trwyn uwchlaw'r môr.

Cofio'i addewid.

Uffar o fistêc

Weddill y pnawn yn y parc dŵr, roedd y sgwrs a gawsai Geraint efo Osian ac Alys Haf, ac ymateb y ddau, yn pwyso'n drwm ar ei feddwl. Sut gallai o feddwl am chwalu bywydau'r ddau fach? Mi wyddai y byddai'r gwahanu'n cael effaith fawr arnyn nhw, ac na fyddai'r berthynas rhyngddyn nhw a fo byth yr un fath.

Yn y bôn, ai efo Osian ac Alys Haf roedd o isio bod, ta efo Anna? Y funud honno, a fynta'n sblasio a chael hwyl garw yn y pwll tonnau efo'i blant, roedd y dewis yn un anodd iawn. Po fwya roedd o'n meddwl am y peth, mwya cymysglyd roedd o'n mynd.

Pryd ddaru'r chwarae droi'n chwerw efo Elen, a phryd trodd yr angerdd yn apathi a chariad yn gasineb?

Ac mi *oedd* o'n ei charu unwaith.

Meddyliodd am y noson honno yn y clwb nos. Newydd symud yn ei ôl i'r gogledd i ddechrau bywyd a swydd newydd yr oedd o. Roedd wedi cael ei neud yn bartner yng nghwmni cyfrifo Gallagher, Jones & Davies, a'i enw fo oedd yn dynodi'r 'Davies'. Roedd o hefyd newydd gael ysgariad.

Daethai ei briodas â Louise i ben ar ôl iddo ddod adra o'i waith un nos Wener a gweld nodyn yn llawysgrifen orau ei wraig ar fwrdd y gegin yn deud ei bod hi'n ei adael, ac yn mynd i fyw i Fryste efo Paul, ei hyfforddwr personal. Roedd hwnnw, erbyn dallt, wedi bod yn rhoi sesiynau hynod bersonol iddi ers misoedd.

Roedd Elen yn gweithio yn Gallagher & Jones cyn i Geraint gael ei neud yn bartner yn y cwmni. Un nos Wener, ychydig wythnosau ar ôl i Geraint gyrraedd yno, aethai criw ohonyn nhw allan am ddiod, ac Elen yn eu mysg. Yn ddistaw bach, roedd o eisoes wedi bod yn edmygu'r ferch dalsyth â'r gwallt cringoch, tonnog a'r wên enigmatig, a rhyw hunanhyder tawel yn perthyn iddi. Daliodd y ddau lygad ei gilydd a daeth hi draw ato.

'Sut w't ti'n setlo efo ni, Geraint?'

'Grêt, diolch.'

'Ma Emyr a Siân, a Hywel a finna'n meddwl mynd ymlaen o fama i glwb nos – ti ffansi?'

'Dwn 'im, dwi'm isio bod yn gwsberan.'

'O, paid â phoeni, fyddi di ddim,' chwarddodd Elen gan syllu i fyw ei lygaid. 'Ma Hywel yn cwarfod Seimon, ei gariad, yno.'

'Wel, os 'na felly ma'i dallt hi, pam lai?!'

Coblyn o noson dda oedd hi hefyd. Cofiai'r ddawns ola efo Elen, y ddau'n cydsymud yn ara a fynta'n gafael ynddi'n dynn, ac yn teimlo'i gwallt yn cosi'i foch. Hithau'n troi ei phen ac yn edrych i fyny arno a gwenu. Y ddau'n cusanu a ddim yn stopio cusanu – yn cusanu yn y tacsi yr holl ffordd yn ôl i'w dŷ. Roedd Elen, fel fynta, yn mwynhau rhyw, ac ar ôl y noson honno byddai'r ddau'n treulio pob cyfle gaen nhw'n dod i nabod a mwynhau cyrff ei gilydd.

Ymhen sbel daeth hi'n amser mynd i Gaerau i gyfarfod â'i rhieni. Roedd Dilys Morris yn ddynas hyfryd ac mor groesawgar, yn wahanol iawn i Trefor ei gŵr. Teimlai Geraint ei fod ar brawf, fel petai raid iddo ddangos ei fod yn ddigon da i'w ferch o. Ond roedd Elen wedi penderfynu, sêl bendith ei thad neu beidio, mai Geraint oedd yr un iddi hi, doed a ddelo. A ph'run bynnag, dim ots beth fyddai Elen yn ei ddeisyfu, byddai ei thad wastad yn rhoi i mewn i'w dywysoges fach.

Gwenodd Geraint wrth iddo ddwyn i gof y boreau Sadwrn a Sul diog hynny ar ôl iddyn nhw briodi pan fydden nhw'n treulio'r bore cyfan, a hyd yn oed ambell bnawn, yn y gwely. Hyd yn oed ar ôl geni Osian roedd caru'n dal yn bwysig yn eu perthynas.

Ar ôl geni Alys Haf y newidiodd pethau. Roedd Elen wedi cael beichiogrwydd anodd. Bu'n sâl am y naw mis cyfan a bu'n rhaid iddi gael triniaeth *Caesarean*. Roedd hi wedi gobeithio bwydo Alys Haf ei hun fel y gwnaethai am ddeng mis efo Osian, ond roedd Alys yn fabi gwantan a ddim yn bwydo'n dda, a chynghorwyd Elen i'w rhoi hi ar y botel. Doedd Alys ddim yn cysgu fawr ddim, chwaith, diolch i'r colic diddiwedd oedd yn ei phoeni. Collodd Elen ddiddordeb ynddo fo, Geraint. Gobeithiai mai rhywbeth dros dro oedd hynny, ond fel yr âi'r wythnosau, y misoedd ac yna'r blynyddoedd heibio, gwyddai fod yr Elen y syrthiodd o mewn cariad â hi yn y clwb nos wedi llithro o'i afael.

Biti na fysa Elen a fynta wedi mynd i siarad efo rhywun yr adeg honno, yn lle gadael i bethau fynd mor bell. Mi ddylia fo hefyd fod wedi gneud mwy o ymdrech i ddod o hyd i'r hen Elen. Roedd hi'n rhy hwyr bellach. Ond *oedd* hi? Beth petai'r ddau'n rhoi un cynnig arall arni? Ocê, fyddai pethau ddim yn hawdd o bell ffordd, yn enwedig rŵan bod Anna a'r babi'n gymhlethdod ychwanegol. Ond roedd o'n fodlon trio – na, mi oedd o'n fodlon gneud *mwy* na thrio.

Teimlai fel petai pwysau mawr wedi codi oddi ar ei ysgwyddau. Gwyddai ei fod wedi gneud y penderfyniad iawn. Yr eiliad y byddai'n cyrraedd adra, roedd o'n bwriadu mynd i weld Anna a dod â'u perthynas i ben. Deud wrthi ei fod o eisiau rhoi cyfle arall i'w briodas. Wnâi o ddim osgoi ei gyfrifoldebau tuag at y babi, wrth gwrs – ond Elen, Osian ac Alys Haf fyddai'n dod gynta o hyn ymlaen.

*   *   *

'Sbia ar hwn yn cysgu'n fama! Llosgi neith o.'

'Gadwch iddo fo.'

Safai Dilys ac Elen uwchben *sun lounger* Phil, oedd yn rhochian cysgu, ei geg ar agor a'i iPod yn diasbedain yn ei glustiau.

'Well i ni symud yr ymbarél 'na i gysgodi rhywfaint arno fo, dwa'?'

'Fyddwch chi isio i ni rwbio eli haul arno fo nesa, Mam! Mae o'n ddigon hen a gwirion i edrach ar ôl ei hun.'

Plonciodd Elen ei hun ar *lounger* arall ryw ddwylath oddi wrth Phil.

'W't ti 'di sobri bellach, Elen?' holodd ei mam.

'Ma' gin bawb hawl i ga'l mymryn o hwyl weithia.'

'Ma 'na hwyl a ma 'na fynd dros ben llestri, mechan i.'

'Gadwch lonydd, ia Mam?'

'Dim ond deud ydw i.'

'Wel, peidiwch.'

Gafaelodd y ddwy mewn potel eli haul a dechrau plastro'u cyrff, ac yna gorweddodd y ddwy ar y gwlâu a gosod sbectol haul yr un ar eu trwynau.

'Wn i ddim be odd y plant bach 'na'n feddwl, yn gweld eu mam yn feddw ac yn fronnoeth.'

Caeodd Elen ei llygaid a chyfri i ddeg.

'Dynas yn 'i hoed a'i hamsar.'

Cyfrodd Elen i ugain.

'Ac yn codi cwilydd ar Geraint fel'na.'

'A ma siŵr na dach *chi* erioed wedi meddwi, a gneud rwbath dach chi'n 'i ddifaru?'

'Bobol mawr, naddo.'

'Wel, ella buoch chi'n lwcus i beidio ca'l *rheswm* i fod yn y stad yna, ta.'

'A pha reswm sy gin ti, felly, i feddwi'n bicls nes teimlo rhyw reidrwydd mawr i neidio'n fronnoeth i dwb a chwifio dy flwmar i'r byd a'r betws?'

'Ma Geraint yn 'y ngadal i. Mae o isio ysgariad.'

'Be?! Paid â rwdlian!' Cododd Dilys ar ei heistedd a rhoi ei sbectol haul ar ei thalcen – fel tasa hynny'n ei helpu i weld y sefyllfa'n gliriach. 'Ti'n tynnu nghoes i, Elen.'

'Dach chi'n meddwl byswn i'n tynnu'ch coes chi am rwbath fel'na?'

'O'n i wedi ama bod 'na ryw ddrwg yn y caws, ond 'nes i rioed feddwl bod petha mor ddrwg â hynna.'

'Wel *ma* nhw.' Dechreuodd Elen feichio crio. 'Be dwi'n mynd i *neud*, Mam?'

'O, tyd yma, ngenath i . . . 'na chdi.' Hon oedd yr ail waith mewn llai nag wsnos i Dilys afael yn ei merch i'w chysuro.

'Mae o'n ca'l affêr efo'i ysgrifenyddas, a ma hi'n disgwl.'

'O, Elen bach.' Methai Dilys â chredu mai am Geraint, o bawb, roedd Elen yn sôn.

'Odd Dad yn iawn, doedd?' meddai Elen wedyn trwy'i dagrau.

'Be ti'n feddwl?'

'Doedd o'm yn meddwl bod Geraint yn ddigon da i mi, nagoedd? Dwi'n 'i gofio fo'n deud, "Mae o wedi ca'l un ysgariad yn barod – sut medri di fod mor siŵr na cheith o un arall?" Dyna ddudodd o, 'te Mam?'

Ochneidiodd Dilys. 'Fysa neb wedi bod yn ddigon da i

ti gen dy dad, Elen bach. Chwara teg i Geraint am drio cystadlu efo fo yr holl flynyddoedd 'ma.'

'Be dach chi'n feddwl?'

'Dim, Elen. Dim.'

Ond roedd Elen yn gwybod yn iawn at be roedd ei mam yn cyfeirio. Beth bynnag fyddai Geraint yn ei neud, am ryw reswm roedd yn rhaid i'w thad fynd un cam yn well na fo bob tro. Adeg geni Osian roedd Geraint wedi dod â thusw bach o diwlips digon llipa yr olwg iddi hi, a thedi bêr bach selog i'w gyntafanedig. Yna cyrhaeddodd ei thad yn dwrw i gyd ag anferth o *bouquet* o flodau nes llenwi'r stafell fach, a thedi bêr bum gwaith maint un Geraint. A'r tro hwnnw pan oedd hi'n dathlu'i phen-blwydd yn dri deg, a Geraint wedi trefnu pryd syrpréis iddi mewn gwesty crand yn y dre. Bu raid i'w thad gael mynd gam ymhellach na hynny, wrth gwrs – yr anrheg ben-blwydd gafodd hi gan ei rhieni oedd tair noson iddi hi a Geraint yn Barcelona. 'Gwbod dy fod ti wastad wedi bod isio mynd yn ôl i fanna,' medda fo wrth roi'r amlen yn ei llaw a'i chusanu. 'Cofia fi at Las Ramblas a Parc Guell.' Roeddan nhw wedi bod ar wyliau fel teulu yn Barcelona pan oedd Elen yn ei harddegau, a hithau wedi dotio efo'r lle. Roedd ei thad yn ei nabod yn well na neb. Yn well na'i gŵr, hyd yn oed.

'Ydi'r plant bach yn gwbod?' holodd Dilys gan dorri ar ei meddyliau.

'Na, ddim eto. Ddim nes byddwn ni adra. Doedd 'na neb i fod i wbod. O'n i ddim isio difetha'r wsnos 'ma i bawb arall.'

'O nghariad bach i, ti wedi cadw hyn i gyd i chdi dy hun ers dyddia?'

'Lle ma'ch modrwy briodas chi, Mam?'

'Be . . .?'

"Ych modrwy briodas chi. Dach chi'm yn 'i gwisgo hi.'

'O, ym . . . dynnis i hi i ffwr' yn y gwres 'ma.'

'Pam? Dach chi byth yn ei thynnu hi. Byth.'

'Dwi 'di'i cholli hi.' Rhoddodd Dilys ei sbectol haul yn ôl ar ei thrwyn i drio cuddio'r dagrau yn ei llygaid.

'Ei cholli hi? Sut? Yn lle? Pam na tydach wedi sôn dim byd?'

'Gad lonydd i betha, ia Elen?' Roedd yna ryw ysictod yn llais ei mam.

'Ond dwi'm yn dallt . . .'

'Does 'na ddim byd i'w ddallt, Elen. Gad o.'

'Mam? Be sy?'

'Dim byd, mechan i. Does 'na'm byd . . .' Brwydrai Dilys yn erbyn y dagrau ond mi aethon yn drech na hi.

Tro Elen oedd hi rŵan i afael yn ei mam i'w chysuro.

'O Mam, plis be sy? Dudwch wrtha i!'

A thrwy'i dagrau, adroddodd Dilys yr hanes i gyd.

'. . . ac mi gafodd yr hogan fabi, Elen. Ti'n cofio'r ddynas 'na oedd yn y taferna? Wel . . . dy hannar chwaer di ydi honno.'

'Be?! Na! Dach chi'n deud clwydda. Na!'

'Ma Mam yn deud y gwir, Elen.'

Roedd Nerys wedi dod yn ei hôl heb i'r ddwy arall sylwi. Edrychodd Elen arni fel tasa hi'n rhywun hollol ddiarth. 'Fysa Dad *byth* wedi celu rwbath fel'na rhagddon ni. Fyswn *i'*n gw'bod! Mi fysa fo wedi deud wrtha i!'

'Gwranda, Elen, dyna lle dwi 'di bod rŵan – yn ca'l sgwrs efo Maria, 'yn hannar chwaer ni. A ma hi'n debyg iawn, iawn i ti.'

'Est ti'm yn ôl i'r taferna? I *be*, Nerys?' meddai Dilys yn flin.

Gwylltiodd Elen. 'Dach chi 'di gneud camgymeriad!'

'Be uffar 'di'r gweiddi mawr 'ma, ledis?'

Roedd y cynnwrf wedi deffro Phil o'i drwmgwsg. Tynnodd y plygiau o'i glustiau a chodi ar ei eistedd. Sylwodd ar y tair yn syllu'n gegrwth arno.

'Be sy? Pam dach chi'n sbio arna i fel'na?'

'Ti 'di llosgi, Phil! Dos i chwilio am grîm gynta medri di,' meddai Nerys.

Aeth Phil i'r stafell molchi. Syllodd yn y drych. Roedd ei frest cyn goched â brest robin goch, a'r ddau gylch mawr gwyn o gwmpas ei lygaid yn gneud iddo edrach fel gwdihŵ.

Clywodd y tair y waedd o'r stafell molchi.

'Ma hon wedi bod yn wsnos a hannar,' meddai Nerys wrth ei chwaer ar ôl i'w mam fynd i mewn i nôl diod oer iddyn nhw'u tair, ac i sychu'i hwyneb ar ôl yr holl grio.

'Ti'n deud wrtha i,' meddai Elen gan chwythu'i thrwyn a sychu'i dagrau hithau.

Roedd clywed am orffennol ei thad wedi'i thaflu. Roedd hi wastad wedi'i addoli, ac roedd sylweddoli'r gwir reswm dros ei ddymuniad ola wedi bod yn sioc iddi. Roedd hi'n siomedig hefyd nad oedd o wedi medru ymddiried ei gyfrinach iddi hi, a nhwytha mor agos. Roedd y ddau ddyn roedd hi wedi'u caru fwya rioed wedi'i siomi.

'Meddylia fod Dad wedi bod yn cario cannwyll i'r Elena 'na am yr holl flynyddoedd,' meddai Nerys yn dawel.

'Fedra i'm dallt . . . oedd o'n addoli Mam, doedd? Oedd hi'n ca'l bob dim gynno fo. Fedra i jyst ddim coelio. O'n i'n *nabod* Dad.'

'Dwi'm yn meddwl bod yr un ohonan ni'n 'i nabod o, Elen. Ddim go iawn.'

'Wel, dwi'n dal ddim yn coelio . . .'

'Coelio be rŵan?' Gosododd Dilys y trê i lawr ar y bwrdd bach.

'Deud odd Elen na 'di'm yn coelio bod Phil wedi gorweddian yn yr haul heb ddim math o eli haul.'

'Chdi ddudodd dylian ni ada'l llonydd iddo fo, Elen – ei fod o'n ddigon hen a gwirion i edrach ar ôl 'i hun.'

'Ew, ma'r orenj jiws 'ma'n hitio'r sbot, tydi?' meddai Nerys. 'Ydi Phil yn dal i gysgodi, Mam?'

'Ydi, y cradur.'

Eisteddai'r tair ar y patio o dan y pergola pren yn yfed eu sudd oren, a'r llwch ddim cweit wedi setlo ar ôl yr holl ddatguddiadau.

'Pam est ti'n ôl i'r taferna, Nerys?' meddai Dilys ymhen sbel.

'Dwi'n mynd am gawod – sgiwsiwch fi.' Cododd Elen, a mynd i mewn. Doedd hi ddim am glywed rhagor.

'Chwilfrydedd yn fwy na ddim byd. O'n i jyst isio gwbod mwy am Maria.'

''Dan ni'n gwbod mwy na digon yn barod,' meddai Dilys yn swta.

''Swn i'n lecio cadw mewn cysylltiad efo hi.'

'I be?' Methai Dilys â chredu'i chlustiau.

'Wel, *ma* hi'n hannar chwaer i mi.'

'Rhyngthat ti a dy betha.'

Gwyddai Nerys o dôn y llais nad oedd ei dymuniad wedi plesio.

'Be 'dan ni'n ga'l i swpar?' gofynnodd Osian wrth i'r car droi trwy'r giatiau.

'Be dach chi'ch dau ffansi?' gofynnodd Geraint wrth estyn y bagiau a'r tywelion tamp o'r bŵt.

'Be am ga'l y peth "me" rwbath 'na? Be oedd o eto 'fyd?'

'Gei di be bynnag ti isio, Osian. Alys, fyddi di isio *meze*?'

'Dwi'm isio dim byd!' Rhuthrodd yn bwdlyd i mewn i'r fila.

Wrth i Geraint roi goriadau'r car ar y bwrdd bach yn y cyntedd, clywai sŵn yr un fach yn gweiddi crio ac Elen yn ceisio'i thawelu. Camodd i'r lolfa a'i gweld ar lin ei mam.

'Be sy, Alys? Be sy 'di digwydd?' gofynnodd Elen.

'Misio . . . misio . . .' meddai Alys yn igian crio.

'Ddim isio be, pwt?'

'Misio i chdi a Dad ga'l difôrs.'

'*Be*?!'

Rhoddodd stumog Geraint dro.

Shit!

Shit, shit, shit. Ddim fel hyn roedd pethau i fod. Teimlodd ei galon yn suddo fel carreg mewn pwll.

'Alys, dos i ofyn i Nain neu Anti Nerys chwarae Go Fish efo chdi ac Osian, 'nei di?' meddai Elen â'i llygaid fel dur.

'Misio!'

'Dos rŵan, hogan dda.'

Aeth y ferch fach allan yn anfoddog i'r patio.

'Elen, gwranda . . .'

'Y bastad!' hisiodd Elen wrth godi o'r gadair. 'Rhag dy gwilydd di'n deud wrthyn nhw!'

'Gwranda arna i, Elen . . . jyst gwranda . . .'

Roedd ei foch ar dân ar ôl y slap.

'O'n i'n meddwl bo ni wedi cytuno i beidio â sôn dim byd wrthyn nhw nes byddan ni adra. Ond, o na, odd raid i ti ga'l agor dy hen geg a deud wrthyn nhw – hebdda fi! 'Na i byth fadda i chdi am hyn. Byth, dallta!'

Rhedodd i fyny'r grisiau a Geraint yn dynn ar ei sodlau.

'Elen! Gwranda arna i! Dwi 'di newid 'yn meddwl. Dwi isio i ni drio eto. Dwi'm *isio* i ni wahanu. Plis, Elen . . .'

Stopiodd Elen yn ei thracs ar ben y grisiau. Am yr

eildro'r pnawn hwnnw, roedd hi'n methu coelio'i chlustiau.

'Do'n i'm wedi bwriadu deud wrthyn nhw – ar fy marw do'n i ddim, Els. Ond odd y ddau wedi synhwyro nad odd petha ddim yn iawn rhyngthan ni. Munud deudis i, o'n i'n gwbod mai mistêc odd o.'

'Mistêc oedd be – deud wrthyn nhw?'

'Ia . . . naci.'

'G'na dy feddwl i fyny.'

'Mistêc odd Anna a fi.'

'Uffar o fistêc.'

'Efo chi'ch tri dwi isio bod.'

Roedd yr eiliadau o dawelwch rhwng y ddau fel oes.

'Be sy 'di gneud i ti newid dy feddwl, Geraint? Oeddat ti'n bendant fel arall ddechra'r wsnos. Be sy tu cefn i hyn – euogrwydd, ia? Dy gydwybod di'n pigo ar ôl gweld y plant yn ypsét? Dwi'm dy isio di'n ôl mond oherwydd y plant, dallta.'

'Plis, plis Elen . . .'

'Ma hi'n rhy hwyr, Geraint.'

'Paid â deud hynna.'

'Ti 'di mrifo fi ormod.'

'Dwi'n gwbod mod i, Els, a wir, dwi'n teimlo'n uffernol. Ond dyro un cyfla arall i mi.'

'O'n i'n meddwl y byswn i 'di gallu . . . rhoi'r ffling bach sordid 'na gest ti tu cefn i ni.'

'Ac mi fedrwn ni, Els.'

'Na, Geraint. Byth. Pan ddudist ti am y babi, o'n i'n gwbod wedyn 'i bod hi wedi darfod.'

Gwyliodd Geraint ei wraig yn cerdded ar hyd y landing, ac yn agor drws y llofft cyn troi i edrych arno.

'Dwi'n mynd i weld twrna ben bora Llun. Dwi'n awgrymu dy fod titha'n gneud yr un peth.'

Caeodd y drws yn dawel ar ei hôl, gan adael Geraint yn syllu ar y drws caeedig.

Hôm Jêms

Mae'r rhan fwya ohonon ni ar ddiwedd gwylia'n gresynu bod raid i'r cyfan ddod i ben, ond roedd hynny ymhell o fod yn wir yn hanes Dilys Morris a'i theulu. Go brin y bu 'na rioed griw oedd gymaint ar dân isio mynd adra. Roedd cesys pawb ond rhai Phil a Nerys wedi'u pacio a'u gosod yn rhes dwt wrth y drws ffrynt ers y pnawn cynt.

Y bora ola un roedd Dilys ac Elen wedi codi cyn cŵn Caer, y ddwy ar binnau i adael am y maes awyr ac yn trio styrio'r gweddill. Roedd Geraint, ar ôl noson arall yn troi a throsi ar y soffa, wedi codi efo'r wawr i fynd am jog ar hyd y traeth. Wedyn mi gyflawnodd ei orchwyl ola fel gŵr, mae'n debyg, sef mynd â'r sbwriel i'r biniau mawr ar ben y lôn. Roedd ei war yn brifo ar ôl y nosweithiau difatras a diobennydd. Edrychai ymlaen yn fawr am gael gwely i gysgu ynddo unwaith eto – ond go brin mai un *super-king* o dan ddwfe plu gwyddau Hwngaraidd fyddai hwnnw bellach.

Roedd y ddau ddiwrnod ola wedi llusgo'n drybeilig o ara. Treuliodd Osian ac Alys y rhan fwya o'u hamser yn y pwll nofio, a threuliodd Phil a Nerys y ddeuddydd wrth lan môr cyn belled ag y gallent o'r fila. Cynigiwyd i Dilys fynd efo nhw'r diwrnod cynta, ond roedd hi wedi gweld hen ddigon o'r ynys, diolch yn fawr, a threuliodd ei hamser yn darllen a gneud croeseiriau dan gysgod y pergola. Yno yn y cysgod y bu Geraint hefyd, yn trio darllen bob yn ail ag ymuno efo'i blant yn y pwll. Gorweddai Elen yn llygad yr haul, yn benderfynol o droi'n lliw mahogani i gael o leia un swfenîr o'r gwyliau trychinebus 'ma.

'Lle ma Nerys a Phil? Fyddwn ni'n siŵr o golli'r awyren. Typical o'r ddau yna!' fflapiodd Elen, yn edrych ar ei wats am y degfed tro.

'Osian, dos i fyny grisia i ddeud wrth Anti Nerys ac Yncl Phil bod raid i ni fynd,' meddai ei nain. Doedd Dilys ddim yn mynd i golli'r awyren 'na ar boen ei bywyd.

'Reit, mi a' i â'r cesys i'r bŵt. Dach chi isio i mi roi hwnna efo nhw, Dilys?' gofynnodd Geraint gan amneidio i gyfeiriad yr *holdall*.

'Ia plis, Geraint. Na . . . 'rhoswch funud.' A dyma Dilys yn agor y bag a thollti'i ymysgaroedd dros fwrdd y gegin: copi o *People's Friend*, brwsh gwallt, camera, dwy gardigan na welodd olau dydd ers iddyn nhw gyrraedd – a'r yrn.

'Be ar wyneb y ddaear dach chi'n neud, Mam?' gofynnodd Elen, yn syllu ar y llanast.

Stwffiodd Dilys y cwbwl lot i gwdyn plastig, ar wahân i'r yrn a gafodd ei rhoi'n ôl yn ddiseremoni yn yr *holdall*. Gafaelodd yn hwnnw a cherdded yn dalog allan i'r patio. Lluchiodd y bag cyn belled ag y gallai ei daflu, a landiodd yn dwt yng nghanol y pwll.

'Be dach chi'n *neud*, Mam?' gwaeddodd Elen.

'Licis i rioed yr hen fag 'na. Presant gin dy dad odd o. Reit, fydda i yn y car.'

'Fysa'n well i mi fynd i'w nôl o, dwa'?' gofynnodd Geraint, oedd ddim y teip i adael llanast ar ei ôl.

'Na, gad o,' atebodd Elen yn swta. 'Mae o wedi'i ddifetha rŵan, beth bynnag,' meddai, yn syllu ar y bag yn arnofio ar wyneb y dŵr.

'Dydyn nhw ddim yna,' datganodd Osian.

'Be?'

'Anti Nerys ac Yncl Phil. Dydyn nhw ddim i fyny grisia.'

'Lle ma' nhw, ta?'

'Dydi car Nerys a Phil ddim yma!' meddai Dilys, wedi rhuthro 'nôl yn ei phanig.

'Ella bod y ddau wedi mynd am y maes awyr yn barod.'

'Paid â siarad yn wirion, Geraint! Fysan nhw byth wedi mynd heb ddeud dim byd!'

'Wel, lle *ma* nhw, ta?'

'Dwi'm yn gwbod, nachdw? Ddalltis i rioed sut ma brêns y Phil 'na'n gweithio. Wel, rhyngthyn nhw a'u petha. Dowch, mi awn ni.'

'Ond fedran ni'm gadal hebddyn nhw, siŵr!' meddai Dilys.

'Be arall 'nawn i? Dwi'm isio colli'r awyren, ydach chi?'

Ddeudodd neb ddim i'r gwrthwyneb.

'Pawb i mewn i'r car, ta.'

'Dyma nhw!' gwaeddodd Alys Haf.

Agorodd y ddwy giât yn ara urddasol, a'r Ffordyn bach coch yn dŵad trwyddyn nhw ar sbid gwyllt, a'i gorn yn cael ei ganu'n swnllyd. Diffoddodd Phil yr injan a daeth Nerys a fynta allan o'r car yn wên o glust i glust.

'Lle ddiawl dach chi 'di bod? Dach chi'n gwbod faint o'r gloch 'di hi? Ma'r ffleit yn mynd am ddeg!' meddai Elen yn ffrantig.

'Sori. Siarad oeddan ni,' meddai Nerys, yn methu cadw'r wên o'i hwyneb.

'Siarad? Efo pwy?' Roedd croen ei thin ar dalcen Elen go iawn erbyn hyn.

'Maria.'

'Maria? Pwy 'di honno pan ma hi adra?'

"Yn hannar chwaer ni, os ti'n cofio.'

'Yli, nid rŵan 'di'r amsar i chwara *happy families* a ninna ag awyren i'w dal.'

'I be oeddat ti isio mynd i weld honna eto?' holodd Dilys yn bigog.

'Ma Phil a fi 'di penderfynu prynu hannar y taferna.'

Eiliadau o fudandod, cyn i ddeuawd o anghrediniaeth ddod o gyfeiriad Elen a Dilys.

'*Be*?!'

'Dyna be 'dan ni wedi bod yn 'i neud dros y ddau ddwrnod dwytha 'ma. Trafod ac ati. Ma Phil a fi am symud i fyw yma i redag y taferna – Phil yn coginio a finna'n "front of house" a ballu. Ma Maria'n gwerthu'r lle – wedi mynd yn ormod iddi ar ei phen ei hun – ond mi 'dan ni wedi llwyddo i'w pherswadio hi i aros ymlaen am chydig i ddangos yr awenau i ni,' byrlymodd Nerys.

'Dach chi'n gall, dudwch?'

'O'n i'n disgwl i ti ddeud rwbath fel'na, Elen,' gwenodd Phil. Doedd neb na dim yn mynd i gael tynnu'r gwynt o'i hwyliau'r bore 'ma. ''Dan ni am fynd i'r banc ben bora fory i drio ca'l benthyciad.'

'Ond symud i fyw i *fama*? Dach chi'n siŵr o hyn?' Doedd Dilys ei hun ddim yn siŵr o gwbwl.

Crafodd Geraint ei wddw er mwyn cael sylw pawb. 'Ydach chi 'di gweld faint o'r gloch ydi hi? Fysa'n well i ni gychwyn, dwi'n meddwl,' awgrymodd yn ddiplomataidd, yn gneud y syms yn ei ben tasan nhw'n cychwyn rŵan hyn y gallen nhw gyrraedd jyst mewn pryd. 'Lle ma'ch cesys chi'ch dau?'

'Yn y bŵt. 'Dan ni'n barod i fynd,' meddai Nerys.

'Dowch ta, wir,' meddai Dilys gan agor drws y Ffordyn coch am yr eildro.

'Lle ma'ch *holdall* chi, Mam?' holodd Nerys.

'Paid â gofyn,' mwmiodd Elen.

Wedi gneud yn saff fod popeth yn ei le a phob man wedi'i gloi, a'r goriadau wedi'u gadael ar fwrdd yn y gegin yn ôl y cyfarwyddiadau, cychwynnodd y ddau gar am y maes awyr.

'Ydach chi'n siŵr bo chi'n gneud y peth iawn?' gofynnodd Dilys o'r cefn cyn iddyn nhw gyrraedd y lôn fawr, bron. 'Ydach chi wedi meddwl hyn drwadd yn iawn, dudwch?'

''Dan ni rioed wedi bod mor siŵr am ddim byd, Mam,' atebodd Nerys, a'r wên lydan yn dal ar ei hwyneb.

'Gawn ni feddwl mwy amdano fo ar ôl cyrradd adra, ia?' meddai Dilys wedyn.

'I be? Ma Ner a fi wedi . . .'

Teimlodd Phil bwniad hegar yn ei asennau. Edrychodd yn syn ar Nerys, a dallt yn syth o'i hedrychiad mai cau ceg fyddai orau. Roedd hi'n amlwg nad oedd hi'n mynd i fod yn dasg hawdd iddi argyhoeddi'i mam fod eu cynlluniau i brynu a rhedeg y taferna'n un doeth. Roedd yr wsnosau a'r misoedd nesa'n argoeli i fod yn rhai anodd, ac yn llawn tensiwn.

Ond ddim hannar mor anodd ag yn achos y teithiwrs yn y car arall. Gwyddai'r rheiny fod un ohonyn nhw'n mynd adra i ddadbacio'i gês, ddim ond i'w bacio'n syth bìn wedyn. Yn wir, i bacio mwy nag un cês.

Pwysodd Dilys ei phen yn erbyn ffenast y car, a'r wlad grasboeth yn gwibio heibio iddi. Caeodd ei llygaid ac ochneidio. Roedd hwn wedi bod yn wyliau bythgofiadwy, mewn rhyw ffordd neu'i gilydd, i bawb ohonyn nhw. Gwasgaru llwch un dyn, ia, ond gyrru teulu cyfan ar wasgar hefyd. Tasa hi mond wedi anwybyddu dymuniad

Trefor ac wedi'i gladdu o ym mynwent Jeriwsalem, fydda dim o hyn wedi digwydd, meddyliodd.

''Dan ni yma. Be 'dan ni i fod i neud efo hwn rŵan?'

Daeth Dilys ati'i hun pan glywodd Phil yn holi Nerys am dynged y car bach.

Ar ôl parcio'r ceir yn eu lle priodol a gadael y goriadau yn y swyddfa llogi ceir, aeth y saith i mewn i'r adeilad ar hast gwyllt.

'Ma 'na lot o ddŵr wedi mynd dan y bont ers i ni fod yn fama ddwytha,' meddai Nerys wrth Elen wrth i'r ddwy fynd trwy'r pasbort control.

'Ti'n deud wrtha i,' ochneidiodd Elen.

'Mam, dwi isio pi-pî!'

'Ma 'na' rei petha sy byth yn newid, Elen,' meddai ei chwaer dan wenu.

Brasgamodd y saith i fyny grisiau'r awyren. Pan gyrhaeddodd Phil y ris ucha trodd yn ei ôl a gweiddi, 'I'll be back!'

'Tyd yn dy flaen, Arnie,' meddai Nerys, a rhoi clamp o gusan iddo.

'I mewn â chi, Mrs M,' meddai Phil wrth Dilys, ar ôl iddi hithau stopio a throi 'nôl i gymryd un cipolwg brysiog ar y wlad oedd wedi dwyn calon ei gŵr. 'Adra â ni ffor' gynta, latsh.'

Ond wrth gamu i mewn i'r aderyn metal daeth ton o banig dros Phil. Yng nghanol y wefr o brynu'r taferna roedd o wedi anghofio am y pedair awr a mwy o artaith pur oedd yn ei aros. Llyncodd ei boer a gweddïo y byddai'r troli diodydd yn dod o gwmpas yn reit handi.

Croesawodd y Capten y teithwyr, un ac oll.

'It's 15°C in Manchester, and I'm sorry to tell you that it's raining hard.'

'O cachu rwj, fysa well 'swn i wedi mynd yn ôl mewn cwch!' griddfanodd Phil fel roedd yr awyren yn codi sbid ar y rynwe.

Epilog

Flwyddyn yn ddiweddarach

'Tyd yn dy 'laen, Ner! Ma nhw 'di cyrradd!'

Rhuthrodd Nerys a Phil allan o'r taferna i gyfarfod â'r criw.

'O mam bach, ti'n hiwj!' ebychodd Elen yn methu tynnu'i llygaid oddi ar fol ei chwaer. 'Ti'n siŵr ti'm yn ca'l efeilliaid?'

Tua pum mis ar ôl i Nerys a Phil symud i Cyprus i fyw oedd hi pan ffendiodd Nerys ei bod hi'n disgwyl. Roedd hi'n sioc fendigedig i'r ddau, a nhwytha wedi bod yn trio cyhyd. Er mai cael babi oedd y peth dwytha ar eu meddyliau, a nhwytha ynghanol hwrli-bwrli datblygu'r taferna a gweithio yno bob awr o'r dydd.

'Iess! O'n i'n gw'bod bod 'y nghoc i'n gweithio!' oedd ymateb Phil pan chwifiodd Nerys y prawf positif o dan ei drwyn.

'Rilacsio a cha'l rwbath arall i fynd â dy feddwl di nath y tric, ma raid,' meddai ei mam pan ffoniodd Nerys hi i ddeud y newydd wrthi.

'Wel, os ydw i'n hiwj, mi w't ti fatha styllan, Elen!'

'Dwi 'di colli tair stôn a hannar, achan. Y Dukan Diet.'

'Maaam, dwi isio . . .'

'Ti'n gwbod lle mae o, Alys Haf!' meddai Nerys wrthi.

'A chofia beidio rhoi'r papur i lawr y toilet fatha'r tro dwytha!' gwaeddodd Phil ar ei hôl. Doedd system blymio

Alys Haf mwy na system blymio Cyprus ddim wedi gwella dim mewn blwyddyn. Dwi'n siŵr bod yr hogan bach 'na isio washar newydd ne' rwbath, meddyliodd Phil.

Blydi hel! Elen 'di hon? Prin roedd o'n ei nabod hi. Roedd hi wedi colli llwythi o bwysau, wedi newid lliw a steil ei gwallt – yn wir, wedi slasaneiddio drwyddi!

'Ti'n edrach yn dda, 'rhen Els.' Cusanodd ei chwaer-yng-nghyfraith yn ysgafn ar ei boch. Cafodd wafft o ryw bersawr drud, sicli yn ei drwyn.

'Hei! Llai o'r "hen" 'na! A ti'm yn edrach yn rhy ddrwg dy hun.'

'Sut dach chi, 'ngwash i?'

Trodd Phil i gyfeiriad y llais cyfarwydd.

'Mrs M!' Cofleidiodd ei fam-yng-nghyfraith yn frwd.

'Ma'r lle 'ma'n edrach yn dda gynnoch chi. Rhyfadd fel ma côt o baent a ffenestri newydd yn gneud gwahaniath.'

''Rhoswch nes gwelwch chi be 'dan ni 'di neud tu mewn, ta. 'Newch chi'm nabod y lle ers pan fuoch chi draw adag y Pasg,' meddai Phil, yn llygadu'r gŵr diarth barfog oedd yn cario'r cesys o gefn y *people carrier*.

'Hwn 'di dyn newydd Elen, felly?' sibrydodd Phil wrth Dilys. Camodd draw ato ac estyn ei law i gyfarch y locsyn.

'Jon – Jon heb yr "h",' meddai yntau, gan gymryd llaw Phil a'i hysgwyd yn hegar.

'Phil – efo "h",' meddai'r llall yn ôl.

'Dwi'n gweld bo chi'ch dau wedi cyflwyno'ch hunain yn barod,' meddai Elen yn bryfoclyd swil. 'Nerys, dyma Jon; Jon, dyma Nerys.'

'Dda 'da fi gwrdd â chi, Nerys,' meddai Jon gan estyn llaw i'w chyfarch.

'Galwa fi'n "chdi", wir!' meddai Nerys a chamu mlaen i roi cusan ysgafn iddo ar ei foch.

'Os ei di i *labour* yn fuan, Ner, sdim isio i ti boeni dim. Doctor ydi Jon. *Gynaecologist!*' meddai Elen.

Dechreuodd Phil biffian chwerthin. Wel wel, roedd yr hen Els yn bendant yn cael syrfis trwyadl y dyddia yma! Dim rhyfadd ei bod hi'n edrach mor dda. 'Ma'n ddrwg gin i,' medda fo pan ddaeth ato'i hun. 'Llyncu mhoeri ffor' rong.'

Roedd Elen wedi cyfarfod â'r Dr Jon Griffiths – gŵr gweddw – yn un o wersi piano Alys Haf. Roedd ei fab yn cael gwersi o flaen Alys. Roedd Elen wedi cyrraedd yn gynnar yr wsnos honno, a'r ddau wedi dechrau sgwrsio. Trwy gyd-ddigwyddiad hapus roedd Alys yn digwydd bod yn gynnar am ei gwers yr wsnos ganlynol hefyd, a chadwyd at y patrwm dros yr wsnosau dilynol – hyd nes i Jon ofyn i Elen un nos Fawrth fysa hi'n hoffi mynd allan am bryd o fwyd efo fo. Roedd y gweddill, fel y dywedir, yn hanes.

'Ydach chi wedi gorffan y pwll nofio eto, Yncl Phil?' holodd Osian. Safai bachgen ychydig yn hŷn nag o yn ei ymyl – Siôn, mab Jon.

'Do'n tad. Mae o'n barod amdanach chi.'

'Iess!'

Rhuthrodd y ddau rownd cornel y taferna a gweld pwll bach digon o ryfeddod yn disgwyl amdanyn nhw.

'Cymwch bwyll, hogia,' meddai Elen, a rhoi gwên lydan i'r ddau. Ai Nerys oedd yn dychmygu ta oedd lastig ei chwaer wedi llacio?

'*Kalispéra*! *Kalispéra!*' Daeth Maria allan o'r taferna a'u cyfarch yn serchog, a rhoi cusan ar foch Elen, Jon a Dilys.

Na, nid dim ond aros dros dro efo Nerys a Phil i'w rhoi nhw ar ben eu ffordd a wnaethai Maria. Pan ofynnwyd iddi fysa hi'n ystyried newid ei meddwl ac aros, fu dim raid gofyn ddwywaith.

Sylwodd Dilys ar Maria ac Elen yn sgwrsio. Roedd y tebygrwydd rhwng y ddwy'n rhyfeddol, yn enwedig ers i Elen dorri'i gwallt a'i lifo'n dywyll. Doedd dim amheuaeth nad oedd y ddwy'n chwiorydd.

Teimlodd Nerys ryw gic ysgafn. Doedd y babi ddim eiliad yn llonydd. Rhoddodd ei llaw yn reddfol ar ei bol.

'Ti'n iawn?' gofynnodd Dilys.

'Berffaith iawn, Mam. Rioed wedi bod yn well. O, ma'n dda 'ych ca'l chi yma, cofiwch!'

'Wel, o'n i ddim am golli genedigaeth 'yn ŵyr neu'n wyres fach, o'n i?'

'Dwi'n gwbod na 'di hyn i gyd ddim wedi bod yn hawdd i chi, Mam. Phil a fi'n symud i fyw yn fama, a wedyn . . .'

'Sh! Dŵr dan bont, dŵr dan bont, mechan i . . . Sôn am fabis, ma hogan bach Geraint yn chwe mis oed erbyn hyn, tydi? Bobol annw'l, lle ma'r amsar yn mynd, d'wad? Ma'r plant 'ma 'di gwirioni efo hi – yn enwedig Alys Haf . . . Wel, ma'r lle 'ma 'di altro gen ti,' meddai hi wedyn gan edrych o'i chwmpas yn llawn edmygedd. 'Dach chi 'di gneud gwyrthia yma, do wir.'

'Wel, i chi ma'r diolch. Fysan ni byth wedi gallu gneud hyn i gyd heb 'ych help chi. A dwi'n gaddo y gnawn ni dalu'n ôl i chi. Bob ceiniog.'

'Twt! Sawl gwaith sy raid i mi ddeud, wa'th i chdi a Phil ga'l y pres rŵan ddim. Rŵan dach chi'i angan o. Gin i fwy na digon i be dwi isio, Nerys bach. Llawar mwy na digon. A dwi'n meddwl 'sa fynta wedi bod wrth ei fodd hefyd, sdi. Dy dad. Chdi'n byw yn fama ac yn rhedag y taferna, a wyres neu ŵyr bach yn mynd i gael ei fagu yn Cyprus. Rhyfadd fel ma petha'n troi allan, tydi?'

'Dowch,' meddai Nerys gan afael ym mraich ei mam a'i

hebrwng tuag at y taferna. 'Ma cinio'n barod ac ma Maria wedi gneud *baklavas* ffresh bora 'ma.'

Eisteddodd y criw wrth fwrdd mawr hir y tu allan i'r taferna, dan gysgod y coed olewydd a'r blanwydden, yn mwynhau *kleftiko* Phil a *baklavas* Maria.

A sŵn y tonnau'n torri'n hamddenol ar y traeth gerllaw, gwasgodd Nerys law Phil yn dynn. Ma'r cylch yn gyflawn, meddyliodd. I fama 'dan ni'n perthyn. Fel hyn roedd pethau i fod.

Ychydig filltiroedd i ffwrdd, yn Cavo Greko, bron iawn y gallai rhywun ddychmygu gweld merch dlos, lygatddu'n sefyll ar y graig ac yn edrych allan tua'r môr gwyrddlas. Yn aros, yn disgwyl.

Yna, mae hi'n troi'i phen ac yn ei weld o; mae'n gwenu ar y llanc ifanc sy'n brysio tuag ati, ac mae yntau'n gwenu arni hi. Mae o'n estyn ei law iddi a hithau'n ei derbyn yn llawen. Mae'n ei thynnu i'w freichiau, a'r ddau'n cofleidio ac yn cusanu.

Yn cusanu fel tasan nhw ddim yn mynd i fod ar wahân byth eto.